웃

초판발행일 | 2017년 10월 15일

지 은 이 | 고현철
펴 낸 이 | 배수현
디 자 인 | 박수정
홍   보 | 배성령
제   작 | 송재호

펴 낸 곳 | 가나북스 www.gnbooks.co.kr
출 판 등 록 | 제393-2009-12호
전   화 | 031) 408-8811(代)
팩   스 | 031) 501-8811

ISBN 979-11-86562-67-3(03800)

웃긴 거를 보고 웃는 사람은 명이 길 ~ 다

고 현 철

'웃긴 거' 보여드릴께요. 웃자. 웃자. 웃자자! '웃긴 거'를 보고 웃는 사람은 명이 길 ～ 다. 웃긴 거를 보고 안 웃는 사람은 명이 안 길다. 이것이 '웃명' 이다. 웃는 사람은 웃지 않는 사람보다 훨씬 더 오래 산다.(제임스월시) '인생은 짧고 웃으면 길 ～ 다.' 기회는 날아가는 새와 같다. 웃긴 기회가 왔을 때 웃어야 한다. '웃'이라는 글자에 '사람 인(人)'자가 들어간다. 사람은 항상 웃으며 즐겁게 살아야 한다. 우리가 항상 기뻐하며 살아야 하는 이유는 인생은 한 번 밖에 없기 때문이다.

필자는 어려서 웃기는 걸 좋아했다. 어려서 나의 유일한 낙(樂)은 친구들을 웃게 해주는 것이었다. 등굣길에 뒷산에 올라 뱀을 잡아와 수업 시간에 뱀을 꺼내 목에 감고 있기도 했으며, 어머니 옷을 몰래 가져와 입고 있었을 정도로 같은 반 친구들을 웃게 만드는 것을 행복해했다.

"학창시절에 친구들이 나를 보고 '돌 아이'라고 했을 정도로

이상한 짓을 많이 했다. 누가 뱀을 목에 감고 있겠는가. 독사인지 아닌지도 모르는데, 아니 독이 없다고 한들 누가 뱀을 감고 있겠는가. 아이들이 웃어주던 그때부터 '더 많은 사람들을 웃게 만들어주고 싶다'는 생각을 했고, 성장해 가며 '코미디언'이라는 직업으로 구체화시켰다. 42살 될 때까지 도전했다."

MBC 개그맨 콘테스트에서 1차 오디션을 보고 벤치에 앉아 합격자를 기다리고 있었다. 벤츠에 앉느냐? 벤치에 앉느냐? 그것이 문제로다. 갑자기 하늘에서 새똥이 옷에 떨어졌다. 옷에 새똥이 떨어져 탈락했음을 직감하고 있었다. 당시에 합격자 발표를 1층 로비에 벽보를 붙여서 확인했는데, 함께했던 친구(동률)만 확인하러 가고 나는 가만히 앉아 있었는데, 내가 붙었다고 했다. 그 이후 "내 사전에 떨어짐은 없다"라는 마음가짐으로 짜인 틀 안에서 만들어진 웃음 보다 자유로운 상황 속에서 사람들의 순수한 웃음을 갈망하게 되었다.

"우연히 웃음치료센터를 찾아갔는데, 들어서자마자 강사님이 '하하하' 소리 내며 크게 웃자는 거였다. 이상한 집단인 줄 알았는데, 순식간에 나도 동화돼 함께하게 되었다. 이때 '아! 이거다. 웃음치료를 통해서 더 많은 사람들에게 행복을 줄 수 있겠구나'라고 생각해 바로 도전하게 됐다."

웃음(동기부여)치료 강사의 길을 시작하면서 인생의 슬로건이 된 '소화재'(소통&화합&재미) 단순히 말장난같이 느껴질 수 있으나 '나'부터 변해 상대를 더 소중히 여기고, 더 많이 사랑하고, 가는 곳마다 변화가 일어나길 바라는 마음으로 시작된 마음(행동)변화 프로그램이다. 이것을 통해 타인과의 소통하는 법을 알고, 함께하는 삶에 대해 고찰하며 무엇보다 무슨 일이든지 항상 즐거운 마음으로 최선을 다하는 자세를 배울 수 있다.

"제 불우했던 가정환경이 작은 변화에 의해 너무나 달라졌다. 아버지께서 직장에서 데려온 작은 강아지가 매일 꼬리를 흔들고, 스킨십을 통해 서로에게 닫혀있던 마음의 문이 열리기 시작했다. 그 이후 아버지를 이해하기 시작했고, 엄격했던 아버지의 모습도 나를 향한 표현의 일종이었던 것을 깨달았다. 대중과 소통하며 즐거운 삶을 살고 나아가 많은 사람들과 함께 행복을 나누고 누리며 살고 싶어졌다. 그래서 단순 웃음만을 전하기보다 진정한 행복을 전하고 싶었다. 그래서 '웃음DREAM연구소'를 만들게 되었다."

'어떻게 하면 더 재미있게 할 수 있을까?' 매 순간 고민을 놓지 않았다. 한때 내 방에는 온통 웃음 연구소재로 방 안이 꽉 차 있을 정도로 웃음에 대한 열의가 누구보다 강했다. 내 방은 온통 개그 아이템이 적힌 포스트잇, 벽보로 도배했다. 보물 1호였던 방 안의 흔적들이 지금은 없지만 가슴에 남아 말과 행동으로 실천하는 중이다.

‖‖‖ 소(小)통의 시작은 작은 것에서부터

소통(疏通)의 사전적 의미는 '막히지 아니하고 잘 통함', '뜻이 서로 통하여 오해가 없음'으로 기록되어 있다. 바쁜 일상 속에서 대화가 단절된 지금 소통보다는 컴퓨터 모니터와 TV 화면에서 제공하는 영상과 텍스트만 보기 바쁘다. 결국 타인과 소통하는 것보다 혼자 시간을 보내는 것이 편해지고 현대인들에게 있어 소통하는 법이 점점 감퇴하고 있다. 이에 세상은 혼자서는 살아 갈 수 없다는 삶의 가치와 소중함을 깨닫고 이 시대와 소통하며 살아가는 방법을 연구하게 되었다. '작은 것에서부터 소통의 시작이 될 수 있다'

"점이 두 개면 뭐라고 할까? '쌍점?', '두 점?' 정답은 '점점'이다. 우리가 긋는 선 또한 하나의 점으로부터 시작해 선이 되고, 면이 되듯 소통을 한다는 것도 의미를 크게 부여할 것 없이 단 한 마디라도 함께 나누는 것부터가 소통의 시작이다. 타인과의 소

통을 쌓고 쌓다 보면 우리의 삶은 보다 행복한 길로 점점 .. 가고 있을 것이다." '타인과 소통의 시작이 어렵지 않다'

미국의 철학자 윌리엄 제임스는 '행복해서 웃는 것이 아니고 웃어서 행복한 것이다'는 말을 남겼다. 우리의 두뇌는 힘든 상황 속에서 억지로라도 웃으면 즐거운 상황으로 인지해 그 상황 속에서 금방 벗어 날 수 있다. 행복은 그리 멀리 있는 것이 아니다. 돈과 명예만이 진정한 행복이 아니며 우리 삶 속에서 함께하는 사람과 작은 소통(小通) 하나만으로도 금방 행복해질 수 있다.

책을 쓰기 전, 나는 속수무책이었다. 어려서부터 책을 좋아하고 가까이 하긴 했지만 책 쓰는 게 쉽지 않았다. '책' 이라고 쓰면 되는데 말이다. 강사로서 책 쓰기로 마음을 먹었다. 책 쓰는데 도움이 될 만한 책도 읽고 책쓰기 강좌(코칭)도 들었다. 김OO 교수님(작가님)은 무려 39권이나 쓰셨는데 자기 키 만큼 쓰는 게 소원이라고 하셨다. 교수님의 키는 193Cm다. 와~ 현재 무릎까

지 쓰셨다고 하셨다. 한국유머센터 김OO원장님은 뵐 때마다 항상 책에 대한 중요성을 말씀해주셨다. 책이 인생을 책임진다. 책이 인생의 책받침이다. 책에 책찍질(?)해라 등 강사라면 책이 꼭 있어야 된다고 말씀하셨다. 책을 쓰기 시작하다 보면 대작이 나올 수 있다며 책을 쓰다가 진전이 안 되더라도 오직 전진만 하라고 말씀해주셨다. 저의 놀(?)모델 '놀이와 자신감' 저자인 재미쌤 해피데이연구소 김OO대표님은 지금 놀면 나중에 불행과 놀지만 지금 책 쓰면 나중에 행복과 논다며 '망설임없이 행동하라'(망설임없이 쓰라)고 했다. 망하지 않는 비결은 망설임없이 행동하는 것이다. 베스트셀러 작가인 모 작가님 책쓰기 강좌를 듣고 코칭을 받아 보기로 했다. 나는 작가님께 그 동안 쓴 거(원고)를 보여주며 여쭤보았다.

"작가님, 이거 살릴 수 있어요?"

작가님은 심각한 표정을 지으며 살릴 수 없다고 했다. 그러

면서 '3년 후에나 아마 나올겁니다' 라고 했다. 내 글(원고)을 살릴 수 없다니... 어떻게든 꼭 살리고 싶었다. 그래서 하나님께 기도 드렸다.

'하나님, 책(원고)을 살릴 수 있게 해주세요'

그런 작가님을 만나게 해달라고 마지막으로 주님(하나님)께 기도를 드렸다. 내 마음(상황)을 잘 아시는 '주님'(하나님)은 나에게 '주'님을 붙여 주셨다. '한주' 작가님을! 한주 작가님은 6개월 동안 무려 6권의 책을 출간했는데, 모두 베스트셀러를 기록했다. 또 괴물작가라는 별명으로 이름을 알린 유명한 작가님이기도 하다. 작가님은 우리에게 '얼굴도 괴물 같죠?'라며 농담(?)을 하셨다. 현재는 20여 권의 책을 출간하셨다. 한주 작가님에게 내가 쓴 원고를 보여주며 모 작가님에게 했던 질문을 똑같이 드렸다.

"작가님, 이거 살릴 수 있어요?"
"이거, 재미있는데요. 살릴 수 있어요."

'주님' 감사합니다. '살릴 수 있다'는 말에 정말 기뻤다. 하나님은 '살릴 수 없다'고 한 것을 다시 살리게 하셨다.(부활시키셨다) 하나님은 책을 살리셨다. 하나님은 나를 살리셨다. 하나님은 나를 '웃'게 하셨다. 그래서 "웃" 이라는 책이 나오게 되었다.

**"하나님이 나를 '웃'게 하시니 듣는 자가
다 나와 함께 '웃'으리로다"** -창세기21:6

책을 쓸 수 있도록 관(도서관)에 넣어주시고 처음부터 끝까지 믿음으로 쓰게 하신 하나님께 모든 영광을 바친다.평범한 일상생활속에서 깨닫고 얻은 작은 것들이 큰 변화를 가져 올 수 있다는 것을 이 책을 통해 전하고 싶다. 사람을 즐겁게 하는 것은 큰 것이 아니다. 작은 것(마음)이면 충분하다. 책속에 함께 해주신 모든 분들께 이 글을 빌어 다시 한 번 감사의 말씀을 전한다.

신이 우리 인간에게 주신 축복 '웃음' 웃음은 우.숨.이다. 숨을 안 쉬면 살 수 없듯이 우.숨.을 안 웃으면 그 역시 살 수가 없다.

우

웃자! 웃음 속에는 무한한 능력이 있다. 그 능력을 우리는 잃지 말고 실현하자. 지금 당장 '웃자!'

"인생은 짧고 웃으면 길 ~ 다"

웃긴 거를 보고 웃는 사람은 명이 길 ~ 다.
웃긴 거를 보고 안 웃는 사람은 명이 안 길다.
이것이 "웃명"이다.

항상 기뻐하라. -데살로니가전서5:16

CONTENTS
목차

Prologue 프롤로그 ……………………………………… 6

Part ① ……………………………………………… 19

1억보다 2억보다 소중한 것은 ⋯ 20
42살에 개그맨 오디션에 도전하다. ⋯ 23
43.1 ⋯ 27
100원 짜리가 100만 원 효과를 내다 ⋯ 30
300만 원으로 운명이 바뀌다 ⋯ 33
KBS아침마당 출연하는 꿈이 이루어졌다 ⋯ 38
(전국이야기대회 준우승)
SBS진실게임에서 내 진실이 밝혀지다 ⋯ 46

Part ② ……………………………………………… 49

가장 좋은 명함은 웃는 얼굴이다 ⋯ 50
각설이단장님 자신감을 가지세요! ⋯ 54
간식 먹을 때, 기도 안하는데요?! ⋯ 56
감기가 걸렸을 땐 약 대신 차라리 '욕'을 해라 ⋯ 58
강아지 '쫑'이 전도하다 ⋯ 63
강아지 찾아주었는데 사례비 7만 원을 깎다 ⋯ 70
개그맨 고혜성 씨를 만나다 ⋯ 74
개그콘서트 댄스대회 1등 ⋯ 78
개사료가 밥 보다 맛있다 ⋯ 82
거지를 단골로 만드는 방법 ⋯ 86
고양이 때문에 고민 있수다 ⋯ 91
구하라 그리하면 주실 것이요(딱 900원만) ⋯ 94
그 까이거 대충 하지 말자 ⋯ 98

그릇된 생각을 와장창 깨뜨리자 … 103
기적의 파스2 … 107
까까주며 살아야겠다 … 111
꽝이라고 다 꽝이 아니다 … 113

Part 3 ·· 117

남에게 친절을 베풀어라 천사가 찾아 올 것이다 … 118
내가 뜨거워야 남을 뜨겁게 할 수 있다(아버지의 솥통 리더십) … 123
노약자로 살아가고 싶다 … 126
런닝맨! 런닝고! … 130
모나리자 & 모자라나 … 134
미인은 없고 미친 사람만 있었다 … 140
병(病)든 사람은 병을 든 사람 … 145
복을 부르는 마술 웃음 … 151
복이 왔어요! … 157
빵점 인생에서 백점 인생이 되는 방법 … 164
뻥 이요! … 168

Part 4 ·· 173

사랑(유머)을 내일로 미루지 마라 … 174
살림살이 좀 나아지셨습니까? … 178
세배 드립니다, 네배 드립니다, 강의 드립니다 … 183
아름다운 새 상 … 186
악수(握手) 할 때 악수(惡手)를 두지 말자 … 191
어떤 연이요? … 194
엄마의 기도 방해 … 198

CONTENTS
목차

욕을 안 먹는 방법 ··· 200

우수회원이 되는 방법 ··· 204

우유가 넘어지면 뭐라고 하게요? ··· 208

웃음연구 하시는 분인가 봐요! ··· 212

웃음치료강의 가서 짤리다 ··· 218

은혜 갚은 까치처럼 똑까치 살자 ··· 223

이것 또한 지나가리라(출장뷔페) ··· 228

인사를 잘하면 유명인사 된다 ··· 232

Part 5 ·· **239**

작은 일에 최선을 다하자 ··· 240

잠자리는 죽어서도 날개를 접지 않는다 ··· 244

전화웃음전도사 '권 강사님' ··· 248

'정신 차리자' 돌머리 ··· 252

조폭에게 순종하다 ··· 256

조폭 순종한 후, 방송에 나오다 ··· 261

조폭을 내편으로 만드는 방법 ··· 266

'좌우명'이 평생을 '좌우'한다. ··· 269

최고가 되라! 살인청부업자와 길거리 데이트 ··· 275

포기하지 마라 절대 포기하지 마라 ··· 278

프로는 앞으로 잘 하는 사람이 프로다 ··· 282

피할 수 없는 고통은 유머로 피해라 ··· 285

하루를 보람있고 의미있게 사는 방법 ··· 289

행복 플러스! '바꿔치기 하라' ··· 291

힘들어 죽겠다가 아니라, 힘들어도 웃겠다! ··· 294

Epilogue 에필로그 ···································· **300**

Part 1

우

웃긴 거를 보고 웃는 사람은 명이 길~다

1익보다 2익보다 소중한 것는 | 42살에 개그맨 오디션에 도전하다. | 43.1 | 100원 짜리가 100만 원 효과를 내다 | 300만 원으로 운명이 바뀌다 | KBS아침마당 출연하는 꿈이 이루어졌다(전국이야기대회 준우승) | SBS진실게임에서 내 진실이 밝혀지다

▕▌▌▌ 1억보다 2억보다 소중한 것은

뉴스에서 AI 조류독감(닭, 오리 등 야생조류에서 조류인플루엔자 바이러스 감염으로 발생하는 전염병)으로 닭과 오리 2000만 마리 이상이 도살처분 됐다는 소식을 들었다. 그 때문에 계란가격이 하늘을 치솟았다. 계란 폭등으로 가정과 음식점 등 사회 전반에서 많은 어려움을 겪기 시작 했다.

엄마는 아침에 아버지 밥상을 따로 차려 드린다. 아버지는 방에서 드시고 엄마와 나는 거실에서 아침을 먹는다. 아침에 씻고 나오다가 아버지 밥상을 봤다. 그러다가 늘 아버지 밥상에 있던 계란프라이가 없는 것을 발견했다. 나는 엄마에게 "계란프라이 빨리 하나 해드려!"라고 말했다. 엄마는 "반찬(김치, 무말랭이, 콩나물, 콩나물국)이 이 정도면 됐지. 뭘 더 먹어? 담배나 끊으라고 그래! 그 돈으로 반찬이나 사먹게 나둬…."라고 말하며 앉아서 밥이나 먹으라고 했다.

그런데 내 반찬엔 계란말이가 있었다. 나는 엄마에게 단호하게 말했다.

"내 밥상에는 있고 아버지 밥상에 없는 것(계란프라이) 절대 안먹어. 똑같이 해줘야 먹을 거야, 계란프라이 빨리 하나 해드려!"

엄마는 내가 밥 안 먹겠다는 말에 놀랐는지 마지못해 계란프라이를 해서 아버지 방으로 갖고 가셨다. 이제 좀 편안하게 밥을 먹으려고 하는데 엄마에게도 계란프라이가 보이지 않았다. 엄마도 아침에 매일 드셨는데 말이다. "엄마, 왜 계란프라이가 없어?"라고 묻자 엄마는 계란 값이 올라서 못 먹는다고 했다.

"아니 계란이 얼마나 한다고 안 먹어? 프라이드치킨도 아니고…. 돈 아끼지 말고 몸을 아껴. 몸 망가지면 나중에 돈이 더 들어…."

허나 결국 엄마는 몸에 베인 절약 정신 때문에 그 좋아하던 계란프라이를 포기했다.

저녁 7시쯤 아버지가 들어오셨다. 엄마는 아버지 저녁을 준비해 밥상을 방으로 갖다 주셨다. 잠시 후, 엄마가 아버지 방의 문을 열어보았다. 그런데 아직 날이 훤한데도 방에 불이 켜져 있는 것을 보고 화를 내며 한 마디 하셨다.

"아니, 왜 불을 켜고 먹어? 아직 환한데…."

엄마의 닦달에 아버지는 불을 끄시고 TV에서 나오는 불빛으로 식사를 하셨다.

그러려니 하고 내 방에서 공부를 하고 있는데 얼마 지나지 않아 부엌에서 엄마가 부르는 소리가 들렸다.

"현철아 대일밴드 좀 깃고 와라."

대일밴드를 찾아서 얼른 부엌으로 갔다. 불을 켜고 확인해보니 엄마 손가락에서 피가 나고 있었다. 대일밴드를 얼른 감아 드렸다. 엄마는 또 불을 안 켜고 저녁 준비하다가 칼에 손가락을 베인 것이었다.

무슨 한석봉도 아니고 어처구니가 없었다. '엄만 불 끄고 저녁 준비를 할테니, 너는 글을 쓰거라'도 아니고..

어두운데 제발 불 좀 켜고 하라고 그렇게 얘길 해도 도무지 듣질 않으신다. 오징어는 말려도 우리 엄마는 못 말린다.

밤에 화장실에 있는데 엄마가 크게 소리쳤다.

"누가 화장실 물 틀어 놨어? 빨리 잠궈!"
"엄마, 나 오줌 누는 거야, 오줌 잠글게."

엄마는 물소리만 나면 누가 물 틀어 놓은 줄 알고 넘칠까봐 항상 걱정하신다. 나는 이런 엄마가 항상 걱정이다.

'돈을 잃으면 조금 잃은 것이요, 건강을 잃으면 전부 잃은 것'이라고 했는데 돈보다 몸(건강)을 항상 먼저 생각하는 지혜로운 짠순이 엄마로 살아가길 기도한다. 1억 보다 2억 보다, 엄마하고 좋은 추억을 많이 많이 벌고 싶다.

1 억 보다

2 억 보다

더 소중한 것은 추억 이다.

네 부모를 즐겁게 하며
너를 낳은 어머니를 기쁘게 하라 —잠언23:25

ⅢⅢ 42살에 개그맨 오디션에 도전하다

오랫동안 노점에서 장사를 하면서도 개그맨의 꿈을 잊지 않고 살았다. 손님들을 어떻게 하면 재미있게 할까? 연구를 했다. 음식은 맛이 있어야 하고 손님은 많이 있어야 한다. 한 번 손님은 영원한 손님. 장사하면서 손님이 없을 땐 틈틈이 책도 보고 개그 연습을 했다. 손님이 오면 덕담도 건넸다. "부자 되실 겁니다" "강부자"요. "2100년까지 복 받으세요." 개인기(성대모사)도 보여주었다. 좋은 아이디어가 생각나면 항상 메모해 두었다가 손님에게 들려주었다. '웃지 않는 자는 장사하지 마라'는 속담처럼 내가 즐거워야 손님이 즐겁다. 음식 파는 것도 중요하지만 손님이 웃는 것이 더 즐거웠다.

장사하면서 힘든 때도 많았다. 단속 때문에 쫓겨 다니기도 하고 집회가 있는 날은 장사를 못했다. 또, 조폭에게 내가 장사하고 있는 품목을 뺏기기도 하고 300만 원 사기까지 당했다. 여러 가지 애로사항이 많아 포기하고 싶은 순간도 있었지만 끝까지 참고하다 보니 '고박사 크레페'로 방송까지 나오게 되었다. 그날 이후 하루 매출이 평소 때 보다 3배 이상 수익이 좋아지기도 했다. '힘들어도 끝까지 하면 되는 구나'라는 걸 이때 깨닫게 되었다 '늦었을 때가 가장 빠른 때'라는 말을 떠올리며 개그맨의 꿈에 다시 도전하기로 했다. 돈은 많이 벌수 있겠지만 지금 아니면 못 떠날 것 같았다. 노점상을 하면서 친동생처럼 잘해주셨던 양말 이모님, 그리고 마차 보관소 할머니, 장사하게 해준 오정이 형한테 이 글을 빌어 다시 한 번 감사의 말씀을 드린다. 장사와 개그맨 중 하나를 선택해야 했다. 나는 끝까지 하면 된다는 마음을 먹고 7년 동안 해왔던 노점상을 접고 조용히 이대를 떠났다.

열심히 일한 당신 떠나라 대학로로! 꿈이 있는 당신 떠나라 개그맨으로!

30대 후반에 대학로에 있는 웃음연극공연단에 들어가기로 했다. 극단에 가서 개그맨이 되고 싶다고 했더니 나이가 많아서 어린 친구들하고 같이 호흡하기가 힘들 거라고 했다. 어디 하나 나를 받아주는 데가 없었다. 그래서 'S방송사'의 방송아카데미를 다니게 되었다. 이곳에는 개그연기과가 있었고, 개그학과 교수님과 실전 개그맨한테 연기 지도와 코칭을 받을 수 있었다. 동기들과 같이 밤새도록 아이디어도 짜고 연습 장소를 빌려 시간 날 때마다 모여 연습을 했다. 그렇게 개그연기과를 수료하고 2기 동기생들은 각자 개그맨 오디션 및 리포터, MC, 방송 쪽의 길을 가게 되었다.

나는 42살에 MBC공채 개그맨 오디션을 보러 갔다. MBC에 도착해보니 많은 개그맨 지망생들이 와서 기다리고 있었다. 내가 나이가 제일 많은 것 같았다. 전국에서 웃기다고 하는 사람들이 다 모였으니 정말 대단했다. MBC는 매년 500명이 넘는 사람들이 개그맨 오디션을 보러 온다. 그중에서 1차로 50명을 뽑는다. 1차만 붙어도 대단한 거다. 1차에 합격한 사람들은 2차에서 최종 10명 정도를 뽑는다고 한다.

이곳에서 개그맨 지망생인 띠 동갑 동률이를 알게 되었다. 동률이와 나는 마음이 맞아 금방 친해졌다. 1차 오디션을 마치고 동률이와 나는 벤치에 앉아서 1차 합격자명단 발표를 기다리고 있었다. '벤츠'에 앉느냐, '벤치'에 앉느냐 그것이 문제였다. 사실 그것이 문제가 아니라 지금이 문제였다. 동률이와 얘기를 나누고 있는데 갑자기 하늘에서 새똥이 내 옷에 떨어졌다.

"아이~.. 떨어졌네.."

불길한 생각이 들있나. 농률이에게 희망을 가지기로 했다. 동률이는 약장사 연기를 잘했다. 그리고 영화배우 한석규 씨와 박신양 씨의 성대모사를 굉장히 잘했다. 이 정도면 붙을 수 있을 것 같았다.

드디어 1차 합격자명단 결과가 나왔다. 다들 결과를 보기 위해 정문 쪽으로 우르르 몰려갔다. 동률이 혼자 결과를 보러 갔고 나는 벤치에 앉아 있었다. 잠시 뒤, 동률이가 큰 소리로 나를 불렀다.

"현철이 형님, 붙었어요!"

나는 동률이가 붙었다는 얘기를 듣고 축하해 주었는데 동률이가 다시 크게 말했다.

"형님 이름 있어요!"
"뭐? 내 이름이 있다고?"

얼른 내려가서 합격자 명단을 확인해 보았다. 1차 합격자 명단에 내 이름과 수험번호가 있었다.

수험번호 : 181번
이름 : 고현철

내가 붙었다니 정말 믿기지가 않았다. 새 똥이 옷에 떨어져서 당연히 떨어졌다고 생각했는데 잘못 생각한 것이었다. 그날 비록 1차에만 합격했지만 여기까지 온 것만으로도 정말 감사했다. 전에 KBS개그사냥 오디션을 보러 갔을 때 김웅래PD님이 개그맨 지망생들에게 해주신 말씀이 생각났다.

"오디션 보고 떨어졌다는 말을 하지마라. 절벽에서 본 것도 아닌데 왜 자꾸 떨어졌다고 하는지 모르겠다."

전에는 '떨어졌다'는 말을 자주 했었다. 그러나 새 똥 떨어진 이후 '내 사전에 떨어짐은 없다' 새 똥이 떨어져도 붙을 수 있으니 말이다. 새 똥도 약에 쓴다.

**세상의 중요한 업적 중 대부분은
희망이 보이지 않는 상황에서도
끊임없이 도전한 사람들이 이룬 것이다** -데일 카네기

**당신이 할 수 있다고 생각하면 할 수 있고
할 수 없다고 생각하면 할 수 없다** -헨리포드

ⅢⅢ **43.1**

군대를 가기 위해 신체검사를 받으러 갔다. 3년이라는 긴 시간을 가족들과 떨어져 있어야 한다니 마음이 슬프다. 말이 3년이지 장난이 아니다. 벌써부터 걱정이 되었다. 어제 저녁, 그리고 오늘 아침을 평소보다 두 배로 밥을 많이 먹었다. 군대가 빡센(?) 곳이다 보니까 미리 많이 먹어 두기로 했다.

이침밥을 든든히 먹고 징병검사를 받으러 의정부 병무청으로 갔다. 의정부 병무청에 도착하니 입영대상자들이 많이 모여 있

었다. 신체검사를 받기 위해 각 내무실 복도에서 줄을 서서 다들 대기하고 있었다. 남자라면 꼭 갔다 와야 하는 곳이지만 군대를 가지 않으려고 안간힘을 쓰는 인간도 있다. 오른쪽 검지가 없으면 면제(총을 쏠 수가 없어서)다. 이 사실을 안 친구가 술을 잔뜩 먹고 망치로 검지를 내리쳤다. 그리고 신체검사를 받았는데 당연히 군대 면제 판정을 받았다. 그러나 그 남자의 진짜 면제 이유는 '평발' 때문이었다. 군대 안 가려고 요령 피우다가 군대를 더 많이 가게 되었다.

몸무게를 재기 위해 복도에서 줄을 섰다. 드디어 내 차례가 되었다. 군의관님이 체중계에 올라가라고 했다. 체중계를 보시더니 내려갔다 다시 올라가라고 했다. 또 다시 내려오라고 했다. 그리고 다시 올라가라고 했다. 나는 속으로 '뭐야, 벌써부터 똥개 훈련시키는 거야?'라고 생각했다. 다시 올라갔다 내려 갔다를 3번이나 반복했다. 군의관님이 나를 한 번 훑어보시더니 가보라고 했다.

신체검사가 모두 끝나고 결과를 기다렸다. 1급에서 3급까지는 현역, 4급은 방위(전투방위), 그리고 5급은 면제였다. 드디어 결과가 나왔다. 나는 4급 판정을 받았다. 2년을 복무해야 하는 전투방위다. 내가 4급을 받은 이유를 알아보았다. 이유를 알아보다가 충격적인 사실을 알게 되었다. 몸무게가 43.0Kg이하가 면제인데, 나는 43.1Kg이었다. 0.1kg 때문에 면제가 아니라 방위가 된 것이었다. "으악!" 이게 무슨 오뉴월에 서리 내리는 소리인가? 나는 다시 한 번 확인해 보았다.

43.0Kg 이하 군대 면제

0.1Kg 때문에 2년의 시간을 군대에서 보내게 생겼다. 0.1Kg 는 100g이다. 100g이면 밥 한 공기 무게다. 밥 한 공기 때문에 2 년 동안 군대를 가야한다고 하니 슬펐다. 나보다 억울한 사람이 또 있을까? 이미 엎질러진 몸무게다. 패잔병마냥 처참히 집으로 돌아왔다. 머릿속에선 '이런 바보 멍청이, 머저리 얼간이 또라 이 미련한 놈 병X 쪼다 미친놈…' 이 떠나질 않았다. 아마 이 세 상에서 밥 한 공기 때문에 군대 간 사람은 나 밖에 없을 것이다.

용인에 있는 신병교육대에서 4주간의 훈련을 받았다. 그리고 재신검을 받을 수 있다는 기쁜 소식을 들었다. 나는 서둘러 신체 검사를 다시 받으러 갔다. 체중계에 한 발을 올리고 나머지 발도 사뿐히 올려놓았다. 체중계 눈금을 천천히 내려다보았다. 나는 경악했다. 내 몸무게가 53.1Kg이었던 것이다. "으악!" 군대에서 몸무게가 10Kg이나 쪘다. 그렇게 나는 2년이라는 시간 동안 군 생활을 건강하게 잘 보낼 수 있었고, 군대에서 찐 몸무게가 지금 까지 53.1Kg로 그대로다.

'모르는 게 약 이다'라는 말처럼 43.0Kg 이하가 면제라는 사 실을 몰랐던 게 내 인생에 큰 약(藥)이 되었다. 신체검사 받으러 간 날 밥 한 공기 먹었던 게 너무 감사했다. 혹시 군대를 안 가려고 생각하는 분이 있다면 꼭 갔다 오길 바란다. 처음에 나도 비실비실 했지만 지금은 비처럼 몸도 좋아졌고 건강해졌다. 자신감도 생겼다. 세상을 보는 시야도 넓어졌다. 이왕 갔다 올 거 기쁜 마음으로 후딱 갔다 오자. 나를 위해, 가족을 위해 그리고 나라를 위해.

'비 온 뒤에 땅이 굳어진다'는 속담처럼 43.1Kg로 삐쩍 말랐던 몸이 군대를 다녀 온 뒤 53.1Kg로 더 건강한 몸이 되었다. 어떤 혹독한 시련과 고난이 있더라도 참고 열심히 살다보면 약한 것이 강하게 된다. 날마다 모든 면에서 점점 더 좋아질 것이다, 점점 더 나아질 것이다, 점점 더 성공할 것이다. 나는 강남 스타일이다.(강한 남자 스타일)

'고난당한 것이 내게 유익이라' -시편119:71

'네 시작은 미약하였으나 네 나중은 심히 창대하리라' -욥기8:7

▥ 100원 짜리가 100만 원 효과를 내다

양 강사님의 웃음치료수업을 참관하게 되었다. 장소는 화도에 있는 마석 기독병원. 3층 병실 복도 가운데 웃음치료를 할 수 있는 공간이 마련되어 있었다. 시간이 되자 간호사분들이 휠체어를 탄 환자분들을 모시고 왔고, 곧 일반 환자분들, 보호자분들이 이곳을 가득 둘러 앉아 있었다.

강사님의 웃음치료가 시작되었다.

"다 같이 웃어 봅시다. 하하하~, 사랑합니다. 하하하~, 감사합니다. 하하하~!"

역시 웃음은 운동이다. 따라서 웃기만 해도 기분이 좋아진다. 강사님이 민요를 틀었다. 나는 화장지를 양손에 들고 앞에 나가 봉산 탈춤을 추었다. "얼쑤!" 다들 좋아해주셨다. 탈춤을 끝내고 자리로 들어와 주위를 둘러보았다. 한 할머니가 뒤쪽에서 커피자판기와 씨름하고 계셨다. 무슨 일인지 가서 여쭈어보았다.

"할머니, 무슨 일 있으세요?"
"자판기에 200원을 넣었는데 커피가 안 나와."

자판기가 고장 났나 하고 봤더니 그게 아니었다. 이 자판기 커피는 다 300원짜리였다. 할머니는 200원만 넣어도 커피가 나오는 줄로 알고 계셨던 것 같다. 돈을 넣었는데도 커피가 안 나오자 화가 잔뜩 나신 거였다. 나는 얼른 100원짜리 동전을 꺼내 자판기에 넣었다. 그리고 자판기에 주문을 걸었다.

"수리수리 마수리, 나와라 얍!"

주문한 커피가 나왔다. 할머니 얼굴에도 웃음이 나왔다. 할머니에게 커피를 드렸다. 할머니는 몇 차례 고맙다며 인사를 해주셨다. 100원짜리 넣고 이렇게 인사를 많이 받아보긴 처음이다.

뒤에서 웃지도 않고 계속 서 계셨던 할머니가 커피를 가지고 자리에 앉으셨다. 그리고 강사님이 하는 동작도 잘 따라하시고 많이 웃어주셨다.

전에 마트에서 어떤 아줌마가 물건을 잔뜩 손에 들고 계산을 하는데 100원이 모자라 주머니에서 동전을 찾고 있었다. 나는 얼른 100원을 꺼내 계산원한테 드렸다. 아줌마는 고맙다며 얼굴이 환해지셨다.

'나비효과'란 말이 있다. 나비의 작은 날갯짓이 엄청난 효과를 일으킨다는 뜻이다. 아주 작은 사건으로 인해 예상치 못한 엄청난 결과가 초래할 수 있다. 100원짜리 동전 하나로 할머니가 100만 원 이상의 웃음을 찾게 되었으니 이게 바로 100원의 효과다. 100원짜리가 할머니에게 100만 원 이상의 만족과 웃음을 가져다 준 것이다.

할머니가 정말 '원'했던 건 큰 것이 아니라 고작 100'원'이었다. 행복은 내가 원하는 걸 채우는 것이 아닌 상대방이 원하는 걸 채울 때 오는 것이다. 사람의 마음을 움직이는 건 간단하다. 100원짜리 동전처럼 큰 것이 아니라, 그 사람을 생각하는 작은 마음만 있으면 된다.

▌300만 원으로 운명이 바뀌다

군대 신병교육대에서 겨울에 4일 동안 물이 안 나온 적이 있었다. 식판에다 밥을 먹고 설거지를 해야 하는데 물이 안 나와서 수세미에다 빨래비누를 묻혀서 식판을 닦았다. 말 그대로 식판이 아니라 빨래판이다. 비누 냄새가 진동했다. 그래도 배가 고프니 참고 밥을 먹었다.

하루는 힘든 훈련이 끝나고 잠깐 쉬는 타임에 선임자가 힘들어하는 우리에게 이렇게 말했다.

"담배 일발 장전!"

그렇게 나는 군대에서 처음 담배를 배웠다. 힘든 훈련이 끝나고 피는 담배는 정말 꿀맛(?)이었다.

군대 동기이자 학교 동창인 재용이와 제대 후, 담배를 제대로 폼나게 피어보고 싶었다. 겉멋이 들어도 단단히 들었던 것이다. 그 무렵 사람이 많이 다니는 종로(?)에 갔다. 재용이와 나는 멋있게 담배를 꺼내 입에 물었다. 재용이는 나보다 키도 크고 멋있는 녀석이다. 그런 재용이보다 더 폼나게 피기 위해 나는 담배에 불을 안 붙이고 입에 물고만 다녔다. 그리고 껌 씹는 것처럼 담배를 계속 물고 다녔다.

얼마ㅏ 담배를 입에 물고 다녔을까. 담배가 너덜해져 입천장에 달라붙어 목구멍으로 넘어가게 되었다. 급한 마음에 포장마차로 무작정 달려갔다.

"아줌마 물이요, 빨리 물 좀 주세요!"

그렇게 주전자에 있는 물을 마신 후 입안에 있는 담배를 다 뱉어 버렸다. 정말 죽는 줄 알았다. 그 다음부터는 담배를 절대 물고 다니지 않는다. 많이 피지도 않는다. 죽을까봐...

이대역 2번 출구에서 먹는 장사를 했다. 정면에는 큰 옷 가게 매장이 있었는데 앞치마를 두른 직원이 가끔 나와서 사 먹기도 하고 포장도 해갔다. 그 분은 친절하고 명랑한 분이셨다. 만화 속에 나오는 들장미 소녀 캔디 같았다. 농담을 하면 잘 들어주고 웃어 주었다.

"얼굴에 뭐 났어요?"
"뭐가요?"
"타고 났어요!"(최고 👍)

"얼굴에 뭐 묻었어요?"
"뭐가요?"
"아름다움이요!"(최고 👍)

"오늘 진짜 웃기게 생긴 사람 봤어요?"
"누구요?"
"손님이요! 하하하하~!"

그 분의 밝고 명랑한 모습은 내 갈비뼈와 좌심방을 흔들어 놓았다. 집에 돌아와 설레는 이 내 마음을 편지로 썼다. 그 분에게 용기를 내 고백하고 싶었다. 다음 날, 편지를 들고 가게로 나섰고 '그 분이 나오면 꼭 편지를 전해줘야지...'그렇게 마음먹었다.

그런데, 며칠이 지나도 그 분(캔디)은 나타나지 않았다. 어떻게 된 건가 궁금해 옷가게 매장 직원 분한테 물어보았더니 그만 두었다고 했다. 편지까지 써 고백하기위해 늘 편지를 품에 넣어 갖고 다녔건만.. '이대'에서 정말 '이대'로 끝나는 것인가?! 나는 끝까지 기다리기로 했다. 다시 올 거라고 믿었다. 편지도 계속 갖고 다녔다.

그렇게 1년 정도가 지났을 무렵, 희한한 꿈을 꾸었다. 거미 한 마리가 천장에서 내 얼굴로 내려오는 것이었다.

다음날, 여느 때와 같이 장사를 하고 있는데 여자 손님이 와서 말했다.

"아저씨, 크레페 하나만 주세요."

익숙한 목소리에 고개를 들어 얼굴을 보았다. 바로 그토록 기다리던 '그 분'(캔디)이었다. 1년 전, 그토록 기다리고 기다렸던 캔디가 어제 꿈에 나타났던 거미처럼 눈앞에 나타난 것이었다.

나는 얼른 편지를 꺼내 그 분에게 주었다. 그리고 '어떻게 된 거냐'고 물었다. 그녀는 안산으로 이사를 가게 되었다고 했다.

그렇게 전화번호도 물어보지 못하고 다시 헤어지게 되었다.

그렇게 또 1년이 흘렀다. 그런데 1년 전에 꾸었던 '똑같은 거미 꿈'을 꾸게 되었다. 거미가 천장에서 내 얼굴로 쪼르륵 내려오는 것이었다.

다음날, 장사를 하고 있는데 또 그 분이 꿈에 거미가 내려왔던 것처럼 내 앞에 나타났다.

♬ 왜 내 눈 앞에 나타나 네가 자꾸 나타나~

1년마다 똑같은 꿈(거미)을 꿨는데 그 때마다 내 눈 앞에 나타났다. 정말 신기했다. 그 분은 두 손에 잔뜩 짐을 든 채 내 앞을 지나가고 있었다. 나는 얼른 그 분의 짐을 들어 주었다. 그리고 그 분이 가시는 곳까지 짐을 들어다 주었다. 그러자 그 분(캔디)이 나에게 말했다.

"저녁 때 차 한 잔 하실 수 있어요?"
"물론 하실 수 있죠!"

그 분과 약속을 하고 장사를 조금 일찍 끝내 매장 지하에 있는 커피숍에서 그 분과 이야기를 나누었다. 그 분은 내게 충격적인 말을 했다. 현재 그녀는 '자궁암' 투병 중이라는 것이었다. 그리고 치료를 받아야 하는데 '50만 원'이 부족하다고 했다. 나는 치료비 50만 원과 생활비 50만 원을 더 보태 100만 원을 그녀에게 보내 주었다.

그리고 일주일 뒤, 그 분이 장사를 하고 있는 나를 찾아 왔다. 돈이 떨어져서 '100만 원'이 더 필요하다고 했다. 다음 날, 100만 원을 찾아서 그 분에게 주었다.

그리고 또 며칠 뒤, 그 분이 또 100만 원이 필요하다며 찾아 왔다. 그 분은 나중에 조금씩 갚겠다고 했다. "편하신 대로 하세요"라고 말하고 내일 드리겠다고 말씀드렸다. 허나 통장에는 장사할 재료를 살 돈 밖에 없었다. 엄마한테 부탁했다. 장사해서 갚아줄 테니까 '100만 원'만 빌려달라고 했다. 엄마는 무슨 소리냐며 "네가 100만 원 쓸 때가 어딨냐?!"고 절대 안 된다고 하셨다. 엄마에게 무릎 꿇고 빌었다. 울면서 매달렸다.

"제발, 이번 한 번만! 엄마 꼭 갚아줄게요. 제발.."

허나 엄마는 끝내 빌려주지 않으셨다. 그때 마침, 운전자보험을 들어 놓은 게 생각났다. 10년 동안 꼬박 부은 건데 만기가 한 달 남았다. 지금 찾으면 손해가 많다. 그러나 방법이 이것 밖에는 없었다. 나는 10년 동안 부은 운전자보험을 해지했다. 다행히 98만 원 정도를 받을 수 있었다. 그렇게 100만 원을 맞춰서 다음 날 그 분에게 전해 주었다. 그렇게 300만 원을 그 분에게 주었다.

며칠 뒤, 그 분에게 안부 전화를 했다. 그런데 없는 번호였다. 아무 생각도 나지 않았다. 그저 그 분에게 아무 일이 없기를 바랄 뿐이었다. 차라리 자궁암에 걸렸다는 게 거짓이길 바랐다. 그냥 돈이 필요해서, 돈이 필요해서 나에게 왔던 것이었길 바랐다. 부디 어디에 있든지 건강하게 잘 살았으면 좋겠다는 마음뿐이었다.

나는 그 분께 정말 감사하게 생각한다. 그 분 때문에 끊기 어려운 '담배'를 끊게 되었다. 그때 몸이 무척 말랐었는데 그 분에게 살 찐 모습을 보여주고 싶어 담배를 끊었다. 담배를 끊으면 살이 찔 것 같아서 작정하고 담배를 끊게 된 것이었다. 그것이 계기가 되어 벌써 12년째 담배를 피우지 않는다. 물론 앞으로도 영원히 피지 않을 것이다. 돈으로 따져도 엄청난 돈이다. 그 분 덕분에 평생의 건강을 찾게 되었다. 300만 원은 내 마음이었고 전 재산이었다. 그때는 몰랐지만 그것이 '건강'이 되어 나에게 다시 돌아왔다. 그 분은 담배를 끊게 해준 고마운 '천사'다. '금연전도사'다.

'눈물을 흘리며 씨를 뿌리는 자는 기쁨으로 거두리로다.
울며 씨를 뿌리러 나가는 자는
반드시 기쁨으로 그 곡식 단을 가지고 돌아오리로다.' –시편126:5~6

ⅡⅢ KBS아침마당 출연하는 꿈이 이루어졌다(전국이야기대회 준우승)

내 방에서 강의준비를 하고 있는데 엄마가 거실에서 TV를 보고 웃고 계셨다. '뭘 보고 웃으시는지' 궁금해져 거실로 나가봤다. 엄마는 'KBS아침마당 전국이야기대회'를 보고 계셨다. 엄마하고 같이 방송을 보는데 '내가 정말 해보고 싶었던 것'이었다. 출연자들이 이야기 하는걸 보면서 '나도 저렇게 할 수 있다'는 자신감이 생겼다. 전에 엄마하고 같이 아침마당을 볼 때 엄마한테 했던 말이 있었다.

"엄마, 나 아침마당 나갈 거야!"

엄마는 '개소리'하지 말고 '집이나 나가!'라고 했다. 그 땐 집에 틀어박혀 공부만 했기 때문일거다. 허나 이번에는 반드시 아침마당에 나가고 싶어졌다. 아침마당 방송이 끝나자마자 제작진에게 전화를 걸었다. 작가님한테 전국이야기 대회 출연신청을 하고 오디션 약속 날짜를 잡았다. 약속 당일 KBS별관에 도착했다. 아침마당 PD님과 작가님들을 만나 면접을 보았다. 그리고 '전국이야기대회 내 말 좀 들어봐'에서 할 이야기를 들려주었다. PD님과 작가님이 재미있다며 엄마도 같이 아침마당에 나왔으면 좋겠다고 했다. 그렇게 '아침마당'에 출연하고 싶어 했던 내 꿈이 이루어졌다.

'엄마의 웃음소리'가 나를 움직이게 했고 나를 웃게 했다. 아침마당에 나가고 싶다는 소원이 이루어졌다. 웃으면 복이 온다. 내가 웃어도 복이 오지민 님이 웃을 때 따라 웃으면 복은 저절로 따라 오게 되어있다.

성경 말씀에 '즐거워하는 자들과 함께 즐거워하라(로마서12:15)'
고 했다. 행복은 마중물과 같다, 펌프에서 물이 안 나올 때 한 바
가지의 물을 붓게 되면 땅속 깊은 샘물을 퍼 올릴 수 있는 것처
럼 우리의 팍팍한 삶도 웃게 되면 행복이 마중 나오게 된다. 안
나오는 물을 끌어 올리기 위해 붓는 물을 마중물이라고 한다. 행
복을 끌어 올리기 위해 웃는 행동을 마중 웃음이라고 한다. 인간
에게는 정말 효과적인 무기가 있다. 바로, 웃음이다.(마크 트웨인)

행복해서 웃는 것이 아니라 웃으니까 행복해진다. -윌리엄제임스

:: 아침마당에 전국이야기 대회 대본

세상에는 여러 가지 소리가 있습니다. 천둥소리, 바람소리, 물소
리, 새소리, 머리 굴리는 소리... 그리고 엄마의 '꺼! 불 안 꺼? 빨리
안 꺼?' 듣기 싫은 잔소리까지. 제가 정말 한이 맺혀 이 자리에 나
왔습니다.

저는 아침마당을 가끔 보는 편인데요, 엄마는 아침마당을 자주
즐겨보시거든요. 전에 엄마하고 아침마당 같이 볼 때 엄마한테 이
런 말을 한 적이 있습니다. '엄마, 나 아침마당 나갈 거야!' 했더니
엄마는 '개소리 하지 말라'며 '집이나 나가!'라고 하시는 거예요. 그
땐 일은 안하고 집에 틀어박혀 있으면서 공부만 했거든요. 엄마한
테 "유재석도 10년이라는 무명시절이 있었다."고 조금만 기다려 달
라고 했어요. 저는 사람들에게 웃음을 주기 위해 여러 분야에 대해

공부도 하고 연구를 했습니다. 그리고 더욱 공부에만 집중하기 위해 여자를 멀리 하려고 여자 생각조차도 안 나게 하는 수술도 생각했었어요. 그런데 여자 생각 안 나게 하다가 엄마 생각도 안 나면 어떻게 해요? 겁이 나는 거예요. 그래서 하지 않았죠.

그래도 저는 공부에 집중을 하기 위해 노력을 하는데 엄마 때문에 집중을 못 해요. 그 일들을 고발하려 합니다. 엄마는 제가 밤늦게 불 켜 놓고 공부하고 있으면 불 끄고 가버려요. 다시 불 켜서 공부하려고 하면 엄마가 다시 들어와 '꺼! 불 안 꺼? 빨리 안 꺼? 가방 갖고 나가!' 그러세요. 또 방에서 재채기를 하면 옆집에 다 들린다고 창피하다며 '산에 가서 하라'고 했어요. 마음 편히 재채기도 못했습니다.

그리고 밥을 먹을 때에도 깜깜해서 불을 켜려고 하면 엄마는 '꺼! 불 안 꺼? 빨리 안 꺼?' 제가 '엄마 어두워~ 깜깜하면 복 나가' 그랬더니 엄마는 '너나 나가'라며 이 정도면 환하다고 저를 나무라셨어요.

밥을 먹는데 국이 너무 짜서 짠 게 몸에 안 좋다고 엄마한테 말했더니 돌아오는 말은 "그냥 쳐 먹어!" 그래서 '나 짠 거 안 먹어~'라고 했더니 엄마는 '나가 쳐 먹어'라고 하는 거죠. 어두운데도 항상 계속되는 엄마의 '불 꺼!' 소리에 아버지는 TV만 켜고 TV에서 나오는 빛으로만 밥을 드신다니까요.

엄마의 절약은 불 뿐이 아닙니다. 저는 항상 차를 타고 교회에 새벽 기도를 나가요. 하루는 엄마에게 이제부터 운동도 할 겸 걸어 다니겠다고 했더니 엄마는 '신발 닳게 왜 걸어가~'냐는 거예요. "엄마, 타이어도 닳아, 차가 더 비싸.."

겨울에 추우니까 전기장판을 켜고 자잖아요. 그런데 제 전기장판은 아침에 일어나보면 항상 꺼져 있어요. 그래서 엄마에게 "아이 진짜, 엄마 제발 좀 끄지 마! 나 허리 아파."라고 했죠. 엄마는 제가 자는 걸 확인하고 전기장판을 끄고 주무시거든요. 엄마는 제가 눈 감기 전에는 눈을 안 감으세요. 전기를 다 끄기 위해서 말이죠. 아마도 엄마는 나보다 오래 사실 거예요. 내가 눈 감기 전에는 절대 눈 감으시니까.

아침에 전기장판을 끈 것 때문에 엄마하고 한바탕 했어요. "엄마, 나 추워 죽겠어~ 얼어 죽겠다고!" 엄마한테 전기장판 절대 끄지 말 것을 당부했어요. 그런데도 다음날 일어났는데 몸이 으슬으슬한 거예요. 또 전기장판을 끈 게 아닌가. 확인해봤는데 전기장판은 켜져 있어요. 그래도 뭔가 찜찜해서 가까이 가서 봤더니 장판 온도가 최하온도인 '저온'으로 되어 있었어요. 제가 말하는 저온은 고온 저온 표시가 있잖아요. 거기서 불 1단도 채 가지 앉은 그냥 저온 글자 언저리에 불을 켜 놓은 거였어요.

겨울에 보일러를 켜고 뜨거운 물로 목욕을 하면 뜨거운 물이 갑자기 찬물로 바뀌는 것은 일쑤구요. 씻는 것도 어제 씻었다며 씻지 말라는 엄마세요. 더욱 기가 막힌 것은 엄마가 밖에 나갈 일이 있으면 항상 제게 물어보세요. "야, 너 오늘 어디 안 나가냐?" 네가 안 나간다고 하면 엄만 제발 좀 나가라고 하시죠. 엄마는 불 끄는 것 때문에 저를 두고는 마음 편히 외출도 못하시는 분이에요.

엄마는 몸에 절약이 배어 있어서 오늘 100억을 갖다 줘도 엄마는 다음날이 되면 전과 똑같이 "꺼! 불 안 꺼? 빨리 안 꺼?" 하실 분이에요. 그리고 내일 일 안 나가면 "빨리 안 나가?" 당장 내쫓을 분이죠. 아마 빌게이츠한테도 "꺼! 불 안 꺼? 컴퓨터 안 꺼?" 하실 분이에요. 엄마가 어느 날, 나에게 이런 말을 했습니다. "나는 죽어서도 불 꺼 할거야" "불 꺼! 빨리 안꺼!" 그런 엄마를 지켜보며 한 가지 걱정되는 것은 엄마가 항상 '불 끄는 것' 신경 쓰느라 잠도 못 주무시더니 결국 불면증까지 생기셨어요. 아침마당에 나가서 엄마의 불면증, 그 동안 돈 때문에 쌓인 엄마의 한을 풀어주고 싶어요. 오늘 70만원 받게 된다면, 엄마한테 70만원 다 줄 테니까 대신에 엄마가 그동안 나한테 "꺼! 불 안 꺼? 빨리 안 꺼?"라고 했던 잔소리 *끄는 거야! 완전히 끄는 거야!*

엄마 앞으로 공부 많이 해서 좋은 일도 많이 하고 사람들에게 기쁨 주고 돈 많이 받는 대한민국 최고의 웃음강사가 될게! 엄마 파이팅!

'전국이야기 대회 내 말 좀 들어봐' 이야기를 다 마치고 시청자분들께 마지막으로 한 말씀 드렸다 '엄마의 한을 풀 수 있는 방법'이 딱 하나 있습니다. 바로, '70만 원'입니다. 100만 원(우승)은 부담됩니다. '70만 원'(준우승)이 딱 좋아요. 지금 번호(3번, 고현철) 누르고 계시죠. 3번 누르신 분은 건강하게 오~래 오~래 사시구요. 안 누르시는 분은 알아서 사십시오.

드디어 시청자분들이 뽑아주신 투표결과가 나왔다. 이금희 아나운서가 결과를 발표했다. 전국 이야기대회 오늘의 준우승은....

"참가번호 3번, 고현철 씨! 축하합니다."

기쁨과 감격으로 앞에 나가 시청자분들께 큰 절을 드렸다. 이금희 아나운서가 나를 보며 말했다.

"축하합니다. 소원대로 되셨네요."

준우승 하는 게 소원이라고 말했는데 정말 준우승을 했다. 상금으로 70만 원도 받았다! 아침마당을 통해 '엄마의 한'과 '내 소원'이 모두 이루어졌다.

방송이 끝나고 출연자분들과 인사를 나누고 엄마와 나는 복도로 걸어 나왔다. 마침 이금희 아나운서가 우리 앞에서 걸어가고 있었다. 엄마와 나는 뛰어가 인사를 건넸다. 안녕하세요! 이금희 아나운서가 엄마에게 웃으며 악수를 건넸다. 엄마는 이금희 아나운서 팬이라 손을 꼭 잡으며 정말 반갑다고 말했다. 이금희 아나운서에게 기념사진 같이 찍어도 되냐?고 부탁을 드렸더니 사진은 안 찍는다 며 죄송하다고 말했다. 사진을 같이 못 찍어서 서운하긴 했지만 대신, 한 가지 부탁을 했다.

"사진 못 찍은 대신, 제가 준비한 선물이 있는데 선물은 받아주세요" ('이금희 아나운서' 이름을 따서 '시간은 금이다'를 '시간은 금희다'로 바꿔서 코팅을 했음)

이금희 아나운서는 고맙다며 "선물(금)은 받을 께요"라고 말했다. 여자는 보석에 약하다고 했던가? 이금희 아나운서도 '금이(희)라서' 좋아하는 것 같았다. 시청자들에게 늘 편안한 진행으로 행복한 아침 시간(마당)을 선물해 주시는 이금희 아나운서. 아침마당에 나가면 꼭 드릴려고 했는데 오늘 드릴 수 있게 돼서 정말 기쁘고 받아주셔서 감사했다.

방송국을 나오면서 엄마가 나한테 말했다.

"상 안 탔으면 엄청 쪽팔릴 뻔 했다."

'시간은 금'이다. 왜 '금'일까?

"금방" 가니까!

하루의 시작은 아침! 시간은 흘러가는 것이 아니라 금으로 채워가는 것이다.

아침마다 아침마당을 보며 환하게 웃으며 하루를 시작하고 싶다.

〈아침마다 눈을 뜨면〉 중에서 - 박목월 님

아침마다 눈을 뜨면

환한 얼굴로 착한 일을 해야지

마음속을 다짐하는

나는 그런 사람이 되고 싶다

얼굴이 항상 햇빛을 향하게 하라 -헬렌켈러

SBS진실게임에서 내 진실이 밝혀지다

국민MC 유재석씨가 진행했던 SBS진실게임이란 프로가 있었다. 그때 방송을 보고 있는데 밑에 자막이 나왔다. 끼가 많고, 재미있는 사람을 찾습니다. 방송국에 전화해서 신청을 했다. 진실게임 작가님과 통화하고 약속 날짜를 잡았다.

며칠 뒤, 등촌동에 있는 SBS공개홀로 갔다. 일찍부터 많은 사람들이 왔다. 몇 군데로 나뉘어서 온 순서대로 줄을 서서 면접을 보고 있었다.

드디어 내 차례가 되었다. 작가님이 나한테 '특기'가 뭐냐고 물었다. 나는 작가님한테 성대모사와 개그를 보여주었다. 그리고 내 트레이드마크인 '젖꼭지'를 보여주었다.

"전 젖꼭지가 3개에요!"

작가님이 진지하게 말했다.

"여기(진실게임)는 안 어울릴 것 같구요. 개그맨 시험 보시는 게 어때요?"

그리고 잠시 뜸을 들이다가 나에게 말했다.

"그거(젖꼭지) 이상한데... 혹시 모르니까 병원 한 번 가보세요?"

'진실게임' 면접을 보러 갔다가, '젖꼭지 면접'을 보고 나왔다.

빨리 병원에 가서 '젖꼭지의 진실'이나 밝혀야겠다.

다음 날, 아침 동네 병원을 찾아 갔다. 의사선생님께 '젖꼭지'를 보여드렸다. 의사선생님이 젖꼭지를 유심히 보시더니 말했다.

"이거 그냥 놔둬도 돼, 별거 아니야."

의사선생님 말에 안심과 등심이 되었다. 나는 젖꼭지를 진찰 받다가 젖꼭지 밑에 있는 '점 하나'를 보게 되었다. 기분이 이상해서 손으로 '점'을 한 번 만져 보았다. 그런데 뭔가 딱딱한 것이 만져졌다. 의사선생님께도 한 번 만져 보라고 했다. 선생님은 만져보시더니 당장 칼로 빼내자고 하셨다. 배속에 뭐가 들어 있는지 궁금했다.

잠시 후, 의사선생님은 배 속에 박혀 있던 무언가를 꺼내서 나에게 보여주셨다. 그것은 바로, '연필심'이었다. 나는 '연필심'을 보고 소리쳤다.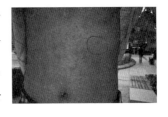

"심봤다!"(연필심)

27년 동안 뱃속에 바혀 있던 '연필심'을 드니어 극적으로 빼냈다.

의사선생님이 말하길, "하마터면 큰일 날 뻔 했다"고 했다. 이게 어떻게 된 일이지? 생각 하다가 문득 옛날 생각이 났다.

중학교 1학년 때, 미술 수업이 끝나고 내가 칠판을 지웠다. 칠판 맨 위에는 키가 닿지 않아서 점프를 해서 지웠다. 그때 손에 4B연필을 쥐고 있었는데 점프하고 내려오면서 내 배를 찔렀던 것 같다. 그때는 전혀 생각도 못했다.

27년 만에 진실이 밝혀졌다. SBS진실게임에는 못 나갔지만 연필심을 빼냈으니 본전은 빼냈다. 그렇게 진실게임을 통해 '젖꼭지'와 '연필심'의 모든 진실이 밝혀지게 되었다.

진실게임 사랑합니데이!

진실을 밝혀주신 SBS사장님, 진실게임 작가님, PD님 그리고 연필심 빼내 주신 병원 원장님 모든 분께 '진실'로 감사드린다.

(연필)심 뺀 걸 보니 심히 좋았다.

연필심은 산삼이다. 심마니가 산삼을 캔 거나 다름이 없다.

산삼 봤을 때 외치는 소리 "심봤다!"
연필심 봤을 때 외친 소리 "심봤다!"

보시기에 심히 좋았더라 –창세기1:31

Part 2

우

웃긴 거를 보고 웃는 사람은 병이 길~다

가장 좋은 명함은 웃는 얼굴이다 | 각설이단장님 자신감을 가지세요! | 간식 먹을 때, 기도 안 하는데요?! | 감기가 걸렸을 땐 약 대신 차라리 '욕'을 해라 | 강아지 '쫑'이 전도하다 | 강아지 찾아주었는데 사례비 7만 원을 깎다 | 개그맨 고혜성 씨를 만나다 | 개그콘서트 댄스대회 1등 | 개사료가 밥 보다 맛있다 | 거지를 단골로 만드는 방법 | 고양이 때문에 고민 있수다 | 구하라 그리하면 주실 것이요(딱 900원만) | 그 까이거 대충 하지 말자 | 그릇된 생각을 와장 창 깨뜨리자 | 기적의 파스2 | 까까주며 살아야겠다 | 꽝이라고 다 꽝이 아니다

⫼ 가장 좋은 명함은 웃는 얼굴이다

'웃낄라 펀 연구소' 명함을 만들기로 했다. '웃낄라'는 친구가 지어준 별명이다.

"제가 여기 온 이유가 뭔지 아세요? 웃낄라고 왔지요!"

분위기 '에프낄라'다. 다 죽여 놨다.

사람들이 '펀(fun)'에 대해서 잘 알고 있는지 궁금했다. 오늘 이발소에 가서 이발을 하고 이발사 아저씨와 머리 감겨 주시는 아줌마한테 물어 보기로 했다. 머리 감겨주시는 아줌마는 딱 내 스타일이다. 머리도 오래 감겨 주시고 잘 행구어 주셔서 정말 마음에 든다. 무지 감사하다. 나중에 내가 성공하면 내 전속 머리 감겨주는 사람으로 채용하겠다고 아줌마한테 약속했다. 아줌마에게 '펀(fun)'에 대해 여쭤보았다.

"펀(fun)이 뭔지 아세요?"
"펀라면이요."

하하~ 아줌마는 '펀'을 '컵'으로 알고 '펀 라면'으로 생각한 것이다.

사람들이 펀(fun)을 잘 모르는 것 같아 '웃낄라 펀 연구소' 대신 '웃음드림연구소'로 명함을 만들었다. 웃음드림연구소 명함을 가지고 가는 곳 마다, 만나는 사람에게 돌리고, 돌리고 떡 돌리듯이 돌렸다. 명함이 떨어졌을 땐 천 원짜리를 돌렸다. 사람들이 명함보다 더 좋아했다. 시청 민원실에서 '아는 분'을 만나 '웃음드림연구소' 명함을 주었다. 그 분은 명함을 보자마자 나에게 물어 보았다.

"드럼 어떻게 쳐요?"

그 분은 내가 드럼을 치는 줄 알고 있었다. '드러머(Drummer)'인지 아셨다.

"드럼이 아니라, 드림(Dream)인데요."
"웃음드림"

그 분에게 웃음을 드림. 그 분이 나를 웃겨드림. 하하하~

강의를 준비하면서 '유머코칭' 과정을 하나 만들었다. 그래서 명함 뒷면에 '유머코칭 프로그램'을 추가하기로 했다. 명함을 새로 파야만 했다. 명함가게에 가서 기존에 있던 명함 뒷면에 '유머코칭 프로그램' 하나만 추가해서 만들어 달라고 했다. 이틀 뒤, 명함이 다 됐다고 연락이 왔다. 명함 가게에 가서 새 명함을 봤다. 그러나, 명함이 엇갈렸다. 길이 엇갈렸다. 뒷면에 '유머코칭'을 추가해 달라고 했는데, '유머코팅'으로 되어 있었다. 아~ 자동차 코팅도 아니고 유버코팅이 뭐야? 마치 식당에서 우동을 시켰는데 쫄면이 나온 겪이다. 야심차게 준비한 코칭인데 코팅이라니, 정비사도 아니고 뭘 코팅해야 한단 말인가? 내키지가 않았다. 명함가게 직원 분한테 '유머코칭'으로 다시 수정해달라고 부탁했다. 직원 분은 저희가 잘못했다며 그렇게 해주겠다고 했다. 그 날 친구한테 전화를 해서 물어보았다.

'명함을 새로 팠는데 글자 하나가 잘못됐다. '유머코칭'으로 해달라고 했는데, '유머코팅'으로 잘못 나왔다'

친구가 진지하게 나한테 말했다.

"웃음강사가 그거 가지고 불평하면 어떻게 하냐? 코팅도 괜찮은데.."

들고 보니 친구 말도 맞는 것 같았다. 어떻게 보면 '코칭'이나 '코팅'이나 비슷한 건데. 그냥 웃고 넘어가면 될 것을 한 글자 가지고 내가 너무 요란법석 떤 게 아닌가 생각이 들었다. 요전에 명함 판 것도 400장 넘게 그대로 남아 있는데 또 파고 있으니 말이다. 또 파면 도파민이 나오겠지. 파~ '유머코칭'하기가 쉽지 않다. 유머 '코칭'과 유머 '코팅'은 한 글자 차이다. '팔자(여덟 글자)' 고치는 건 어려워도 '한 글자' 고치는 건 쉽다. 한 자 한 자 고쳐 나가다보면 팔자가 완전히 고쳐질 것이다. 드디어 유머코칭으로 수정되어 새 명함이 나왔다.

교대 웃음센터 세미나에 참석했다. 명함을 서로 교환하는 시간이 있었다. 집에 명함이 많이 남아 있어서 빨리 명함을 처리해야 했다. 누군가가 말했다. 명함을 없애는 가장 좋은 방법이 명함을 뿌리는 거라고 말이다. 나는 명함을 모기약 뿌리듯 막 뿌렸다. 여자 분에게는 "예쁘니까 두 장 주는 거에요!"하며 두세 장씩 돌렸다. 그렇게 명함을 다 돌리다보니 명함이 다 떨어졌다. 그 때 마침 어떤 교수님이 나에게 명함 한 장을 주며 본인(교수님)한테도 명함 한 장을 달라고 하셨다. 나는 지갑에서 명함 대신 천 원짜리 한 장을 드렸다.

"명함이 없어서 명함 대신 천원을 드립니다."

교수님은 하하 ~웃으시며 "역시 웃음강사님이시네요"라고 칭찬해 주셨다. 역시 '미남이시네요' 이 소리보다 역시 '웃음강사님'이시네요. 이 말 들을 때가 가장 좋고 행복하다.

종이명함보다 얼굴명함이 더 좋아야 한다. 얼굴명함이 좋으면 성공은 분명함, 웃는 얼굴은 성공명함이다. 명함이 없어 "다음에 드릴게요!"라고 말하지 말자. 하루살이에게 내일은 없듯이 우리에게도 다음이란 없다. 다음에 언제, 자꾸 다음.. 다음.. 담으로 미루다간 담에 걸린다. 마음의 담(장벽)은 넘을 수가 없다. 명함대신 줄 것은 얼마든지 있다. 줄 명함이 없으면 웃어 줄 얼굴은 있다. 하하하하~ 나에겐 웃는 얼굴이 있다. 가장 좋은 명함은 웃는 얼굴이다.

가장 좋은 인상은 웃는 얼굴이다.

가장 좋은 명함은 웃는 얼굴이다.

가장 좋은 인생은 웃는 인생이다.

명함이 없다면
지구상에 존재하지 않는 인간이나 마찬가지다. -마거릿 게첼

ⅠⅠⅠⅠ 각설이단장님 자신감을 가지세요!

ㅎ유머센터에서 1시간 유머강의를 하러 갔다. 이곳에 오면 마음이 편안하다. 원장님과 사모님이 친절하게 가족처럼 잘 해주시기 때문이다. 유머센터 원장님과 유머를 사랑하는 분들이 모이는 집, 바로 '유머집'이다. 비록 작고 초라한 집이더라도 그 곳에 유머가 있다면 그 곳은 사랑이 넘치고 행복이 가득한 집이다. 내가 유머(웃음)강사를 하는 이유는 어떤 자격이 있어서라기보다 유머를 사랑하기 때문이다. 나는 유머(웃음)를 사랑하고 사람들을 사랑한다. 'I love you.' 'I love 유머.' 강의 할 때 의자 세팅이 'U 자형'으로 되어 있었다. 아마도 그 이유는 'U머 센터니까 하하하!' 이런 생각으로 혼자서 웃는다. 혼자서도 잘 논다.

강의하기 전, 각설이계의 마돈나. 고 차원 각설이 단장님의 신명나는 오프닝 공연이 있었다. 여기저기서 우레와 같은 박수와 함성이 터져 나왔다. 정말 최고의 힐링 공연이었다.

"박수만 치지 마시고 용돈도 던져 주세요!"

단장님은 얼굴도 화려하지만 경력도 화려하시다. 각설이 자격과정도 하시고, 제자들도 많이 배출하셨다. 또 각설이 힐링 공연단을 만들어 전국을 다니며 바쁘게 활동하신다.

실내에서 각설이 공연을 보기는 7년 9개월 만에 처음이다. 단장님 얼굴 표정이며 옷차림, 유연한 몸놀림과 유창한 말솜씨까지 정말 예술이었다. 단장님이 오프닝을 정말 기똥차게 열어 주셨다. 신명나는 각설이 공연이 끝나고 10분간 쉬는 타임이 있었다.

그 때 각설이 단장님이 나한테 오시는 것이었다. 그런데 공연이 끝나고 피곤하셔서 그런지 아까 신명나게 놀던 모습과는 사뭇 다른 진지한 모습이었다. 단장님은 나에게 물어볼게 있다고 하셨다. 설마 '각설이 제자로 삼으려고 하는 건 아니겠지.' 단장님이 나에게 말했다.

"강사님, 저 자신이 없어요?"

단장님의 예상치 못한 질문에 웃으며 농담을 던졌다.

"얼굴이요?"

깜짝 놀랐다. 그렇게 '자신 있게' 신명나게 노셨던 분이 자신이 없다니?! 뭐가 자신이 없다는 건지 이해가 안 갔다. 나는 단장님을 붙들며 말했다.

"왜 '자신'이 없어요? 여기 '자신'이 있잖아요, '자신'이 서 있잖아요! '자신'이 없으면 여기 없어요. 공동묘지에 있지. '자신감'을 가지세요!"

각설이 단장님은 내 말을 듣고 '아 ~ 그렇네요!'라며 얼굴이 환해 지셨다.

단장님 자신감을 가지세요!

자신감 = 성공예감

집에 있는 감은 영감.
몸에 좋은 감은 자신감.
영감. 자신감을 가지구료.

자신감을 손에 쥐고 살아간다면 어떤 힘든 일도 자신있게 잘 감당할 수 있다.

자신감은 성공에 이르는 첫 번째 비결이다 -에디슨

ⅢⅢ 간식 먹을 때, 기도 안하는데요?!

포천에 있는 야영 캠핑장에서 어린이 힐링 체험 알바를 하러 갔다. 캠프장에 도착해 교관님과 팀장님(조교)하고 인사를 나누었다. 나를 포함 알바생 7명도 모두 한자리에 모였다. 교관님은 서로 간에 호칭을 부를 때 '조교'라고 부르라고 했다. 졸지에 알

바생에서 '조교'가 되었다.

오늘 힐링체험에 필요한 '조교'는 총 9명이다. 행사 시작하기 전, 교관님이 라면을 먹고 시작하자고 했다. 우리들은 방에 들어가서 큰 가마솥에 라면 20봉지를 넣고 끓였다. 교관님과 우리 9명은 라면이 다 끓어 각자 그릇에다 담아 먹기 시작했다.

나는 먹기 전에 '기도'를 드렸다. 교관님은 내가 기도하는 것을 보고, 옆에 팀장님한테 말했다.

"야, 넌 왜 기도 안해?"
"전 간식 먹을 때는 기도 안 하는데요."
"그럼 이 분은 라면이 주식이냐?"

영국의 빅토리아 여왕은 60여 년 동안 나라를 잘 다스렸다고 한다. 그래서 국민들에게 많은 지지와 사랑을 받았다. 빅토리아 여왕이 60여 년 동안 나라를 잘 다스릴 수 있었던 비결은 하나님의 말씀과 기도였다고 한다.

만찬에서 한 장교가 빅토리아 여왕에게 물었다.

"여왕께서는 하루에 몇 번 기도를 하십니까?"
"한 번 합니다."

사람들은 기도를 한 번 한다는 여왕의 말이 이해가 되지 않았다. 여왕은 온화한 미소로 그들에게 말했다.

"나는 새벽에 일어나서 밤에 잠들 때까지 한 번 합니다."

빅토리아 여왕은 기도 시간이라는 게 따로 없었다. 삶 자체가 기도였다.

"빅토리 빅토리 VICTORY, 빅토리 빅토리 VICTORY."

빅토리아 여왕이 승리할 수 있었던 비결은 '쉬지 않고 기도'하는데 있었다.

쉬지 말고 기도하라. -데살로니가전서5:17

바다의 풍랑은 기도할 것을 가르쳐준다. -스페인속담

기도하는 한 사람이
기도하지 않는 한 민족보다 더 강하다. -존 녹스

이 땅에는 단 한 가지 종류의 빈곤이 존재한다.
그것은 기도의 빈곤이다. -죠지뮬러

‖‖‖ 감기가 걸렸을 땐 약 대신 차라리 '욕'을 해라

감기는 만병의 근원이라고 한다. 나는 감기가 잘 안 걸리는 체질이다. 예의상(?) 한 번 걸릴 때가 있는데 병원을 가거나 약을 먹진 않고 나을 때까지 무작정 참는다.

감기는 집에서 치료하면 된다. 예전에 유행했던 말처럼, "감기 뭐 그 까이꺼~ 대충 뭐 콩나물국에다 고춧가루 뿌려가지고

먹고 그냥 잠만 퍼질러 자면 되지 뭐!" 우스갯소리지만 이렇게 하면 진짜 어느 정도 효과가 있었다. 그런데 요즘 감기는 독해서 잘 낫질 않는다.

'감기가 워낙 독해서'란 말은 독사에 물렸다고 생각하자. 독사에 물리면 응급처치를 빨리 해야만 산다. 독사에게 물린 데를 수건이나 천 같은 것으로 단단히 묶고 독이 심장으로 퍼지지 않도록 빨리 독을 입으로 빨아들여서 밖으로 내뱉어야 한다. 신속히 응급처치하지 않으면 목숨까지 잃을 수 있다. 마찬가지로 독감에 걸렸을 땐 독사에 물렸다고 생각하고 즉시 독을 밖으로 빼내 감기를 치료해야 한다.

나는 감기 걸리면 끝까지 참는다. 그리고 거의 죽을 정도가 돼야 큰 병원에 간다. 그것도 특진으로 말이다. 이렇게 하는 이유는 다 가족을 위해서다. 그렇게 하면 약 처방이 다르다. 약이 잘 듣는다. 독한 감기는 독한 약으로 때려 잡자! 내 말이 꼭 맞는 건 아니니 참고만 하시길 바란다!

'감기 걸리면 끝까지 참는다'고 했더니 교회 집사님이 말하길, TV에서 의사분이 감기를 참으면 건강이 더 안 좋아질 수 있다고 말해 주었다. 감기에 걸리면 가족에게 전염되지 않도록 빨리 치료하는 게 맞을 것 같다고 하셨다.

찬바람을 자꾸 쐬어서 그런지 콧물이 흘러내리기 시작했다. 어릴 때, 콧물이 흘러내리면 먹기도 했었는데 지금은 더러워서 안 먹는다. 대신 코를 훌쩍훌쩍 하는 버릇이 생겼다. 그 날 저녁, 친구랑 같이 저녁을 먹기로 했다. 차를 타고 식당으로 이동했다. 운전을 하는데 자꾸 콧물이 나와 '훌쩍훌쩍'했다. 친구가 옆에 서 퉁명하게 말했다.

"코 좀 훌쩍이지 마라. 계속 그러면 습관 된다."

친구는 계속 훌쩍훌쩍 하기 때문에 계속 콧물이 흘러내린다 고 했다. 친구도 예전에 콧물이 흘러 훌쩍거린 적이 있었는데 병 원도 안 가고 스스로 고쳤다고 했다. 어떻게 고쳤냐?고 묻자 친 구가 이렇게 말했다.

"콧물이 흘러내리면 훌쩍훌쩍 하지 말고 그대로 놔둬."

훌쩍훌쩍 하지 않고 그대로 놔두면 '♬그대로 멈춰라' 콧물이 그대로 멈춘다는 것이다. 개똥철학(?)이다. 아니면, '개똥도 약에 쓴다'는 말처럼 친구 말이 쓸 때가 있는 것 같았다.

처음에 듣고 믿기지 않았지만 '밑겨야(믿어야) 본전이다'라는 생각으로 친구 말에 순종했다. 친구와 헤어지고 나서 또 콧물이 흐르기 시작했다. 예전처럼 훌쩍훌쩍 할까 하다가 친구의 말이 생각이 나 무조건 참았다. 콧물이 흐르면 손으로 닦았다. 그렇 게 얼마가 지난 뒤, 정말 신기하게도 콧물이 나오지 않았다. 감 동해 눈물이 나올 뻔 했다. 그 이후로 훌쩍훌쩍 하는 버릇이 완전히 없어졌다.

혹시 독자 중에서도 훌쩍훌쩍 하는 분이 있다면 꼭 이 방법을 한 번 해 보시길 바란다. 친구도 성공했고 나도 성공했다. 밑져야 본전이다. 병원가면 돈 드니까 일단 해 보고 안 되면 가기 바란다! 이건 개똥철학(?)이 아니다. 임상실험을 통한 놀라운 결과이다. 우리(친구와 나) 말이 꼭 맞는 건 아니니 참고만 하시길 바란다.

감기가 걸렸을 때, 돈 들이지 않고 감기를 쫓아 버릴 수 있는 신기술(?)을 개발했다. 이 기술(방법)을 쓰면 감기가 다시는 나에게 안 올 것이다. 일명 '감기야 가라' 기술이다.

단, 감기 초기에만 가능하다. 그리고 임산부 노약자 허약자 개미심장인 분들은 삼가야 한다.

이 실험은 내가 직접 임상실험을 해서 성공한 방법이다. 어느날, 몸이 으슬으슬하고 감기 기운이 있는 것 같았다. 나는 감기에게 소리치며 말했다.

"장난치냐? 띱떼꺄!"

욕을 했다. 그리고 감기를 아무도 없는 조용한 데로 끌고 갔다. 감기 멱살을 잡고 감기한테 온갖 심한 욕을 퍼부었다.

"옥상으로 따라와 띱떼꺄? 좋은 말 할 때 가라 죽는다. 야 띱떼꺄 빨리 꺼져…"

이렇게 막 욕을 하고 나면 내 몸이 뜨거워지면서 감기 기운이 빠져 나가는 걸 느끼게 된다. '욕 봤다'고 해야 할까? 욕도 쓸 때가 있다.

'욕' 하는 사람은 다 싫어한다. 감기도 마찬가지다. 감기도 욕을 먹으면 화가 날 것이다. 열 받을 것이다. 상처 받을 것이다. 더 이상 같이 못 있을 것이다. 결국 견디지 못하고 떠날 수밖에 없다. 그리고 다시는 영영 안 올 것이다.

왜냐하면 오면 또 욕 먹을 테니까 말이다. 그래서 내가 감기에 잘 안 걸린다.

감기에는 약 보다 욕이다. 욕은 돈이 안 든다. 시간을 절약 할 수 있다. 자신감이 생긴다.

만약, 욕하기 어려운 분들, 창피한 분들, 부담되는 분들은 '욕 잘하는 친구'한테 부탁해 보자.

친구 좋다는 게 무엇인가? 이럴 때 써 먹자. 내 말이 꼭 맞는 건 아니니 참고 하시길 바란다.

감기에 걸리면 본인 자신도 힘들 뿐더러 가족에게도 피해를 준다. 전염이 된다. 어떤 방법이든 욕을 하든, 병원을 가든 나로부터 시작한 감기 나부터 빨리 치료하는게 가족 모두를 위한 최선의 방법이다.

건강은 인간의 행복에서 가장 중요한 요소다 -쇼펜하우어

실패한 일을 후회하는 것보다
해보지도 않고 후회하는 것이
훨씬 더 바보 같은 짓이다. -탈무드

⌗⌗⌗⌗⌗ 강아지 '쫑'이 전도하다

아버지가 강아지 한 마리(여)를 집으로 데리고 오셨다. 아버지 일하는 곳에서 강아지 새끼를 여러 마리 낳았는데 그 중 한 마리를 데리고 오신 것이다. 강아지가 우리 집에 올거라고는 꿈에도 생각 못했다. 강아지를 바로 앞에서 처음 봤는데 정말 귀엽고 예뻤다. 우리 가족은 강아지를 잘 키우기로 했다. 이름을 뭐라고 지을까 하다가 그냥 친근하게 '쫑'이라고 불렀다. 우리 집에 쫑이 오고 나서부터 좋은 일이 많이 생겼다. 쫑 때문에 대화도 많아졌고 집안이 환해졌다. 활기가 넘쳤다. 쫑이 짖는 소리는 행복 종(鐘)소리였다. ♪쫑소리 울려라 쫑소리 울려 기쁜 노래 부르면서 빨리 달리자 헤이! 엄마도 '쫑'이 오고 나서 더 밝아지셨고 심심하지 않으셨다. 매일 쫑하고 바람도 쐬러 나가시고 쫑을 자식처럼 생각하셨다. '쫑'은 우리집의 복덩이다. 밖에서 나갔다 집에 들어오면 '쫑'은 항상 1등으로 반갑게 마중 나와 꼬리를 흔들며 반겨 주었다. 발톱 손질하다가도, 누워있다가도, 명상을 하다가도, 자다가도, 밥을 먹다가도, 컨

디션이 안 좋아도, 피곤해도, 몸이 아파도 .. 항상 반갑게 마중나와 주었다. 쫑을 보면 웃음이 나왔고 위로가 되었다. '쫑'이 있어서 항상 즐겁고 행복했다.

나는 귀 만지는 걸 무척 좋아한다. 학교 다닐 때도 친구들 만나면 귀를 만져 주었고 선생님 귀를 만졌다가 학생과에 불려가 총(M16모형소총)으로 엉덩이 100대를 맞기도 했다. 내 방에서 공부하다가 쉬는 시간이면 나와서 쫑의 귀를 만졌다. 쫑을 볼 때마다 귀를 만졌다. 아침에 일어나서 잠자리에 들 때까지 쫑 귀를 만졌다. 쫑의 귀는 삶의 윤활유요 마음의 치료제요 정신안정제요 피로회복제요 자양강장제다. 쫑은 귀 만지는 것을 한 번도 싫다고 한 적이 없다. 항상 만지게 해줬다. 그래서 항상 쫑이 고마웠다. 우리 쫑도 오빠(필자)가 귀 만질 때 가만히 있는 걸 보면 귀 만져 주는 걸 무척 좋아하는 것 같았다. 쫑이 없으면 못 살 것 같았다. '쫑'은 온전히 우리 가족이 되어 있었다.

'쫑'을 호적에 올리기 위해 동사무소를 찾아갔다. 동사무소 직원한테 "쫑"(여동생)을 호적에 올려달라고 했다.

"여동생을 호적에 올려주세요!"
"여동생이 누구에요?"
"강아지 쫑이요!"
"엥?!&$"

동사무소 직원은 나를 이상한 눈으로 쳐다보았다. 그렇게는 '절대 안 된다'며 그냥 돌아가라고 했다.

그냥 가라니 너무 억울했다. 우리 쫑도 가족인데 왜 못해준다는 말인가? 우리 쫑하고 10년을 넘게 살았는데 도저히 이해가 안 되었다. 그냥 집으로 돌아갈 수가 없었다. 나는 등본 한 통을 떼어 달라고 해서 직접 등본에다 '여동생 쫑'이라고 글씨를 적어 넣었다.

어느 날, 쫑의 배를 만져봤는데 혹 같은 게 만져졌다. 쫑을 데리고 급히 동네 동물병원으로 데려갔다. 의사선생님은 탈장이라며 수술을 해야 될 것 같다고 하셨다. 큰 수술이 끝나고 '쫑' 배에는 붕대가 팅팅 감겨져 있었다. 마취가 아직 풀리지 않은 상태에서 조심히 '쫑'을 집으로 데리고 왔다. 마취가 깬 쫑은 그 아픈 몸을 이끌고 조금씩 움직이기 시작했다. 아프다는 말은 못하고 끙끙대기만 했다. 쫑을 아프게 해서 너무 미안했다. 쫑은 그 아픈 몸으로 붕대가 감겨진 배를 바닥에 질질 끌며 한 발 한 발 움직이기 시작했다. 쫑이 향한 곳은 화장실이었다. 쫑은 항상 화장실에 들어가서 볼 일을 보았다. 그게 습관이 돼서 수술하고도 그 아픈 몸을 이끌고 화장실로 갔던 것이다. 그냥 아무데나 편하게 볼 일을 보면 될 것을 우리가 똥, 오줌 치우는 거 힘들까봐 미안해서 아픈 것을 참고 화장실로 간 것이다. 효녀 심청이보다 더 착한 우리 효녀 쫑이다. 잘 걷지도 못하는 쫑이 아픈(불편한) 몸을 이끌고 끙끙대며 화장실 문턱을 넘고 있었다. 쫑의 기특한 마음을 알고 엄마와 나는 조심조심 쫑을 들어 화장실 안에다 내려 주었다. 쫑은 항상 우리를 편하게 해주었다. 밖에 나갔다 집에 돌아오면 '쫑'은 아픈데도 불구하고 끙끙대며 마중 나와 주었다. 쫑은 항상 우리를 기쁘게 해주었다. '쫑'은 하나님이 보내주신 천사다.

며칠 후 '쫑'이 음식을 먹지도 못하고 물을 마시면 토하기만 했다. 그래서 쫑을 다시 동물병원에 데리고 갔다. 쫑을 진찰한 의사 선생님이 심각한 표정으로 엄마와 나에게 말씀하셨다.

"쫑이 얼마나 살았죠?"

"10년 조금 넘게 살았죠."

의사선생님은 굳은 표정으로 우리에게 말씀하셨다.

"그냥 수술하지 말고 이렇게 살다가(붕대 감긴채로) 가게 해주세요."

나는 의사선생님께 매달렸다.

"선생님, 우리 쫑 살려주세요, 돈은 얼마든지 드리겠습니다."

의사선생님은 수술한다고 해도 성공할 확률이 40%정도 밖에 안 된다고 하셨다. 그리고 나이가 많아서 마취에서 깨어날지도 모르겠고, 간이 쪼금해서 수술을 버티기가 어려울 것 같다고 하셨다. 그래도 의사선생님한테 간절히 부탁했다.

"선생님, 그럼 제 간을 조금 떼어서라도 우리 쫑을 제발 살려 주세요. 꼭 부탁드립니다. 살려만 주세요. 그래도 40% 희망이 있다고 하셨잖아요?!"

의사선생님은 '그럼, 한 번 해보죠'라고 말씀하시며 수술을 하셨다. 그렇게 '쫑'은 두 번째 큰 수술을 하게 되었다. 수술이 끝나고 '쫑' 몸에는 두 개의 링거가 달려 있었다. 의사선생님은 우리에게 특별한 말씀 없이 '쫑'을 집으로 데리고 가시라고 했다.

엄마와 나는 '쫑'을 데리고 집에 와서 따뜻한 데 눕혔다. 나는 의사선생님이 '쫑'의 빠른 회복을 위해 링거(영양제)를 2개나 달아 주셨다고 생각했다. 그리고 곧 건강하게 깨어날 것만 같았다.

그런데 잠시 뒤, '쫑'의 숨소리가 거칠어지기 시작했다. 나는 엄마를 빨리 불렀다. 엄마와 나는 고통스러워하는 쫑을 쳐다보며 울기만 했다. 그리고 몇 분 뒤, 사랑하는 우리 '쫑'은 우리 곁을 떠나게 되었다.

'쫑'이 죽기 며칠 전의 일이 생각났다. 쫑은 우리에게 마지막 인사라도 하듯 거실이며 주방이며 집안 곳곳을 한 바퀴 쭉~ 돌아 다녔던 게 생각났다. 쫑이 죽기 전, 우리와 함께 했던 소중한 추억을 기억(간직)하기 위해 그런 것 같았다.

쫑이 죽은 후, 다음 날 아침! 집안에 예쁜 '나비' 한 마리가 날아 왔다. 너무 예뻐서 엄마와 나는 쳐다보고 또 쳐다보았다. 그리고 어느 샌가 어디론가 날아가 버렸다. 아마 우리 '쫑'이 나비가 되어 우리에게 인사를 하러 온 것 같았다.

"나(쫑)는 나비가 되어 영혼이 자유롭게 하늘을 날아다니니 모두 걱정하지 마세요"

나비가 된 쫑을 보고 눈물이 났다.

쫑이 우리 곁을 떠난 날, 한참동안 울었다. 잠자기 전, '쫑' 사진을 책상 위에 올려놓고 '쫑'을 보며 매일 같이 울었다. '쫑'에게 못해준 게 너무 미안했다. 쫑한테 미안하다는 말만 했다. 쫑한테 못해준거 영원히 다 갚겠다고 했다. '쫑'은 항상 나한테 다 잘해줬는데.. 오빠가 좋아하는 귀도 항상 만지게 해 주고, 오빠가 오면 하던 일 다 내려놓고 꼬리를 흔들며 항상 반갑게 마중 나와 주고, 항상 위로해주고, 항상 힘이 되어 주고, 항상 옆에 있어주고, 항상 우리를 기쁘게 행복하게 해주었는데 .. 나는 말로만 예쁘다고, 사랑한다고 하고 쫑에게 잘 해준 게 아무것도 없구나.

우리 쫑 아플 때 오빠가 옆에서 같이 있어주지도 못하고 기도도 못 해주고 방에 들어가서 공부만 했구나. 그리고 방에서 공부할 때 우리 쫑이 들어오면 공부에 방해된다고 쫓아낸 거. 쫑하고 같이 밖에 나가서 바람도 못 쐬준거. 같이 놀아주지 못한 거. 오빠가 필요할 때만, 생각날 때만 우리 '쫑'을 심심풀이로 찾았었구나.

쫑아 오빠가 영 ~ 원히 미안하다.

오빠가 영 ~ 원히 용서 빌께요.

우리 쫑 은혜 영 ~ 원히 잊지 않을 꺼에요.

영 ~ 원히 다 갚으며 살아갈게요.

쫑아 오빠한테 와줘서 영 ~ 원히 고맙다.

그리고, 우리 쫑 위해 영 ~ 원히 기도 할께요.

쫑아 오빠가 영 ~ 원히 미안하다.

쫑아 영 ~ 원히 사랑해~

그렇게 우리 쫑 때문에 '교회'에 나가게 되었다.

전도자 '쫑' 내 목숨 '쫑

||||| 강아지 찾아주었는데 사례비 7만 원을 깎다

집에 오는 길, 전봇대에 전단지 하나가 붙어 있었다.

잃어버린 강아지
애타게 찾고 있습니다.

남양주시
금곡동
경춘로 9길
광O빌라
101호

해피(강아지)를 찾아주시면 사례하겠음
사례비 10만원
010-1234-5678

우리 집도 강아지 두 마리를 키운 적이 있었다. 맨 처음은 아버지가 직장에서 데려온 강아지 '쫑'이었고, '쫑'이 하늘나라에 가고 3년 뒤, 밖에서 엄마를 따라 집까지 온 유기견 강아지 '복이'였다.

'쫑'과 '복이'는 내게 형제와도 같았다. 그래서 강아지 잃어버린 주인의 마음을 누구보다 잘 안다. 집에 돌아오는 길에 전봇대 주변을 살펴보았다. 날이 어두워지기 전에 찾아야 되는데 하는 생각으로 강아지를 찾았다. 그러다가 정말 기적처럼 찾고 있던 하얀 강아지를 발견하게 되었다. 강아지는 집을 찾으려는 듯 두리번두리번 거리고 있었다. 나는 조심스레 다가가 강아지를 잡앗다. 정말 순둥이였다. 그 날 찾았으니 천만다행이었다. 강아지를 데리고 주인집을 찾아갔다. 집에 도착해 문을 두드렸는데 아무도 없었다.

그런데 현관문에 조그맣게 쪽지가 붙어져 있었다. 그 쪽지에는 '3일간 외출 중'이라는 글과 핸드폰 번호가 적혀 있었다.

'아~! 진짜 어딜 간 거야?'

쪽지에 적혀 있는 번호로 전화를 걸었다. 강아지 주인이 전화를 받았다. 강아지 주인은 가족 모두 휴가를 가서 집에 아무도 없다고 했다. 그리고 며칠 걸릴 거라고 말했다. 나는 강아지 주인에게 내 핸드폰 번호와 집 주소를 가르쳐주었다.

이 강아지를 어떻게 해야 할지 고민이 되었다. 병원에다가 맡길까 하다 그냥 집으로 데려왔다. 엄마가 강아지 목욕부터 씻겼다. 하얀 강아지였는데 더 하얗게 됐다. 그리고 동물병원에 데리고 갔다. 건강검진도 받아 보고 예방주사도 맞았다. 그리고 사료도 최고로 비싼 걸로 사서 집에 데려와 먹였다. 그렇게 3일간 따뜻하게 잘 보살펴주었다.

현관문에서 초인종 소리가 났다. 누군가하고 현관문 구멍으로 밖을 내다보았다. 그런데 아무도 보이지 않았다. '누구지? 누가 장난 한 건가?' 궁금해서 문을 열어 보았다. 그런데 어떤 꼬마가 현관문 앞에 있는 것이었다. 키가 작아서 안 보였던 거였다.

누구냐고 묻자 강아지를 찾으러 왔다고 했다. 강아지(해피)를 꼬마에게 건네주며 말했다.

"다시는 잃어버리지 말고, 잘 키워야 한다."

꼬마는 손에 만 원짜리 뭉치를 나에게 건네주었다. 그리고는 강아지를 데리고 집으로 갔다. 왜 엄마가 안 오고 쪼그만 아이를 보냈는지 이때까지만 해도 이해가 안 갔다. 꼬마가 준 만 원짜리 뭉치를 펴 보았다.

"이게 뭐야!"

딸랑 3만 원이었다. 어이가 없고 아이가 없었다. 사례비 '10만 원' 준다고 적혀 있었는데 꼬마가 준 돈은 3만 원이었다. 강아지를 애타게 찾을 때는 언제고 이제 찾았으니까 됐다는 건가? 강아지를 막상 찾으니까 말이 달라졌다. 아니, 마음이 달라졌다. 해피(강아지)를 잃어버리고 어떻게 휴가 가서 해피(happy)할 생각을 하지? 사례비 10만 원이 아까워서 7만 원을 깎다니 말도 안 된다. 3일 동안 휴가 가서 사례비 줄 돈까지 다 썼다는 말인가?

'그래서 엄마가 어린 꼬마를 집에 보냈구나.. 사람들이 그래도 그렇지. 강아지가 무슨 시장에서 파는 물건인가. 가격을 마음대로 깎게.'

도저히 이해가 안 갔다. 그래도 엄마하고 나는 3일 동안 데리고 있으면서 병원도 데리고 가고 밥도 먹여 주고 잘 보살펴 주었는데 3만 원이라니 어이가 없었다. 허나 조금 시간이 지나고 생각해보니 강아지 찾아 주고 사례금 받는 건 처음 있는 일이라 사례비를 준다는 말에 돈에 욕심이 있었던 것 같았다. 강아지를 사랑한다고 하면서 3만 원을 받은 게 너무 부끄럽고 강아지한테 미안했다. 그 가족에게도 미안했다. 부디 '강아지 해피(happy)' 잃어버리지 말고 끝까지 '해피(happy)하 개, 건강하 개' 잘 키우길 바란다.

강아지는 생명이다. 말을 못할 뿐이지 고통도 느끼고 사랑도 느끼고 외로움도 느끼고 행복도 느낀다. 강아지가 항상 웃을 수 있'개', 항상 행복(해피)할 수 있'개', 끝까지 최선을 다하자. 끝까지 책임을 다하자. 끝까지 내 몸처럼 사랑하자.

:: 강아지 잘 키우는 방법

〈강아지 3행시〉

'강'아지는
'아'들 딸처럼
'지'극 정성으로 키워야 강하지

||||| 개그맨 고혜성 씨를 만나다

예전 KBS개그콘서트 코너 중에 '현대생활백수'라는 코너가 있었다. 개그맨 고혜성과 강일구, 이 두 사람이 콤비가 되어 백수생활을 재미있게 보여주었다.

"대한민국에 안 되는 게 어딨니, 다 되지"

대한민국 최고의 유행어 최고의 주가를 올렸었다. 이 코너로 고혜성씨는 최고 혜성씨가 되었고, 자신감 대통령이라는 타이틀까지 얻었다.

백수라 아무것도 가진 것이 없지만, 자신감이 있다. 꿈이 있다. 이것만 가지고 살아간다면 대한민국 뿐 아니라 세상에 안 되는 건 없다. 백수라도 자신감을 가지고 즐겁게 살아가자.

백수는 빽수다. '자신감의 빽'을 믿고 자신 있게 살아가자. 그러면 반드시 최고가 될 것이다. 엄마도 개그콘서트를 가끔 보실 때가 있는데 다른 코너보다 현대생활백수 코너를 가장 재미있게 보셨다. 엄마는 고혜성씨가 말할 때마다 크게 웃으셨다. 백수도 웃길 수 있다. 하하하! 백수인 나도 자신감을 얻었다. 엄마와 나는 개그맨 고혜성씨 팬이 되었다. 후라이'팬'!

"대한민국에 안 되는 게 어딨니, 다 되지!"

단순히 웃기는 것만이 아닌 나 같은 백수에게 자신감과 용기를 심어주었다. 그래서 고혜성씨를 더 좋아하게 되었고 더 노력하게 되었고 그 분을 따라하게 되었다. 집에서 의자에 앉아 거울을 보며 연습했다. 고혜성씨 얼굴 표정, 말투, 대사, 동작 하나하나를 똑같이 따라했다. 그리고 동대문에 가서 고혜성씨가 입었던 파랑색 츄리닝 똑같은 것을 구입했다. 커플들이 커플링을 하고 다닐 때 나는 츄리닝을 입고 다녔다. 나는 지하철에서 자리를 폈다. 그리고 지나가는 사람들한테 현대생활백수 고혜성씨 흉내를 냈다.

"거기, 짜장면 집이죠? 짜장면 있어요? 아, 있다구요? 저기, 그러면은 짜장면 좀 바꿔주면 안 되겠니?"

사람들이 지나가면서 신기하듯 쳐다보았다. 학생들은 구경하며 핸드폰으로 사진을 찍었다. 나는 구경하는 사람을 보고 말했다.

"저기, 500원만 주면 안 되겠니?"

그랬더니 진짜 500원을 던져 주었다. 개그맨이 아니라 거지가 된 것 같았다. 어쨌든 '대한민국에 안 되는 게 어딨니, 다 되지!'

성공사관학교 성사데이(매월22일)에 참석했다. 서필환 교장선생님이 총사령관으로 계시는데 전에 몇 번 뵌 적이 있었다. 교장선생님은 내 이름(고현철)으로 홍보(성공) 할 수 있도록 멋진 구호를 만들어 주셨다.

"우리의 건강을 위하여 고고! 우리의 행복을 위하여 고고! 우리의 성공을 위하여 고고!"

성사데이에 각계각층에서 많은 분들이 오셨다. 서로 자신을 알리기 위해 인사를 나누었다. 그런데 개그맨 고혜성씨가 있는 거였다. "우와!" 나는 너무 반가웠다. 가서 고혜성씨에게 인사를 건넸다.

"안녕하세요, 고현철입니다! 저 모르시겠어요?"

고혜성씨가 나를 보자 "아, 어디서 봤더라?" 한참 고심한 끝에,

"아, 그때!"(다리에 때)

나를 알아본 것이다. 내가 개그사냥 오디션을 보러 다닐 때 고혜성씨를 처음 만났다. 그때 KBS 개그콘서트 김웅래 PD님이 오디션 보러 온 개그맨 지망생들을 대학로 소극장으로 오라고 하셨다. 그리고 거기서 연습하며 기다리라고 했다. 이곳에는 개그사냥에 나오는 개그맨들과 개그맨 지망생들이 와 있었다. 고혜성씨는 개그사냥에서 우승도 여러 번 한 경력이 있다. 그런 고혜성씨가 내 옆에서 대본을 연습하고 있었다. 나는 고혜성씨한테 개그사냥에서 재미있게 잘 보고 있다고 인사를 드렸다. 그리고 고혜성씨에게 이런 얘기를 했다.

"사람에겐 누구나 때가 있습니다." 나는 (바지를 걷어 올려) 다리에 있는 때를 밀었다.

고혜성씨가 그때는 재미있다고 했다. 그 '때'를 아직까지 기억하고 있었다. 그 '때' 때문에 나를 알아 본 것이다. 다 '때'가 있구나, 만날 '때'가 있구나. 이렇게 고혜성 씨를 여기서 만나는 걸 보면 말이다.

고혜성씨가 무슨 일 하시냐고 물어보았다. 웃음치료사를 한다고 하자 고혜성 씨는 "좋은 일 하시네요!"라고 말했다. 나는 고혜성씨 한테 진지하게 물어보았다.

"개그맨이 되고 싶은데 어떻게 하면 되요?"
"사람에겐 누구나 때가 있습니다"
"개그맨이라고 만 번만 얘기해보세요. 나는 개그맨이다. 나는 개그맨이다. 나는 개그맨이다."

그리고 마지막으로 나에게 해주셨던 말이 있다.

"선생님(고현철)에게 안 되는게 어딨니? 다 되지! 잘 해보세요."

고혜성씨 감사합니다. 이 감동을 여러분과 같이 나누고 싶다.

"여러분에게 안 되는 게 어딨니? 다 되지!"

잘 해보세요.

나는 실패를 믿지 않는다.
만약 당신이 그 길을 가면서 재미가 있었다면
그것은 실패가 아니다 -오프라윈프리

성공은 당신에게 오지 않는다.
당신이 성공에게 가는 것이다 -마르바 콜린스

혼자 있을 때에도 누가 지켜볼 때와 다름없이
행동에 아무 변화가 없는 사람,
바로 그 사람이
무슨 일에서나 성공할 수 있는 사람이다 -셰익스피어

||||| 개그콘서트 댄스대회 1등

KBS개그콘서트에 방청 신청을 했는데 몇 달 동안 연락이 없었다. 그런데 오늘 핸드폰으로 당첨 문자가 도착했다.

이 날은 우리나라 최대 고유 명절인 '설날'이다. 설날에 당첨되어서 더욱 기분이 좋았다.

♬ 까치 까치 설날은 어저께고요
♪ 현철이의 설날은 '우뚝 설 날'

올해는 하는 모든 일들이 '우뚝 설 것' 같았다. 나에게 정말 잘해주셨던 고마운 강사님(천사분)에게 좋은 추억을 만들어 드리고 싶었다. 그래서 같이 개그콘서트를 보러 가기로 했다. 개그콘서트 방청 당일 내가 먼저 KBS신관에 도착했다. 벌써부터 많은 사람들이 도착해서 입장을 기다리고 있었다. 조금 있다가 강사님도 도착했다. 강사님은 오늘 '설날'이라고 나에게 죽염치약을 선물로 사가지고 오셨다. 나는 준비를 못했다. '죽여주시옵소서'

드디어 녹화장 안으로 들어갔다. 녹화장은 1층, 2층, 3층이 있었다. 강사님과 나는 3층 맨 꼭대기 오른쪽 끝에 앉았다. 녹화가 시작됐다. 웅장한 음악에 맞춰서 개그콘서트 사전MC가 등장했다. 열렬한 박수와 환호가 쏟아졌다. "우와"

오늘 사전 MC는 국민MC 유재석씨와 너무나도 닮은 개그맨 정범균씨였다. 정범균씨가 개콘 녹화 들어가기 전, 메뚜기 춤도 보여주면서 관객들의 분위기를 띄우기 시작했다.

"소리 질러 우와~ 박수 함성 우와~"

이어서 관객들에게 선물을 나눠 드리는 시간 이었다.

"자, 지금부터 춤에 자신 있는 분, 무대로 올라오세요, 선착순 10명입니다."

춤에 자신 있는 분 아니, 선물에 환장한 분들이 앞에서부터 한 명 두 명 무대로 올라가기 시작했다. 나는 강사님께 꼭 1등 선물을 드리고 싶었다. 그래서 3층 꼭대기에서 쏜살같이 뛰어 내려 갔다. '제발 잘리면 안돼!' 10명 안에 들어야 한다.

나는 극적으로 10명 안에 들 수 있었다. 정범균씨가 올라온 순서대로 한명씩 인터뷰를 했다. 한 명씩 인터뷰가 끝날 때마다 댄스음악과 함께 무대 가운데로 나가 춤을 보여주었다. 실력이 장난이 아니었다. 오늘을 위해 준비한 것 같았다. 분위기는 점점 고조, 최고조가 되어가고 있었다. 그렇게 6번째 까지 인터뷰가 끝나고 드디어 7번째 내 차례가 되었다. 개그맨 정범균씨가 나에게도 앞에 분들과 똑같은 질문을 했다.

"오늘 누구랑 왔어요? 혹시 여자 친구입니까?"

순간 망설여졌다. 다른 사람들은 "여자 친구하고 왔어요!, 애인하고 왔어요!" 이렇게 대답했는데 나는 뭐라고 말하지. 그냥 마음이 시키는 대로 했다.

"형님은 누구랑 왔어요? 혹시 여자 친구입니까?"
"저는 천사하고 왔어요!"
"제정신이 아닙니다, 천사분하고 왔답니다. 천국에서 오신 분을 저희가 만났는데요! 자 그럼, 천국에서 오신 분의 댄스를 보겠습니다. 음악 주세요~!"

음악과 함께 무대 가운데로 나갔다. 강사님한테 줄 선물을 타기 위해 막춤을 추었다. 막춤으로는 선물 타기가 불가능했다 그래서 추다가 뒤로 자빠졌다. 방청석에서 웃음소리가 들리기 시작했다. "하하하하하하하~" 여기저기서 환호성이 나왔다. "우와

~" 웃기고 자빠진게 성공했다.

10명의 참가자들의 춤이 다 끝나고 정범균씨가 출연자분들을 한 분씩 소개하며 관객분들에게 박수를 들어 보았다. 관객분들의 박수를 가장 많이 받은 사람이 오늘 댄스대회 1등이었다. 정범균씨가 결과를 발표하였다.

"오늘의 1등은, 두구두구두구두구두구두구! 네, 천국에서 오신분입니다."

관객분들이 축하의 박수와 환호를 보내주셨다. 하나님 감사합니다. 무대로 내려가 선물을 타러 갔다. 선물 담당하시는 분이 선물에 대해서 설명했다.

"1등 선물로 성형수술 100만 원짜리 시술권, 삼성 디지털카메라, 장인가구 30만원짜리 상품권이 있습니다. 셋 중에서 하나 고르세요."

다 주는지 알았다. 나는 강사님한테 전화해도 되냐고 물어 보았다. 담당자님은 시간 없으니까 빨리 고르라고 했다. 얼굴이 반반하시니까 성형수술은 안 해도 될 것 같고, 카메라도 집에 있을 것 같고 결국 장인가구 상품권을 어렵게 골랐다. 강사님(천사분)한테 1등 선물을 드릴 수 있게 돼서 너무 기뻤다. 다시 3층 맨 꼭대기로 올라갔다. 그리고 강사님(천사분)에게 장인가구 상품권을 선물로 드렸다.

"이거 정말 저를 주시는 거에요?"

"당연하죠! '저'도 드리고 싶었는데... 부담되실까봐.."

강사님은 또 나한테 큰 선물을 주셨다. 이곳에선 핸드폰으로 사진이나 동영상 촬영이 금지인데 강사님이 목숨을 걸고 내가 무대에서 인터뷰하고 춤췄던 장면을 핸드폰으로 동영상을 찍어 나에게 보내주셨다. 우와~ 정말 감사합니다. 이 일은 천사가 아니고서는 불가능하다. 강사님은 하늘에서 내려온 진짜 천사다. 다시 한 번 이 글을 빌어 깊은 감사의 말씀을 전한다.

"강사님(천사분)은 내 인생의 개그콘서트다."

**나와 같이 모든 일에 모든 사람을 기쁘게 하여
자신의 유익을 구하지 아니하고 많은 사람의 유익을 구하여
그들로 구원을 받게하라** -고린도전서10:33

ⅢⅢ 개사료가 밥 보다 맛있다

부천에 사시는 이모님이 엄마에게 전화를 했다.

"골이 아파."

"망치로 깨보라니까?!"

정말 골 때리는 유머다. 골이 아프다는데 이런 농담이 나오다니 이게 바로, 망치(공구)유머다. 이모님은 골이 아프신데도 우리 집에 오시겠다고 하셨다. 다음 날, 부천에서 남양주까지 굉장히 먼 길을 물어물어 잘 찾아오셨다. 곧 80살이 되시는 이모님은 몸에 기운도 없으시고 걸음도 느리시다. 그런데도 우리 집까지 잘 찾아오시는 걸 보면 기억력, 집중력, 판단력, 창의력, 상상력, 지구력, 면역력, 사고력, 추진력, 기력, 예지력, 생활력, 체력, 정신력, 암기력이 정말 대단하신 것 같다. 구 165번 버스 종점까지 이모님을 모시러 나갔다. 이모님이 집에 도착해서 씻으시는 동안 엄마가 주방에서 식사준비를 했다. 이모님은 씻고 나오셔서 엄마가 식사 준비 하는 동안 베란다 쪽 벽에 기대어 TV를 보고 계셨다. 잠시 뒤, TV를 보시던 이모님이 베란다 창가 쪽에서 뭔가를 꺼내 맛있게 드시고 계셨다. 엄마가 주방에서 식사 준비를 하다가 이모님이 바스락 거리며 먹는 소리에 고개를 돌려 봤더니 이모님이 '개 사료'를 먹고 있었다. 엄마는 깜짝 놀라 이모님한테 소리쳤다.

"그거(사료) 개거니까 먹지 말어."

이모님은 엄마 말에 아랑곳하지 않고 계속 '개 사료'를 드시고 계셨다. 엄마가 식사 준비를 다 끝내고 이모님한테 가서 보니 '개 사료'를 반이나 드셨다. 엄마하고 이모님이 옥신각신 다투고 있었다.

"그걸(사료) 먹으면 어떡해? 개(강아지 쫑)건데..."
"걔(엄마아들 필자)만 먹냐? 나도 좀 먹자!"

개가 그 개가 아닌데.. 이모님은 나를 개로 아셨다. 엄마가 이모님한테 물었다.

"그게(사료) 그렇게 맛있어?"
"맛이 괜찮네."

이모님이 개사료 한 봉지를 다 드실려고 했다. 엄마는 이모님이 드시고 있던 개 사료를 뺏으며 말했다.

"그거 쫑(개)꺼니까 그만 먹어, 사료가 얼마나 비싼데..."

이모님은 그 날 저녁 개 사료로 저녁을 때우셨다. 엄마가 개 사료라고 얘기했는데도 한 봉지 다 드실려고 한걸 보면 개 사료가 정말 맛있긴 맛있나 보다. 누가 나한테 백 만원 주면 먹을까? 이모님처럼 그냥은 못 먹을 것 같다. 식성이 타고 나신 것 같다. 개 사료도 맛있게 드실 정도면 개통하신 거다. 개 사료든 닭 사료든 뭐든 맛있게 먹으면 건강에 좋다. 이모님은 아무거나 잘 드셔서 건강한 개 튼튼하 개 무지 오래 사실거다. 이모님은 개 사료란 소릴 듣고도 놀라거나 이상하게 생각하지 않으셨다. 오히려 아무렇지 않게 맛있게 드셨다. 엄마와 나는 이모님이 개 사료 드시는 것을 보고 신나 개 웃었다. 하하하~ 이모님의 식성이 부럽다(?) 이모님처럼 세상 힘들게, 해골 복잡하게 살지 말고 웃으며 십게 살자! 이것이 '웃음 십(10)계명'이다.

"신나게 기쁘게 즐겁게 행복하게 건강하게 자신있게 팔팔하게 당당하게 멋지게 이쁘게."

오늘부터 '십(10)게' 살자! '십게' 살아야 '명'이 길 ～ 다!

지구가 멸망할 때 마지막까지 살아남는 것은 ?

"개"

"세상이 개판 이니까"

개판은 개가 판치는 세상이 아니라 '십게' 사는 것이다!

"신나게 기쁘게 즐겁게 행복하게 건강하게 자신있게 팔팔하게 당당하게 멋지게 이쁘게."

'십(10)게' 살자! 십게 살아야 막판까지 살아남을 수 있다.

날마다 오늘이 당신의 마지막 날이라고 생각하라 -탈무드

내일 일을 위하여 염려하지 말라
내일 일은 내일이 염려할 것이요
한 날의 괴로움은 그 날로 족하니리 -마태복음6:34

||||| 거지를 단골로 만드는 방법

집에서 트럭(라보 탑차)을 타고 장사하러 나가다 보면 우리 동네 세차장 삼거리에서 차(포터)로 장사하는 형님이 한 분 계신다. 형님은 순대와 닭꼬치를 팔았는데 가끔 놀러 가서 먹기도 하고 여러 가지 얘기를 나누기도 한다. 어려운 일이 있으면 항상 좋은 말씀도 해주시고 항상 편하게 잘해주셨다. 그러다보니 이 형님과 친해지게 되었다.

여느 날과 다름없이 트럭(라보 탑차)을 타고 장사를 가다가 순대 형님의 차를 봤다. 그런데 형님의 차에 전에 없었던 큰 플랜카드가 걸려 있었다. 플래카드에는 이렇게 적혀 있었다.

'이빨이 닭꼬치를 물고 댄스를 춥니다!'

문구가 정말 마음에 들어 차를 돌렸다. 나도 이런 문구를 걸어 놓고 장사하고 싶어졌다. 형님에게 가서 어떻게 이런 아이디어를 냈냐고 물어 보기로 했다. 형님은 닭꼬치가 너무 맛있어서 이빨이 닭꼬치를 잡고 춤을 춘다고 했다.

씹는다는 말을 춤을 춘다고 표현한 것이 정말 대단했다. 형님에게 박수를 치며 아이디어가 정말 대단하다고 했다. 내 칭찬에 "이게 뭐 대단한 거라고." 하면서 겸손하게 말했다. 조심스럽게 형님에게 부탁을 했다.

"저도 이 문구 써도 되요?"

형님은 흔쾌히 허락해주셨다. 그래서 이때부터 나도 이 문구로 플랜카드를 만들어 형님을 따라 닭꼬치 장사를 시작하게 됐다.

'이빨이 닭꼬치를 물고 댄스를 춥니다!'

이대에 도착! 이대역 2번 출구 대로변에 장사할 물건을 내려 놓았다. 주차장에 트럭을 주차시키고 마차를 끌고 자리로 다시 올라와서 장사 준비를 하고 있었다. 그리고 야심차게 준비한 플랜카드를 꺼내 마차 위에 보기 좋게 걸어 놓았다. 걸어 놓고 보니까 더 근사해 보였다. 대박! 장사 준비가 다 끝났다. 첫 손님이 누가될지 기대를 하고 있던 차, 거지처럼 보이는 한 사람이 내 쪽으로 오고 있었다. 설마, 개시부터 동냥은 아니겠지 .. 거지는 야심차게 만들어 온 플랜카드를 물끄러미 쳐다보았다. 그러더니 나에게 말을 걸었다.

"이거 사장님이 쓴 거예요?"

"네."

"재미있네요. 근데요, 제가 사장님으로 부를까요? 아저씨라고 부를까요? 형이라고 부를까요?"

"그냥 편하게 부르세요."

거지는 나를 사장님으로 불렀다. 그리고 나에게 또 질문을 했다.

"사장님 (저녁)식사는 하셨어요?"

"아직이요."

"밥은 뭐 드세요?"

"바나나우유하고 초코바요."

"사장님, 그럼 많이 파세요."

거지는 인사를 하고 내려갔다. 그런데 조금 있다가 다시 거지가 올라왔다. 그리고는 손에 들고 있던 검정비닐봉지를 나에게 주었다.

"이게 뭐에요?"

"바나나우유하고 초코바요."

거지는 바나나우유하고 초코바를 싸 가지고 왔다. 싸가지 있는 거지였다.

나는 너무 고마워서 거지한테 말했다.

"닭꼬치 하나 그냥 드세요."

거지가 닭꼬치를 들고 정중히 인사를 했다.

"사장님 많이 파세요."

그리고 내려갔다.

다음 날, 거지가 또 찾아왔다. 오늘도 바나나우유와 초코바를 검정비닐봉지에 싸 가지고 왔다. 그렇게 일주일 동안 계속해서 '바나나우유와 초코바를 싸 가지고 왔다. 나 또한 답례로 닭꼬치를 매일 하나씩 주었다. (거지 : 바나나우유 700원 +초코바 700원 =1400원 / 나(필자) : 닭꼬치 한개 1000원+깨 듬북, 소스 듬북, 사랑 듬북 = ♡원) 거지가 가족처럼, 동생처럼 생각이 들었다.

일주일 후, 거지가 또 찾아왔다. 그리고 나에게 물었다.

"사장님, 닭꼬치 포장되죠?"

"네, 포장 돼요!"

"그럼 10개만 포장해주세요!"

"네!$#&?"

조금 놀라긴 했지만 월척을 낚았다. 한 번에 10개면 1만원! 와~ 봉 잡았다!

서비스로 1개를 더 넣었다. 그렇게 총 11개를 함박웃음과 함께 거지에게 주었다. 닭꼬치를 받아 들고 거지가 말했다.

"사장님, 이거 얼마예요?"

(하나에 천원, 10개 만원) "네, 만원입니다."

거지가 말했다.

"사장님, 외상 되죠?"

"엥~?$#&! 그, 그래요. 그럼, 뭐~ 다음에 갖다 주세요."

그 후로 거지는 다시 나타나지 않았다. '무슨 사정이 있었겠지' 라고 생각했다. 그렇게 잊고 장사를 했다. 거지는 항상 내 앞을 지나갔었는데 이젠 나타나지 않는다.

그러던 어느 날, 우연히 뒤를 보게 되었다. 뒤에는 버스가 다니는 차도이다. 그런데 거지가 차도로 다니고 있었다. 나는 거지를 보고 '잡을까? 말까? 잡을까? 말까?' 고민을 했다. 괜히 아는 체 했다가 놀랄 수 있을 것 같아서 그냥 놔두기로 했다. 얼마나 미안했으면 차도로 다닐까? 생각이 들었다.

거지에게 진심으로 바랐다. 돈 안 받을 테니까, 모른체 할테니까, 제발 위험하게 차도로 다니지 말고 인도로 다녔으면 좋겠다.

'이빨이 닭꼬치를 물고 댄스를 춥니다!'

말의 힘은 정말 대단하다. 사람(거지)의 마음을 움직일 수 있으니 말이다. 이 문구 하나 때문에 거지와 인연이 되었다. 거지는 나에게 친절과 호의를 베풀어 주었다. 이런 상(常)거지는 평생 만나지 못할 것이다. 짧은 시간이었지만 거지에게 많은 것을 배웠다. 나에게 약속했다.

앞으로 손님들한테 더 잘 할 '거지'! 열심히 살 '거지'! 착하게 살 '거지'! 사랑할 '거지'! 용서할 '거지'! 사람들을 더 즐겁고 행복하게 해 줄 '거지'! 항상 진심으로 손님을 대하며 남을 도울 수 있는 이런 '거지'가 되어야 겠다.

좋은 추억을 만들어준 거지에게 이 글을 빌어 고맙다는 말을

전하고 싶다. 어디에 있든 무엇을 하든 항상 건강하게 행복하게
잘 ~살길 바란다.

남을 행복하게 할 수 있는 자만이
행복을 얻을 수 있다 -플라톤

너희 말을 항상 은혜 가운데서
소금으로 맛을 냄과 같이하라
그리하면 각 사람에게
마땅히 대답할 것을 알리라 -갈라디아서4:6

손님을 대접할 때는
우유를 대접하지 말고 웃음을 대접하라 -유대인 속담

ⅠⅠⅠⅠⅠ 고양이 때문에 고민 있수다

ㄷ회사에서 서비스 맨으로 일할 때 배송 기사님이 고양이 얘
기를 해주셨다.

기사님이 집에 들어 가보니 고양이 한 마리가 있어 몹시 화가
났다고 했다. 이유는 남편한테 상의도 없이 고양이를 70만원이
나 주고 사왔기 때문이다. 물 건너온 고양이라 비싸다고 했다.
아내분이 말하길 나중에 크면 200만 원은 받을 수 있다고 했다.
기사님은 이 놈(?)의 고양이는 털이 하나도 없어서 공룡 같고 징
그럽다고 했다. 나에게 털 없는 고양이 사진을 보여줬는데 징그
럽기도 하고 추워보였다. 사람이나 고양이나 털털한게 좋다. 기

사님은 집에서 동물 키우는 걸 무지 무지 싫어한다고 했다. 그래서 결국 고양이 때문에 가출을 했다.

전에도 아내분이 주먹만한 달팽이를 키우겠다고 사왔다고 했다. 그런데 키우기 귀찮아서 달팽이를 삶아 냉장고에 넣고 배고플 때 꺼내 먹었다고 했다. 기사님(남편)은 어이가 없었다고 했다. 일을 마치고 집에 들어온 기사님이 아내한테 화를 내며 말했다.

"고양이 집에서 키울 거면 고양이하고 집 나가라."

기사님에게 '애들(초등학생2명)은 고양이를 좋아하냐'고 물었다. 애들도 고양이를 안아 주고 같이 잘 놀아준다고 했다. 애들도 좋아하니까 한 번 키워보시라고 했지만 워낙 싫어해서 그렇게는 안하겠다고 했다. 남편의 '나가라'는 말에 아내 분은 '애들하고 같이 나가겠다'고 했다. 남편은 아이들은 놔두고 고양이만 데리고 나가라고 했다.

다음 날, 기사님(남편)은 엄마 집에다 고양이를 맡기려고 고양이를 차에 실었다고 했다. 어머님 집까지는 30분 정도 걸린다. 어머님 집에 도착해 고양이를 보여 드렸다. 어머님은 '털 없는 고양이'를 보자마자 기겁을 하며 빨리 치우라고 했다. 하마터면 졸도 하실 뻔했다. 기사님은 할 수 없이 고양이를 다시 집으로 데려왔다고 했다.

어느 날, 기사님이 소파에 누워서 TV를 보고 있는데 '털 없는 고양이'가 기사님 배 위로 올라왔다고 했다. 기사님은 깜짝 놀라

고양이를 집어 던졌다. 아내는 '왜 던지냐!'며 고양이 때문에 한 바탕 싸움이 났다고 했다. 그릇이야 던지면 깨지겠지만, 고양이는 생명인데 .. 아~ 골이 깨지겠구나.. 기사님 생명은 소중합니다. 고양이 살살 다루어주세요. 제가 살살 빌게요.

기사님은 고양이를 어떻게 해야 할지 고민이라고 했다. 고양이도 어떻게 해야 할지 고민일 거다. 아내분도 좋아하고 아이들도 좋아하고 하나님이 주신 선물이라 생각하고 잘 ~ 키워보시라고 말씀드렸다.

우리 집 담 옆에 전봇대가 있는데 집집마다 이곳에 쓰레기들을 모아 놓는다. 목요일에 한 번 씩 청소차가 치우러 온다. 고양이는 쓰레기를 뒤지며 먹을 것을 찾는다. 엄마는 고양이를 볼 때마다 불쌍해 담장 옆에다 고양이가 먹을 밥과 물을 차려 주곤 하신다. 비가 올 때면 밥그릇에 물이 들어 갈까봐 내 차 밑에다 밥그릇을 갖다 놓으신다.

비오는 날 엄마가 외출하고 들어왔다. 그런데 우산을 들고 다시 밖에 나갔다. 그리고 조금 있다가 다시 들어왔다. 나는 어디 갔다 왔는지 엄마한테 물어보았다.

"엄마, 어디 갔다 왔어?"
"고양이 우산 씌워주고 왔다."

엄마는 고양이가 비 맞으며 밥 먹는 걸 보고 불쌍해서 우산을 씌워주고 온 것이다. 엄마가 고양이나 강아지한테 잘해줘서 너무 기쁘고 감사하다. 동물한테 잘해주자! 생명을 사랑하자!

나는 인간의 권리만큼 동물의 권리도 소중하게 생각한다.
그것이 모든 인류가 나아가야 할 길이다.
나는 개와 고양이를 제대로 대접해주지 않는
인간의 종교에는 별 흥미가 없다. -링컨

인간에게는 동물을 다스릴 권리가 있는 것이 아니라
모든 생명체를 지킬 의무가 있다 -제인 구달

동물을 다루는 태도를 보면
그 민족의 위대성을 알 수 있다 -마하트마 간디

⫼⫼⫼ 구하라 그리하면 주실 것이요(딱 900원만)

몇 년 전, 건강 TV에서 'ㅎ 웃음센터' 원장님의 웃음치료강좌를 촬영한다고 해서 양복을 쫙 빼입고 출발했다. 아직 2월이라 추웠지만, 원장님 강의 들을 생각에 마음은 따뜻하고 행복했다. 원장님 강의도 듣고 방송에도 나올 수 있다고 하니 일석이조, 꿩 먹고 알 먹고, 도랑치고 가재 잡고, 누이 좋고 매부 좋고, 님도 보고 뽕도 따고, 마당 쓸고 돈도 줍고, 일타쌍피다. 원장님의 호탕한 웃음과 카리스마 넘치는 강의는 한 번 들으면 정신이 번쩍 든다. 또 여기서 자주 못 뵈었던 웃음센터 강사님들도 볼 수 있으니 벌써부터 흥분이 되었다.

어느덧 청량리역에 도착했다. 교통카드를 찍는데 돈이 부족했다. 신림역까지 환승을 해서 가야 하는데 큰일이었다. 평소 교통카드에 1만원씩 충전해 다녔는데 하필 여기서 딱 떨어질게 뭐람. 여기까지 왔는데 집으로 다시 돌아갈 수도 없고 어떻게 하지? 주머니에서 지갑을 열어 봤는데 돈이 하나도 없었다. 호주머니를 여기 저기 다 뒤져 봤는데 백 원짜리 달랑 하나 있었다. 꼭 들으러 가야 한다. 100원이 있으니까 900원만 있으면 교통카드를 충전할 수가 있었다. 그런데 누구한테 도와달라고 해야 할지 난감했다. 그냥 지나가는 사람한테 도와 달라고 해야 하나? 역장님한테 부탁할까? 고민하다가 지나가는 사람한테 도와달라고 하는 것은 별로 의미가 없을 것 같았다. 뭔가 특별한 추억을 남기고 싶었다. 그래서 직접 거지가 되어 보기로 했다. 거지처럼 돈을 구걸하기로 했다.

청량리역 2번 출구 계단 중간에 올라갔다. 사람들이 오르락내리락 하고 있었다. 내 심장도 오르락내리락 했다. 빨리 돈을 구해야했다. 늦으면 가나마나다. 바닥에 무릎을 꿇고 엎드렸다. 그리고 두 손을 앞으로 내밀었다 사람들이 내 앞을 왔다 갔다 했다. '설마 여기서 아는 사람 만나는 건 아니겠지?' 자라처럼 고개를 푹 숙였다. 900원만 있으면 된다. 사람들이 지나가지 않을 땐 기분이 이상했다. 지하철 도착하는 소리가 났다. 사람들이 내 쪽으로 몰려나오고 있었다. 제발 900원만 하나님께 기도를 드렸다.

"하나님, 꼭 강의 듣게 해 주세요. 딱 900원만 채워 주시옵소서."

많은 거 바라지 않았다. 딱 '900원, 딱 900원만 달라'고 기도 드렸다. 1000원을 달라고 하지 않았다. 많이 달라고 하지도 않았다. 딱 필요한 900원만 채워주세요.

사람들의 발자국 소리가 너무 반가웠다. 전에는 사람들 발자국 소리에 관심도 없었고 신경도 안 썼다. 반가운 것도 몰랐다. 그런데 바닥에 엎드리고 보니까 사람들의 발자국 소리가 너무 반가웠다. 너무 그리웠다. 너무 감사했다. 너무 듣고 싶었다. 너무 행복했다.

드디어 개시가 되었다. 어떤 사람이 내 손바닥 위에 동전 하나를 던졌다. 그런데 동전이 계단 밑으로 굴러 떨어졌다. '아이 ~ 진짜, 잘 좀 던지지' 눈 뜨고 일어나 주우러 갈 수도 없고 … 다행이 동전 던진 사람이 그 굴러가는 동전을 주워 내 손바닥에 올려 주었다. 감사합니다. 사람들 안 올 때 눈을 살짝 떠서 얼마짜리인지 확인해 보았다. 100원짜리였다. 아직도 800원이 걷혀야 했다. 눈을 감았다. 또 지하철 소리가 났다. 사람들 발자국 소리가 났다. 누가 동전 하나를 던졌다. 눈을 살짝 떠서 확인해 보았다. 그런데 이런 젠장 누가 10원짜리를 던졌다. '누굴 거지로 아나?' 짜증이 났다. 차가운 바닥에 무릎도 아프고 죽겠는데 열심히 일한(?) 대가가 고작 이것 밖에 안 된단 말인가? 지금은 양복 입은 신사(강사)가 아니라 양복 입은 거지다. 더 거지답게 엎드리기로 했다.

그 뒤로는 한참 동안 동전이 안 들어왔다. 사람들이 많이 어렵긴 어려운가 보다. 딸랑 동전 하나 던지는 것도 이렇게 힘들어하는 것 보면 말이다. 시계를 보니 벌써 48분이 지났다. 48분 동안 추운 바닥에 이러고 엎드려 있었다. 빨리 빨리 서둘러야 했다. 마침 지하철이 도착했다. 나는 더 간절하게 손을 내밀었다. 주여, 제발~ 900원만, 900원만! 그런데 이번엔 사람들이 떼거지로 내 손바닥에 동전을 던졌다. 신이 났다. 사람들이 가고 난 뒤 눈을 떠서 손바닥에 있는 동전을 모두 세어 보았다. 그런데 이게 웬일인가? 정말 내 소원대로 딱 900원이 있었다. 정말 기적이었다. 어떻게 이렇게 시간에 딱 맞추어서 딱 900원을 채워 주셨는지 정말 신기했다.

오늘 내 생애 최고의 경험을 했다. 내가 거지가 될 거라고는 단 한 번도 생각한 적이 없었다. 언제 또 구걸을 해보겠는가? 900원이 아니라, 900만 원의 경험을 했다. 보람 있었다. '거지 체험'을 하면서 많은 생각이 들었다. 거지는 아무나 하는 게 아니다. 보통 힘든 게 아니다. 무릎 다 나간다. 육체적으로 정신적으로 정말 힘들다. 두 손을 가만히 벌리고 있으면 손목에 수갑을 채운 것 같이 벌 받는 기분이었다. 계속하는 건 불가능하다. 거지가 대단하게 느껴졌다. 존경스럽기까지 했다. 다음엔 볼 때마다 조금이라도 도와드려야겠다. 차가운 바닥에 엎드려 간절히 구걸하면서 사람이 얼마나 귀하고 소중하다는 것을 다시금 깨달았다. 모든 사람을 소중하게 생각하고 감사하며 사랑해야겠다.

900원이 필요했다. 하나님께 1000원짜리 한 장을 달라고 하지 않았다. 많이 달라고 하지 않았다. 딱 900원만 달라고 했다. 하나님은 정말로 딱 900원만 채워주셨다. 만약 내가 더 달라고 했다면, 많이 달라고 했다면 하나님은 절대 주시지 않았을 것이다. 욕심을 부리지 말자. 하나님께 감사드린다. 욕심을 안 부리게 해주셔서 감사합니다. 필요한 것을 채워주셔서 감사합니다.

그 날 결국, 하나님께서 도우신 덕분에 지하철을 타고 강의장에 딱 맞게 도착할 수 있었다.

**하나님은 우리가 원하는 것을 주시는게 아니라,
필요한 것을 주신다.** - CS루이스

**10년을 걱정하는 것보다
10분을 기도하는 것이 낫다** -스펄전목사님

|||||| 그 까이거 대충 하지 말자

우리 몸에서 제일 무서운 해충(기생충)은 어떤 해충 일까? 회충, 요충, 편충, 십이지장충? 아니다. 바로, '그 까이거 대충'이다. 해충은 약으로 죽이지만 대충은 약이 없다. 욕이 있다. 대충해서 욕 먹지 말고 제대로 잘 하는 습관을 가져야 한다. 대충 대충하는 버릇은 우리가 살아가는데 무서운 적이다. 내적으로 외적으로 우리의 몸과 우리의 삶을 갉아 먹고 파괴한다. 우리 몸을 망가뜨리고 병들게 한다. 일에 있어서는 치명타다. 무슨 일을 하든 대충 대충 하지 말자. 인생을 대충 대충 살지 말자. 집을 대충 지었다고 생각해보자. 누가 그 집에서 살겠는가? 집이 아니라 묘지다. 사람도 대충 살면 무덤을 향한 질주다. 죽기위해 사는 것이나 다름없다. 대충은 세상에서 가장 무서운 해충이다. 대충 여기서 끝내겠다.

ㄷ물류회사에서 배송 알바 할 때 일이다. '르마트' 점장님이 출근하기 전, 점장님의 수고를 덜어 드리려고 롤케이너(물류창고에서 짐을 실어 나를 때 쓰는 도구) 2개를 창고에서 끌어다가 미리 세팅해 놓았다. 배송차량이 도착하면 물건(상품)을 롤케이너에 쌓아놓기 위해서였다. 점장님이 오시더니 나한테 말했다.

"준비해 놨네?!"

칭찬을 들었다. 그런데 이어지는 점장님의 한마디!

"그런데 이왕 할 거면 제대로 해야지, 이게 뭐야 바닥에 물기도 그대로 있고!"

새벽에 이슬이 내렸는지 롤케이니 바닥에 물이 조금 있었다. 물기가 있으면 물건이 젖기 때문에 점장님이 따끔하게 한마디

하신 것이다.

"죄송합니다!"

잘 해 놓고도 마지막에 잘못해서 혼이 났다. 내가 생각하기에 잘한 것(일) 같지만 나중에는 안 한 것만 못할 때가 있다. 무슨 일이든 내 입장이 아니라 상대방 입장에서 한 번 더 꼼꼼하게 확인해보고 점검해봐야 한다. 그 후로 어떤 일이든 대충하지 않으려고 노력한다.

내가 다니는 교회에는 학생 김군이 있다. 김군은 일처리를 정말 잘한다. 일처리만 잘하는 것이 아니라, 신앙심도 좋았다. 주일성수는 꼭 지켰다. 김군이 어느 날 주일예배를 끝내고 편의점에 아르바이트를 갔다. 일처리 잘하는 김군은 편의점에 온 손님한테 이렇게 인사를 했다.

"주님, 어서 오세요!"

손님한테 주님이라니.. 누구한테 용서를 빌어야하나.. 주님 용서하소서, 손님 용서해주세요. 일철이가 일처리를 제대로 못한 것이다. 그래서 본인도 그렇고 상대방을 대략난감 하게 만들었다.

하남에서 열흘 간 국회의원 선거 알바를 한 적이 있다. 전에 남양주시 선거관리위원회에서 공명이탈을 쓰고 선거 운동을 한 적이 있어 이번에 편하게 할 수 있었다. 선거 알바 10명과 함께 열심히 율동도 연습하고 거리를 다니며 선거 유세를 했다. 사람이 많이 다니는 버스정류장에서 후보자 이름을 크게 외치며 선거유세를 했다.(후보자 이름은 가명 '홍길동' 이라고 함)

"안녕하세요, 기호 1번 홍길동! 열심히 하겠습니다. 안녕하세요, 기호 1번 홍길동! 열심히 하겠습니다."

계속 이 소리만 외쳤다. 어느 날, 나도 모르게 내 이름으로 홍보하고 있었다.

"기호 1번, 고현철! 열심히 하겠습니다."

후보자님 죄송합니다. 정말 제대로 열심히 하겠습니다. 마치 내가 국회의원에 출마 한 것처럼 내 이름을 외치고 있었다. 만일 후보자님이 이 말을 들었다면 나는 당장 제대다.(모가지다)

우리나라 속담에 '급할수록 돌아가라'는 말이 있다. 서두르다가 오히려 일을 그르친다. 운전할 때 막 급하다고 빨리 가다 보면 정말 빨리(저세상) 가는 수가 있다. 제대로 침착하게 안전운전 조심 운전해야 한다. 도농역 남자 화장실에서 청소하는 아줌마한테 물어봤다.

"남자 화장실에 청소하시는 분들이 왜 여자분 밖에 없어요?"

"남자가 제대로 청소하는거 봤어요!"

집을 지을 때도 마찬가지다. 제대로 안 짓고 '그 까이거 대충' 짓는다면 그 집은 '대충'이라는 무서운 해충이 무섭게 갉아 먹어 곧 무너지게 될 것이다. 모래집이 될 것이다 무덤이 될 것이다.

책에서 본 기억이 난다. 어려서부터 친하게 지낸 두 친구가 있었다. 성인이 되어 한 친구는 큰 부자가 되었고 또 한 친구는 가난한 목수가 되었다. 큰 부자는 친구인 목수에게 찾아가 멋진 집을 지어 줄 것을 부탁을 했다.

"돈은 생각하지 말고 좋은 재료로 세상에서 가장 멋진 집을 하나 지어주게. "

목수는 부자 친구의 말에 좋은 재료를 써서 집을 제대로 지었다. 그러나 시간이 지날수록 값싼 재료를 쓰고 일꾼들도 줄여가며 '그 까이꺼 대충' 집을 짓게 되었다. 어느새 집이 다 완공이 되었다. 부자 친구는 목수인 친구에게 찾아와 이렇게 말했다.

"수고 많았네, 이 집은 내가 자네에게 주는 선물일세!"

목수 친구는 제대로 집을 짓지 않았던 것을 평생 후회하며 살았다고 한다. 그리고 어느 날 그 집이 무너져 목수는 목숨을 잃었다.

MBN TV '나는 자연인이다'에 나왔던 '집짓기 달인'이 했던 말이다.

"빨리 지으면 빨리 넘어가고, 천천히 지으면 천천히 넘어간다."

우리는 살면서 대충대충 하는 습관이 있을 것이다. 대충은 우리의 '적'이다. 내적으로 우리의 몸을 망가뜨리고 외적으로 우리의 삶을 파괴한다. 해충은 약으로 죽이지만 대충은 제대로 해야 고칠 수 있다. 매일 일상에서 대충대충하는 버릇을 고치고 제대로 잘 하는 습관을 가져야 한다. 무슨 일을 하든 대충 대충 하지 말자. 인생을 대충 대충 살지 말자. 대충은 세상에서 가장 무서운 해충이다. 우리 속담에 세 살 버릇 여든까지 간다.는 말이 있다. 어릴 때부터 대충대충 하는 버릇을 고치자. 안 그러면 '세 살 대충 골로 간다.'

뭘 하든지 그 까이꺼 대충 하지 말고 이왕 할 거 제대로 하자. 뭐든지 제대로 하는 사람이 어디서든 인정받고 쓰임받는다.

"사람이 무엇으로 심든지 그대로 거두리라" –갈라디아서6:7

‖‖‖ 그릇된 생각을 와장창 깨뜨리자

엄마가 아침에 음식을 준비하다가 쨍그랑~ 그릇을 깼다. 방에서 공부하고 있는데 엄마의 투덜거리는 소리가 들렸다. 엄마는 아침부터 그릇이 깨졌다며 재수가 없다고 했다. 재수가 없는게 아니라 그릇이 하나 없는 거다. 재빨리 엄마한테 가서 말했다.

"왜, 재수 없다고 그래, 그건 그릇된 생각이야. 그냥 액땜했다고 생각해 그릇이 대신 십자가를 진거야."

엄마는 또, 아침부터 '피 봤다'고 했다. 손을 확인해 보니 피가 개미똥 만큼 나왔다. 아주 살짝 긁힌 것이다.

"엄마, 이것 가지고 '피 봤다'고 하면 안 돼."

엄마는 조금 무안했는지 아무 말씀이 없으셨다. 크게 안 다치기 천만다행이다. 속상하긴 하겠지만 빨리 잊고 곧 좋은 일이 있을 거라고 생각하는 게 낫다.

저녁에는 울음이 깃들일지라도
아침에는 기쁨이 오리로다. -시편30:5

독사에 물리면 독이 심장에 퍼지지 않게 빨리 독을 밖으로 빼내야 살 수 있듯이 나쁜 생각(독)이 온 몸에 퍼지지 않도록, 부정적인 생각이 하루를 망치지 않도록 빨리 좋은 생각으로 바꾸어 주어야 한다. 성경에 '적은 누룩이 온 덩이에 퍼진다'(갈라디아서 5:9) 는 말씀이 있다. 작은 죄가 점점 커져 나중엔 멸망에 이르게 된다. 그릇 하나가 깨졌다고 해서(어떤 일이 잘못 되었다고 해서) 하루가 깨진 것이 아니다. 이것은 정말 그릇된 생각이다. 고정관념을 깨자.

행복과 불행을 결정하는 것은 아주 작은 것이다.

사막 여행을 마치고 돌아온 사람에게 기자가 물었다.

"사막을 횡단하면서 가장 힘들었던 게 무엇이었습니까? 더 위였습니까?"

"아니요."

"그럼 물이었습니까?"

"아니요.

"그럼 무엇이었습니까?"

"신발 속에 들어간 작은 모래들입니다. 그것 때문에 걸을 수가 없습니다."

이렇게 작은 게(모래) 나를 힘들게 한다. 불행하다고 생각하는 건 큰 잘못(실수)이 아니라 '작은 잘못(실수)' 때문에 생겨나는 경우가 많다.

환자와 의사와의 대화이다.

"어디가 아파서 왔습니까?"

"(손가락으로 몸 이 곳 저 곳을 찔러보며) 온 봄이 다 아픈 것 같습니다."

"(진찰해보더니) 크게 걱정 안하셔도 됩니다. 환자분은 손가락만 살짝 다쳤습니다."

우리는 작은 문제를 너무 심각하게 걱정하는 경향이 있다. 예수님은 많은 일로 마음이 분주한 마르다(마리아 언니)에게 이렇게 말씀하셨다. "마르다야 마르다야 네가 많은 일로 염려하고 근심하나 몇 가지만 하든지 혹은 한 가지만이라도 족하니라"(누가복음 10:41~42) 한 문제만 해결하면 된다. 나머지 문제까지 미리 걱정할 필요는 없다. 내일을 걱정하지 말고 내일을 위해 내 일을 열심히 준비하자.

내일 일을 위하여 염려하지 말라 내일 일은 내일이 염려할 것이요
한 날의 괴로움은 그 날로 족하니라 -마태복음6:34

권강사님이 전화를 걸어 말했다.

"강사님, 저는 '그릇'이 작아서 송년회 같은 것 못해요."
"그건, 그릇된 생각이에요! 하나님은 큰 그릇, 작은 그릇이 아니라 '깨끗한 그릇'을 사용하십니다."

큰 집에는 금 그릇과 은 그릇 뿐 아니라
나무 그릇과 질그릇도 있어
귀하게 쓰는 것도 있고 천하게 쓰는 것도 있다.
그러므로 누구든지 이런 것에서 자기를 깨끗하게 하면
귀히 쓰는 그릇이 되어 거룩하고 주인의 쓰심에 합당하며
모든 선한 일에 준비함이 되리라. -디모데후서 2:20~21

건강하게 장수하는 사람들의 공통적인 비결이 있다고 한다. 안 좋은 기억은 빨리 잊고 좋은 기억만 하며 살았다고 한다. 오늘부터 밥그릇이 아닌 그릇된 생각을 와장창 깨뜨리자.

긍정적인 생각을 가진 사람은
문제를 두려워하지 않기 때문에
언제나 긍정적인 결과를 얻는다 -노만 빈센트필

‖‖‖ 기적의 파스2

엄마는 잠이 잘 안 온다고 했다. 밤새 한숨도 못 잤다며 아침에 일어나서 피곤하다고 하신다. 엄마는 잠이 안와 걱정이 많으시다. 내 걱정은 엄마가 걱정이 많다는 게 걱정이다. 엄마는 걱정이 많아 잠도 편히 못 주무신다. 하루에도 몇 번씩 뒤척이다 깨신다. 나는 엄마한테 걱정대신 기도하라고 말한다. 엄마 제발 걱정하지 좀 마. '걱정을 해서 걱정이 없으면 걱정이 없겠네.'(외국속담) 잘 자는 사람은 잠 못자는(잠이 안 오는) 사람의 고통을 알 리가 없다. 산 고문이 따로 없을 것이다. 엄마가 다리가 쑤셔서 잠이 안 온다고 하면 가서 다리도 밟아 드리긴 하지만, 조금이지 아침까지 밟고 있을 수는 없는 일이다. 그래서 미안하기만 하다.

그러다 우연히 TV를 보게 되었다. 어떤 박사님이 잠을 못 주무시는 분들에게 직접 실험을 해보았는데 효과가 있었다고 했다. 방법은 간단했다. 휴지를 조그맣게 찢어 침(물)을 묻힌 다음

미간(양 눈썹 사이)에 붙였더니 잠을 잘~ 잘 수 있었다고 했다. 휴지나 파스를 조그맣게 잘라 미간에 잘 붙도록 침이나 물을 묻혀 붙이고 자면 그것이 뇌 신경을 자극해 잠이 오게 된다고 했다. 평소 잠을 못 주무시는 엄마를 위해 이 방법을 써보기로 했다.

 엄마가 잠들기 전, 파스와 가위를 준비했다. 마치 병원에서 의사가 수술하는 것처럼 '간호사, 메스!' 내가 엄마 불면증 수술을 하는 것 같았다. 엄마에게 이마를 대보라고 했다. 엄마는 이게 뭐냐고 했다. 잠이 잘 오는 방법이니까 가만히 있으라고 했다. 드디어 수술(?)을 하였고, 조그맣게 자른 파스를 엄마 미간에 딱 붙였다.

다음 날, 아침 엄마한테 잘 주무셨냐고 여쭤 보았다. 엄마는, 어제는 깨지도 않고 잘 잤다고 하셨다. 어제는 화장실도 한 번도 안 가고 안 깨고 편하게 주무셨다고 했다. 잠을 잘 잔 기념으로 부엌에서 엄마 얼굴을 찍었다. 마치 인도 사람 같았다. 맞다, 하나님이 인도하신 것 같다. 엄마가 편안히 주무실 수 있도록 말이다. 엄마처럼 잠 때문에 고생하시는 분들에게 조금이라도 도움이 될까 싶어 찍었다.

물론 병원에서 상담을 받아보면 좋겠지만 우리 엄마처럼 한 번 해보는 것도 좋을 것 같다. 이왕이면 돈 들이지 않고 치료하면 좋지 않은가? 엄마한테 사진 찍자고 했는데 흔쾌히 가만히 있는 것 보면 정말 효과가 좋긴 좋으신가보다.

한밤중에 할아버지가 옆에서 자고 있던 할머니를 깨우며 말했다.

"할멈, 무릎이 아파서 도저히 잠을 못 자겠어, 파스 좀 붙여주구려."

할머니는 할아버지가 아프다는 말에 서랍을 뒤적이다가 어렵게 파스를 찾아 할아버지 무릎에 붙여 주었다. 할아버지는 할머니 덕분에 통증없이 편안하게 잠을 주무셨다. 그런데 놀라운 것은, 할아버지가 무릎에 붙여준 파스를 때려고 봤더니 거기엔 이런 글씨가 적혀 있었다.

'중화요리는 중화반점, 전화주시면
신속히 배달해드립니다. 하오~'

할아버지 무릎에 붙여진 건 '파스'가 아니라 '중국집 스티커'였다.

'플라시보'라는 말이 있다. 환자에게 효과가 없는 '가짜 약'을 '진짜 약'이라고 속여 먹게 한 다음 환자가 약에 대해 긍정적인 생각(믿음)을 갖게 하여 실제로 몸이 좋아지게 되는 현상을 말한다.

할아버지가 눈으로 중국집 스티커를 봤다면 아마 눈 뜨고 못 주무셨을 것이다. 할머니를 믿었기 때문에 기적이 나타났던 것이다. 할아버지가 통증 없이 편안하게 주무실 수 있었던 것은 중국집 스티커가 아니라 할머니의 사랑의 스티커였다. 최고의 치료제는 사랑이다.

할아버지 곁에는 할머니가 중국집 스티커(파스)처럼 항상 떨어지지 않고 꼭 붙어 계실 것이다.

사랑은 언제까지나 떨어지지 아니하되 -고린도전서13:8

사람의 심장의 무게는 '두'근 + '두'근해서 '네'근이다. 그러나 할머니 심장의 무게는 '열'근 이다. 왜냐하면?

'땃(5)'끈 + '땃(5)'끈 하니까~

기적은 바라는 것이 아니라 만드는 것이다. 행동으로 실천하지 않을 때 기적은 일어나지 않는다. 행동으로 옮기는 첫 걸음부터가 인생의 기적이 시작된다. 기적 여러분도 만들 수 있다. 나는 중국집 스티커 모으는 게 취미가 되었다. 가정에 비상용으로 '중국집 스티커'를 모아 두자! '파스'가 떨어졌을 때를 대비해서 말이다. 짜장면은 못 사줘도 '중국집 스티커'를 선물해 주자.

잠을 못 주무시는 모든 분들 하루 빨리 편안하게 주무시길 바란다.

좋은 아침을 맞는 비결은 좋은 침대에서 자는 것 보다 좋은 생각을 하며 자는 것이다.

어리석은 자는 기적을 바라고
현명한 자는 기적을 만든다 -마크트웨인

훈련은 천재를 만들고 신념은 기적을 이룬다 -안창호

||||| 까까주며 살아야겠다

동네 세탁소에 양복 드라이 맡겨놓은 걸 찾으러 갔다. 세탁소
올 때마다 아저씨가 가끔 해주시는 말씀이 있다.

"내가 이 동네에 있어서 그렇지. 앙드레 김 보다 나아~"

아저씨는 정말 실력도 좋으시고 인물도 좋으시고 가격도 잘
깎아 주신다. 이 동네에 오래 오래 계셔야 한다. 딱 50년만!

세탁소 문을 열고 안으로 들어갔다. 안에는 몸이 불편하
신 손님(지체장애인)이 계셨다. 나는 여기 올 때마다 아저씨한테
'천원만 깎아 주세요!'라고 말한다. 오늘도 아저씨한테 '깎아 달
라'고 할 생각을 하고 있었다.

그 때 마침, 주인아저씨가 나타났다. 아저씨를 보고 '깎아
달라'고 말하려고 하는데, 장애인분이 세탁소아저씨를 보며
말했다.

"아빠, 손님 왔어요!"

깜짝 놀랐다. 이 분(지체 장애인)이 '아저씨 따님'이라니...

111

아저씨한테 '깎아 달라'는 말을 할 수가 없었다. 오히려 여태까지 아저씨한테 '깎아 달라'고 했던 게 너무 죄송했다.

그 날 이후로 '깎아 달라'는 말을 하지 않는다. 그저 '잘해 달라'고만 부탁한다. '깍쟁이'에서 지금은 깍듯이 대하고 있다.

몇 달 후, 세탁소에 찾아갔다. 아저씨는 다른 곳으로 이사를 가셨다. 인사도 못 드리고 많이 서운했다. '깎아 달라'고 하면 항상 너그럽게 깎아 주셨던 아저씨. 나도 세탁소 아저씨처럼 누가 나에게 '깎아 달라'고 하면 기쁜 마음으로 '까까'주며 살아야겠다.

"아저씨 어디에 계시든 따님과 가족 모두 건강하시고 행복하세요!"

1년 365일 항상 깎아 주는 곳이 있다. 바로 이발소다.
손님이 이발소에 왔다.

"어떻게 깎아 줄까요?"
"천 원만 깎아 주세요!"
"....?&$!"

당신이 나이가 들면 손이 두 개라는 것을 발견하게 될 것이다.
한 손은 당신 자신을 돕는 손이고
다른 한 손은 다른 사람을 돕는 손이다.
날씬한 몸매를 갖고 싶다면 너의 음식을 배고픈 사람과 나누어라.

아름다운 입술을 갖고 싶다면 친절한 말을 하라.
사랑스러운 눈을 갖고 싶다면 사람들에게서 좋은 점을 보아라.

-오드리햅번이 아들에게 남긴 유언

선물 주기를 좋아하는 자는
사람마다 친구가 되느니라 -잠언19:6

‖‖‖ 꽝이라고 다 꽝이 아니다

웃음치료가 있는 날이다. 참여 인원은 20명 정도. 오늘은 마술과 웃음치료를 같이 하시는 문강사님이 맡아 주셨다. 강사님은 마술 주머니를 우리에게 보여주시며 한사람씩 주머니에 손을 넣어서 쪽지 한 장씩을 집으라고 하셨다. 그렇게 다들 쪽지에 뭐가 써 있는지 펴보았다. 주변의 반응은 아무렇지도 않듯 조용하고 차분했다. 나는 기대하며 쪽지를 펼쳐 보았다. 그런데 나만 '꽝'이었다. 에이~. 폭탄을 맞은 것처럼 풀이 죽어 있었다.

그 때 강사님이 말했다.

"'꽝' 당첨 되신 분, 일어나 보세요."

아이, 쪽 팔리게.. 나는 쭈뼛쭈뼛하며 일어났다.
강사님은 나한테 앞으로 나오라고 했다.

'벌을 주시려나(?)'

분위기가 파악이 안 됐다. 그런데 강사님은 웃으며 나에게 선물을 주신다고 했다. 깜짝 놀랐다. 모두 깜짝 놀랐다. 꽝인데 선물이라니 뻥 아니야~? 아직도 믿기지가 않았다. 벼락맞고 살아난 기분이다.

강사님이 모두에게 말했다.

"'꽝'이라고 해서 부정적인 일이 생기는 것이 아니라, 이렇게 좋~은 일이 생길 수 있습니다."

'박수 주세요! 와~' 그렇게 나는 꽝을 받고 위로 받고 박수 받고 칭찬 받고 선물까지 받았다. 거기다가 좋은 말씀까지.. 감사합니다.

강사님이 나에게 시집(?) 잘 가라고 직접 쓰신 시집(하늘을 품다)을 선물해 주셨다. 시집 받고 이렇게 좋은데 시집 가면 얼마나 더 좋을까? 생각이 들었다. '축 당첨' 돼서 선물을 받는 것과 '꽝' 돼서 선물을 받는 건 차원이 달랐다. 고차원이다. 안 받아 본 사람은 모를거다.

한 남자가 '돌솥비빔밥'을 먹다가 '진짜 돌'이 나왔다. 손님은 화가 나 당장 주인을 불렀다. 주인에게 어떻게 된 거냐고 따지며 물었다.

주인은 손님에게 이렇게 말했다.

"축하합니다. '전복죽'에 당첨되셨습니다."

기분은 '꽝'이었지만 '복'을 받았다.

요즘같이 직장 구하기 어려울 때도 없을 것이다. 그리고 면접은 보통 힘든 일이 아니다. 어떤 사람은 신입사원 면접 때 마다 '꽝'이었다. 그래서 이력서를 무려 200번을 써 봤다고 했다. 그렇게 많이 쓰다 보니 노하우가 생겼다고 했다.

집에 돌아 온 엄마가 마치 폭탄 맞은 것처럼 표정이 '꽝'이었다. 엄마는 칼국수 먹으러 갔다가 그 집엔 다시는 안 간다고 하셨다. 왜 그러냐고 물어봤더니 칼국수에 '머리칼'이 들어갔다는 것이다. 칼국수에 칼(?)이 들어갔다니 어휴.. 나라도 무서워서 안 가겠다.

엄마하고 같이 저녁에 상에 앉아 밥을 먹었다. 그런데 이게 웬일? 밥에서 머리칼이 나왔다.

"엄마 이거 뭐야, 그러니까 불 키고 하라고 했잖아. 제발 좀..."

엄마가 요리하다보면 도마에서 칼도 쓰고 가끔 머리칼도 쓸 때가 있다. 밥에서 머리칼이 나오긴 하지만 엄마의 사랑이 더 많이 묻어 나온다. 머리에서 나온 게 아니라 엄마 마음(사랑)에서 나온 것이다. 얻어 먹는 주제에 그냥 주는대로 먹자. '머리칼'은 사랑의 재료이다. 그래도 음식 할 땐 머리 '칼' 조심하고, 부엌 '칼' 조심하고, 쌍 '칼' 조심해! 엄마, 오늘 저녁 칼치(?) 조림!

살다보면 꽝을 만날 때가 있다. 머리칼이 나올 때도 있다. 그럴 때마다 꽝하고 폭발하면 안 된다. 칼 맞고 쓰러지면 안 된다. 꽝은 다꽝이 아니라. 빛광(光)이다. 겨울은 반드시 따뜻한 봄을 데려온다고 한다. 우리 인생도 '꽝'다음에 반드시 복(빛)이 온다. 그래서 나온게 광복이다. 광복(光復)은 빛을 다시 찾는다는 뜻이다. 우리나라가 일제 식민통치로부터 완전 해방된 날이 광복절이다. 꽝은 폭발이 아니라 시발(始發)이다. 행복의 문으로 들어가는 새로운 시작(출발)이다.

'비장의 무기는 아직 손안에 있다. 그것은 희망이다' -나폴레옹

Part 3

우

웃긴 거를 보고 웃는 사람은 병이 길~다

남에게 친절을 베풀어라 천사가 찾아 올 것이다 | 내가 뜨거워야 남을 뜨겁게 할 수 있다(아버지의 솥뚜껑 리더십) | 노약자로 살아가고 싶다 | 런닝맨! 린닝ㅛ! | 모나리자 & 모자라나 | 미인은 없고 미친 사람만 있었다 | 병(病)든 사람은 병을 든 사람 | 복을 부르는 마술 웃음 | 복이 왔어요! | 빵점 인생에서 백점 인생이 되는 방법 | 빵 이요!

ⅠⅠⅠⅠ 남에게 친절을 베풀어라 천사가 찾아 올 것이다

버스에서 두 아줌마가 앉아서 김장에 대해 얘기 하고 있었다.

"김장 많이 해 놓으세요"

"네 ?!"

"남으면 제가 먹을라구요"

해마다 겨울이면 엄마는 김장을 하셨다. 매년 김장하느라 고생하시는 엄마를 위해 올해는 힘들지 않게 해드리고 싶었다.

어느 날, 차를 타고 가다가 '유기농테마파크 김장축제 가족체험'이라고 적혀있는 현수막을 보았다. 집에 도착하자마자 유기농테마파크에 전화를 했다. 다행히 이번 주가 마지막 축제 기간이었다. 재빨리 신청을 하고 엄마한테 말했다. 이번엔 집에서 김장하지 말고 밖에서 담그자고 했다. 엄마하고 밖에서 외식할 일도 많이 없었지만 김장을 외식하긴 처음이다. 엄마한테 김치체험 비용을 입금 시켰기 때문에 무조건 가야 된다고 했다.

드디어 김장을 담그러 엄마하고 같이 차를 타고 출발했다. 엄마하고 나는 유기농테마파크에 도착해 김치체험관으로 들어갔다. 안에는 벌써 김장축제 가족체험을 신청한 스무 가구가 대기하고 있었다. 김치체험관 직원 분들이 신청자 이름이 붙어 있는 테이블에 각 가정이 신청한 양의 '절인배추'와 (배추에 들어갈) '속'을 세팅해 주셨다. 세팅이 끝나고 직원분의 안내 멘트와 함께 김

장이 시작되었다. 김치 담그기 대회도 아닌데 처음이라 그런지
조금 긴장이 되었다. 엄마하고 나는 집에서 가져온 앞치마와 비
닐장갑을 끼고 김장을 하기 시작했다. 8.15광복 이후 처음 김장
을 해보는 날이다. 정말 뜻 깊은 날이다. 역사적인 날이다. 엄마
가 하는 걸 보고 따라서 담갔다.

절인배추를 한 잎 한 잎 넘겨가며 '속'을 가득 채워 넣었다. 사
람도 겉보다 속이 중요하듯 배추도 속이 더 중요하다. 그래서 속
을 꽉 꽉 채워 넣었다. 그런데 '속'을 너무 많이 넣는 바람에 얼
마 안 가서 '속'이 거의 다 떨어져갔다. 속이 상했다.

엄마가 옆에서 '어쩐지 많이 넣더라'며 걱정을 하셨다. 이제
어떻게 할 거야? 엄마한테 미안했다. 여기 와서도 엄마 속을 썩
이게 됐다. 아직 배추가 일곱 포기나 남았다. 여기서 포기 할 수
는 없었다. 남은 7포기를 어떻게 해야 할지가 고민이 되었다. 엄
마는 주최 측에다 한 번 말해보라고 했다. 나는 엄마한테 '담갔
던 김치'에서 '속'을 다시 꺼낼까? 라고 말했다. 엄마는 주먹으
로 내 미리통을 때렸나. 이렇게도 안 되고 저렇게도 안 되고 엄
마하고 나는 손을 놓고 가만히 있었다.

그때 마침 어떤 할아버지, 할머니 두 분이 우리 자리로 불쑥 들어오셨다. 그러더니 김장하는 사진 몇 장만 찍어도 되겠냐며 우리를 옆으로 밀치고 두 분이 김장을 하는 것이었다. 담당 직원이 와서 우리한테 죄송하다며 양해를 구했다. 엄마하고 나는 그렇게 하시라고 했다. 그런데 시간이 됐는데도 어르신들이 갈 생각을 안 하는 것이었다. 거기다 김치체험에 참가한 가족들한테 서비스로 돼지보쌈을 먹어보라고 한 접시씩 담아 주셨는데 할아버지, 할머니는 우리한테 묻지도 않고 막 드시는 것이었다. 엄마하고 나는 한 점도 못 먹었는데 말이다. '속'까지 모자라 '속' 상해 죽겠는데 어르신들까지 우리 '속'을 뒤집어 놓으셨다. 담당 직원은 우리한테 너무 죄송하다고 했다. 그리고 어르신들한테 이제 피해 주지 말고 빨리 가시라고 했다. '이분(우리)들은 개인이 돈 내고 자리에서 김장하시는 것'이라고 말하자 그제야 어르신들은 우리 자리를 떠났다. 담당직원은 우리한테 와서 말했다.

"정말 너무 죄송하게 됐습니다. 대신 김치 '속'을 더 갖다 드릴게요."

직원분이 김치 속을 그릇에다 가득 담아 가지고 왔다. 직원분이 말하길, 원래 김치 '속'은 1Kg당 2만 원에 파는 건데 저희(유기농 김치체험관)가 너무 미안해서 드리는 거라고 말했다. 별 말씀을요, 정말 감사합니다. 이렇게까지 하실지 몰랐다. 직원 분 덕분에, 김치 속 덕분에 속 상 했던 것이 속 시원히 사라졌다. 이 모든 것이 할아버지, 할머니가 우리한테 오셔서 벌어진 일이다. 속의 원조는 할아버지 할머니다. 두 분 덕분에 김치 '속'을 1Kg이나 공짜로 얻게 되었다. 잘해드리지 못해 죄송했다. 할아버지 할머니 덕분에 남은 배추 일곱 포기를 포기하지 않고 다 담을 수 있었다. 그렇게 올해 김장김치는 '4명'이서 담갔다. 엄마하고 나, 할아버지 할머니.

오늘 김치축제 가족체험을 통해 깨달은 게 있다. 누구라도 나에게 오는 사람을 가족(천사)이라고 생각하고 더 따뜻하고 친절하게 잘 해드려야겠다. 남한테 친절을 베풀면 반드시 기쁨으로 돌아온다. 공자도 가까이 있는 사람을 기쁘게 하면 멀리 있는 천사(행복)가 찾아온다고 했다. 하나님께서는 우리 부족한 것(속)을 아시고 할아버지 할머니를 긴급 파송해주셔서 우리의 부족을 만족으로 채워주셨다. 부족할 때가 만족할 때다 부족할 때가 감사할 때다. 원시 부족인 저를 항상 만족으로 채워주시는 하나님께 감사를 드린다.

전에 컴퓨터 가게를 찾아간 일이 있었다. 부부가 같이 하고 있었다. 사장님한테 이력서 칸을 늘려 줄 수 없냐고 부탁을 드렸다. 컴퓨터가게 사장님은 저희는 이런 거 안 한다며 그냥 가라고 했다. 할 수 없이 인사드리고 나오려고 하는데 사장님이 이력서 그냥 *서기나 놓고 가시라고 말했다.

이력서를 내려놓고 가게를 나왔다. 며칠 후, 이력서를 찾으러 컴퓨터 가게에 갔는데 사장님이 나에게 친절하게 차까지 대접하며 진지하게 말씀을 하셨다.

"이력서를 보니까 레크리에이션 강사라고 적혀 있더라구요. 저희 좀 한 번만 도와주시면 안되요?"

교회에서 레크리에이션 진행을 하게 되었는데 레크리에이션은 한 번도 해 본적이 없다고 했다. 이것 때문에 일도 제대로 못하고 걱정이 많다고 했다. 스트레스를 너무 받아서 교회까지 옮기려고 생각했다고 했다. 사장님의 말에 부족하지만 레크리에이션을 어떻게 진행하는지 다 얘기해드렸다. 사장님은 옆에서 내가 말하는 걸 다 받아 적고 녹음을 했다. 그렇게 컴퓨터가게 사장님은 내가 알려준 대로 연습을 해서 레크리에이션을 무사히 잘 마칠 수 있었다고 했다. 나중에 아주 친해졌을 때 그 분들께 이렇게 말했던 기억이 있다.

"손님한테 잘해 드리세요, 그 분이 천사일지도 모릅니다."
그랬더니 아내분이 나한테 말했다.

"그럼, 현철씨가 천사에요."
누가 알랴? 그가 나를 도와 줄 천사일지 말이다.

손님 대접하기를 잊지 말라.
이로써 부지중에 천사들을 대접한 이들이 있었느니라.
-히브리서13:2

||||| **내가 뜨거워야 남을 뜨겁게 할 수 있다**(아버지의 솥통 리더십)

닭 꼬치 장사에서 가장 중요한 일은 생닭을 야들야들하게 기름에 튀기는 일이다. 솥(단지)에다가 식용유를 3분의 2정도 붓고 가스레인지에 올려놓았다. 불을 켠 다음 기름이 끓을 때까지 기다렸다. 2시간쯤 지났을 때 엄마가 나한테 물었다.

"이거(기름), 언제 끓는 거냐?"

나는 조금만 더 기다려보라고 했다. 3시간이 지났다. 주방에서 연기가 나기 시작했다. 가보니 솥단지에는 연기와 함께 밑에서부터 불이 올라오기 시작했다. 급히 가스 불부터 껐다. 껐는데도 솥(단지)에서 연기가 계속 났다. 불은 솥단지까지 올라왔고 연기가 주방, 거실에 가득 찼다. 곧 방 구석구석으로 퍼지기 시작했다. 엄마하고 나는 이 사태를 어떻게 수습해야 할지 몰랐다. 급기야 불은 기름 솥 위까지 올라왔다.

엄마에게 빨리 119에다 전화하라고 소리쳤다. 엄마는 무서워서 전화도 못하고 나보고 빨리 어떻게 해보라고 소리를 쳤다. 연기 때문에 엄마의 모습조차 보이지 않았다. 빨리 솥을 들고 밖에 나가야 했지만 무서워하질 못했다. 그때 마침 안방에서 아버지가 나오셨다. 일 나가신 줄 알고 있었던 아버지가 집에 계셨던 것이다. 연기가 안방까지 가득차자 아버지가 놀라며 말했다.

"연기가 어디서 나는 거냐?"

아버지가 주방에 솥에서 불이 올라오는 것을 보시고는 행주로 그 뜨거운 기름 솥을 들고 현관문을 나가셨다. 그리고 기름 솥을 2층 밖에 창문으로 던져버리셨다. 현관 앞에 차(라보 탑차)를 세워 놨는데 기름 솥이 탑차 머리에 떨어졌다. 사람 머리에 안 떨어지길 천만 다행이었다. 아버지가 아니었으면 우리뿐만 아니라 회O주택 전체가 불에 탈 뻔했다. 하마터면 방송(뉴스)을 탈 뻔했다. 아버지가 입으셨던 파랑 런닝셔츠 앞이 새까맣게 탔다. 정말 아찔한 순간이었다. 아버지가 우리 가족과 회O주택 식구 모두를 살리셨다.

엄마는 '살림'을 잘 하시지만, '진짜 살림'은 아버지가 하셨다. 아버지가 목숨 걸고 불속에 뛰어들어 우리 가족과 회O주택 모두를 '살림'

아버지의 희생이 그 동안에 엄마한테 못한 거를 한 방에 갚으셨다. 정말 하마터면 다 죽을 뻔 했다. 엄마는 무서워 기름 솥에 가까이 가지 못했다. 나는 불이 올라오는 기름 솥을 들어보려고 했지만 도저히 뜨거워서, 타 죽을까봐 들 수 없었다. 그런데 아버지가 그 일을 해내셨다. 그 상황이라면 누구도 하기 힘들었을 것이다. 불이 기름 솥 위에까지 올라오는 것을 누가 들 수 있단 말인가?

성경에 나오는 다니엘의 세 친구(사드락, 메삭, 아벳느고)가 생각났다. 느부갓네살 왕은 다니엘 세 친구에게 금신상에 절하지 않으면 뜨거운 불 속(풀무불)에 집어넣겠다고 했다. 다니엘 세 친구는 끝까지 절하지 않았다. 그들은 왕에게 담대하게 말했다. '하나님이 능히 이 불속에서도 건져내시겠고 왕의 손에서도 건져내실 것입니다. 그렇게 하지 아니하실지라도 왕이 만든 금신상에 절하지 않겠습니다.' 왕은 풀무불을 7배나 뜨겁게 하여 세 친구를 불속에 집어 던졌다. 그러나 하나님의 도우심으로 그 셋은 털끝 하나 상하지도 않고 무사히 살아나올 수 있었다.

세 친구처럼 하나님을 뜨겁게 사랑하고 진정으로 섬기는 사람은 죽음이 와도 두려워하지 않는다. 하나님을 배신하거나 버리기보다 오히려 죽음을 택한다. 느부갓네살 왕은 이들의 믿음을 보고 자신이 만든 우상을 없애고 모든 백성이 하나님을 경외하며 섬길 것을 명령했다.

아버지가 우리(모두)를 살리시기 위해 그 뜨거움을 참고 죽음을 무릅쓰고 불이 올라오는 기름 솥을 보자마자 들고 뛰셨다. 아버지께 말은 안 했지만 항상 감사하며 고맙게 생각하고 있다. 하나님이 아버지를 통해서 우리 모두를 살리셨다.

아버지는 불이 붙은 기름 솥을 2층 창문으로 던지고 들어와서 이렇게 말씀하셨다.

"오늘 따라 이상하게 (일)나기기가 싫디라."

아버지는 분명 '기름 부은 자'다. 아버지가 아니면 누가 불이 붙은 뜨거운 기름 솥을 들고 뛰어가 2층 계단에서 기름을 부울 수 있었겠는가? 위험한 줄 알면서도 엄마는 무서워서 도망갔고 나는 솥을 들지 못했다. 그러나 아버지는 불이 올라오는 뜨거운 솥을 드셨다. 이것이 솥통 리더십이다. 아버지의 솥통이 우리의 숨통을 트이게 했다. 아버지의 사랑이 더 뜨겁다는 걸 그때 깨달았다. 내가 뜨거워야 남을 뜨겁게 할 수 있다. 내 안에 뜨거운 사랑이 있어야 남을 뜨겁게 사랑할 수 있다. 내 안에 희생이 있어야 남을 살릴 수 있다. 아버지의 사랑과 희생이 우리 가족과 모두를 살렸다.

무엇보다도 뜨겁게 서로 사랑할지니
사랑은 허다한 죄를 덮느니라. -베드로전서4:8

사랑 안에 두려움이 없고
온전한 사랑이 두려움을 내쫓나니 -요한1서4:18
진정한 사랑의 조건은 희생적인 헌신이다 -뒤파유

ⅢⅢ 노약자로 살아가고 싶다

지하철에서 서서 가고 있었다. 잠시 후 내 앞에 앉아 있던 두 사람이 내리려고 일어났다. 자리에 앉으려고 하는데 갑자기 옆에 서 있던 아줌마들 하고 아이 4명이 잽싸게 끼어 들어와 내 자리에 앉는 것이었다. 정말 어이가 없었다. 그리고 나서 아이들 엄마가 '서 있는 나'를 한 번 쓰윽 보더니 애들한테 말했다.

"괜찮아, 오빠는 젊으니까~"

오빠 소리에 기분은 좋았지만 밥도 못 먹고 계속 서 있어서 다리가 무척 아팠다. 그냥 참고 애들 까부는 거 보며 그렇게 한참 동안 서 갔다.

만원버스에서 두 명의 여학생이 '노약자석' 앞에 서 있었다. 그때 마침, '노약자석'에 앉아 있던 어르신이 일어나 내리셨다. 한 친구가 눈치를 보더니 옆에 친구에게 말했다.

"야, 자리에 앉아."
"노약자석이잖아."

두 학생은 자리에 앉지 않고 끝까지 서 갔다.

'노약자석'에서 서서 간 학생들 남들보다 앞서 갈 거야! 신사임당 될 거야!

'노약자석'은 '자격'이 있는 사람만이 앉을 수 있다. '노약자'란 늙어서 서 있을 힘도 없고 몸이 약해 옆에서 돌보아주어야 하는 사람이다.

어느 날, 지하철(중안선)을 타고 가다가 나는 '노약자석'에 서 있었다. 그런데 한 어르신이 자리에서 일어나 나를 보며 말했다.

"이보게 허약자, 여기 앉게."

그 어르신은 '허약자'에게도 자리를 양보할 줄 아시는 친절한 노약자였다.

버스나 지하철에 '노약자석'은 있는데 '허약자석'은 없다. 하루 빨리 '허약자석'도 생겼으면 좋겠다.

허약자인 나는 헌혈을 한 번도 못해봤다. 하기 싫어서가 아니라 몸이 약해서 못했다. 헌혈차 앞을 지나가도 쳐다보지 않는다. 한 번은 헌혈차 도우미가 길에서 나를 잡았다. 아니, 나를 왜 잡았지? 한 번도 잡힌 적이 없었는데 .. 사람을 뭘로 보고. 물론 피로 봤겠지. 도우미는 힘이 워낙 좋았다. 나는 힘도 못쓰고 헌혈차에 끌려가다시피 했다. 헌혈차에 올라 타는데 마치 호송차에 올라 타는 기분이었다. 한 번도 피를 뽑아 본 적이 없어서 들어가면 죽을 것 같았다. 떨고 있는 나에게 도우미가 말했다.

"저기요, 피 가져가세요."

그것도 '쌍피'로.. 피를 뺀 게 아니라 오히려 피를 받고 나왔다. 그렇게 나는 피도 눈물도 없는 허약자다.

동네 농협에서 장을 다 보고 계산대에서 줄을 서서 기다리고 있었다. 그런데 한 어르신이 내 앞으로 새치기를 하시는 것이었다. 깜박이도 안 켜고 그냥 끼어 들어왔다. 나이 드셔서 깜박하신 것 같았다. 그런데 딱 봐도 나보다 더 건강하신 것 같았다. 어르신이 갑자기 끼어 들어서 당황은 했지만 어르신의 빠른 몸놀림이 부러웠다. 어린아이에게도 배우라(헤르만헤세)고 하지 않았던가. 좋은 것은 배우자. 그렇게 나이 들어도 할 수 있다(끼어 들 수 있다)는 '새치기'(자신감, 열정)를 배웠다.

늙고 힘이 없어 아무 것도 할 수 없는 '노약자'로 살아가기보다 새치기 어르신처럼 나비처럼 날아서 벌처럼 끼어 들 수 있을 정도의 '노약자'('노'련하고 '약'삭 빠른 자)로 살아야겠다는 생각을 했다.

지하철에서 서서 가고 있는데 한 어르신이 지팡이를 짚고 서 계셨다. 옆에는 젊은 친구들이 앉아서 가고 있었는데 양보해주면 좋으련만 마음이 안타까웠다. 조금 있다가 60대쯤 보이는 한 어리신(?)이 지팡이 짚은 할아버지한테 다가가서 말했다.

"여기 앉으세요."

그러나 할아버지는 됐다며 거절하셨다. '앉으시면 좋을 것 같은데..' 그때 마침 내 앞에 자리가 났다. 잽싸게 어르신에게 달려가 어르신 팔뚝을 잡고 말했다.

"어르신, 이쪽에 앉으세요."

어르신은 내 힘(?)에 이끌려 따라오셨다. 그리고 편안히 자리에 앉아서 가셨다. 아까 아줌마가 어르신한테 갔을 때는 표정이 없으셨는데 지금은 할아버지 얼굴이 밝아지셨다. '노약자(老弱者)'를 움직일 수 있었던 것은 '노약자'다.

'노'련 하고,

'약'삭 빠른

'자!'

불쌍한 노약자(老弱者) 분들을 도울 수 있는 '노약자'로 살아 가고 싶다.

너는 흰머리 앞에서 일어서고
노인의 얼굴을 공경하며. -레위기19:32

‖‖‖ 런닝맨! 런닝고!

알바를 하기 위해 인터넷을 보고 모 회사에 전화를 했다.

"알바 보고 전화 드렸습니다. 사람 구하세요?"
"필요 없습니다."
아니, 물건도 아니고 필요 없다니... 거긴 필요 없다.

또, G 물류센터에 전화를 했다. 이번에는 물류센터 소장님과 직접 통화를 했다. 소장님은 일 할 수 있으면 지금 바로 면접 보러 오라고 했다. 집에서 가깝기도 했고(버스로 20분정도) 조건도 괜

찾아 당장 면접을 보러 가겠다고 했다.

G 물류센터에 도착! 센터 소장님을 만나 면접을 보게 되었다. 소장님은 나이, 학벌, 경력, 외모 등 이런 것은 하나도 묻지 않았다. '딱 하나'만 물어 보셨다.

"달리기 잘하죠?"

"네!"

"내일부터 출근하세요!"

"네!"

내 평생 가장 짧은 면접이었다. 출근하기 참 쉽죠! 다음 날, 물류센터에서 피킹(Picking) 작업*을 하게 되었다.

다들 열심히 뛰어 다니며 물류 피킹(Picking) 작업을 하고 있었다. 나도 덩달아 열심히 뛰어다녔다. 한 사진작가님은 투잡으로 이 일을 하고 있었는데 나이가 가장 많았다. 그럼에도 젊은 사람들보다 더 열심히 뛰어 다니며 후배들한테 항상 이렇게 말했다.

"날라 다녀!"

남들 놀러 다닐 때 우린 날라 다녔다. 우리는 날라리아다!

열심히 뛰어야만 뜰 수(날 수) 있는 게 있다. 비행기다. 비행기

---

* **피킹(Picking)작업** : 물류 상하차 분류 작업. 보관된 상품을 빨리 집어 와서(골라 가지고 와서) 해당 작업 지시 장소(파레트)에 갖다 놓는 일.

처럼 뜨고 싶다면 "뛰어 다녀라!" "날라 다녀라!"

대한민국 국가대표 축구선수 박지성도 무명시절이 있었다. 무명시절 박지성은 '주전자 인생'이었다. 경기가 끝나면 선배들에게 '주전자'에다 물도 떠다 주고 심부름도 해주었다. 그런 그가 세계적인 명문구단인 영국 맨체스터 유나이티드에 입단해 '주전'으로 활약하면서 세계적인 축구 스타가 되었다. 무명시절 '주전자'를 들고 뛰어다녔던 박지성이 '주전'으로 뛸 수 있었던 이유는 '자'빠졌기 때문이다.('주전자'에서 '자'를 빼면 '주전'이 된다) 아무에게도 '주목'받지 못했던 박지성 선수가 우리나라를 넘어 전 세계에 '주목'을 받으며 국민영웅이 되었다. 박지성은 넘어져도(자빠져도) 다시 일어나 뛰었다. 더 열심히 뛰었다. 그리고 이런 말을 했다.

"뛰다가 넘어지더라도 무릎을 꿇지 않겠다!"

tvN 코미디공모전 '김PD를 웃겨라'에 응모를 했다.
'물가를 이기는 법칙'이란 주제로 개그를 짰다. 교회 성도님들이 도와 주시고, 지원해 주시고, 먹여 주시고, 응원해 주시고, 아껴 주시고, 격려해 주시고, 예뻐해 주시고, 쓰다듬어 주시고, 귀여워해주시고, 밀어 주시고, 땡겨 주시고, 희망 주시고, 용기주시고, 믿음주시고, 위로해 주시고, 힘주시고, 챙겨 주시고, 웃어 주시고, 박수쳐 주시고, 파이팅해 주시고, 기도해 주시고, 사랑해 주시고, 축복해주시고 .. 고조 고마울 따름이다.

코미디 공모전에 응모했던 '물가를 이기는 법칙'은 대략 이런 내용이다.

요즘은 고가시대! 고물가, 고유가, 고현철(필자) 시대다! 물가 오르고, 세금 오르고, 기름 값 오르고, 제 몸 값도 올랐다. 여러분들은 잘 모르시지만 제가 어디가서 한 번 강의하면 시간당 100만원씩 ... 받고 싶습니다. 지금은 '고가'(고O철)지만 앞으로 최'고가' 되도록 열심히 노력하겠습니다.

우리나라 속담에 '설마가 사람 잡는다'는 말이 있다. 그러나 요즘은 '물가가 사람 잡는다!' 가스비, 버스비, 택시비, 수도비, 난방비, 유류비, 의료비, 교육비, 관리비, 공공요금비, 톨게이트비, 돼지갈비(?)등 요즘 물가 가 너무 올랐다. 그래서, 난 물가에 안 갔다. 1년 365일 '비'나 펑펑 내렸으면 좋겠다.

가스 비, 버스 비, 택시 비, 수도 비, 난방 비, 유류 비, 의료 비, 교육 비, 관리 비, 식 비, 공공요금 비, 톨게이트 비, 돼지갈 비(?) 등

물가를 이기는 법칙은 '물가가 뛰면 물가보다 더 열심히 뛰면 된다!' 물가 걱정 없는 나라! 우리나라! 좋은나라! 일어나라! 깨어나라! 우리 모두 열심히 뛰자!

날치(바닷물고기)가 물 밖으로 올라와 높이 뛰는(나는) 이유는 바다속에 있는 큰 물고기나 고래한테 잡아먹히지 않기 위해서라고 한

다. 우리도 고유가, 고물가에 잡아먹히지 않으려면 '날치'한테 '날치기'(술)를 배워야 한다.

친구가 찾아와 나에게 물었다.

"넌(런) 요즘 뭐해?"

나! "런닝고!" "런닝맨!"

성공은 당신에게 오지 않는다.
당신이 성공에게 가는 것이다 ─마르바 콜린스

ⅢⅢ 모나리자 & 모자라나

어떤 꼬마가 상점에 들어갔다. 그런데 물건은 사지 않고 상점 주위를 돌며 뭔가를 찾고 있었다. 상점 아저씨가 꼬마에게 퉁명하게 물었다.

"뭐 찾는 거 있어?"

"아저씨 웃는 얼굴이요!"

꼬마가 찾는 것은 물건이 아니라 아저씨의 웃는 얼굴이다. 웃어야 팔린다. 안 웃으면 쪽 팔린다. 아저씨! 웃어 씨!

ㅎ 웃음건강센터 최○○ 소장님이 다리를 크게 다쳤다는 소식을 듣고 병원에 문병을 갔다. 병원에 도착해서 소장님 오른쪽 다리한테 먼저 인사를 했다. '다리는 괜찮으세요?' 소장님 오른쪽 다리에 발끝에서부터 허벅지까지 기브스를 하고 있었다. 많이 힘드시고 불편하실 텐데 소장님은 나를 보며 환하게 웃어 주셨다. 하하하하~ 어떻게 저렇게 여유 있게 웃고 계시지.. 궁금해서 여쭤보았다.

"소장님, 다리 안 아프세요?"

소장님은 웃으면서 나에게 말했다.

"이런 걸 가지고 왜 그래?! 전에는 이것보다 더 다쳤었는데.. 이건 아무것도 아니야!"

소장님은 작년 겨울에 계단에서 내려오다 미끄러져 굴렀다고 하셨다. 그때 오른쪽 다리 전체의 뼈가 다 부러졌다고 했다. 그만하길 천만다행이라고 하셨다. 그래서 1년간 병원에 입원했다고 했다. 그런데 퇴원하고 얼마 되지 않아서 또 넘어지는 바람에 다친 다리를 또 다쳤다고 했다. 작년에는 오른쪽 다리 전체 뼈가 다 부러졌다고 했는데 이번에는 무릎 밑으로 뼈가 다 부러졌다고 했다. 소장님은 똑같은 데를 또 다친 것이 신기하다며 허허 웃으셨다. 그렇게 6개월 동안 입원했다가 퇴원을 하셨다. 다리가 크게 다쳐서 강의도 못 나가시고 많이 불편하시고 힘들었을

텐데도 아무렇지도 않게 웃을 수 있는 건 소장님이 미치신거다. 웃음에 미친거다. 하하하하~

지금 겪고 있는 시련과 고통이 나중에 어떤 경우로든 큰 도움(쓰임)이 된다. 최 소장님은 '고통'을 '웃통'으로 승화시켰다. '웃'으면 '통'증이 사라진다. 웃음이 보약이다(동의보감) 최 소장님은 역시 최고다. 최고는 아무나 되는 게 아니다. 최 소장님처럼 최악의 고통스러운 상황에서도 '이건 아무것도 아니야!' 이 한 마디의 말이 천 마디의 그 어떤 말 보다 내게 위로가 되었다. 위로하러 갔다가 더 큰 위로를 받고 왔다. 나에게도 이런 최악의 상황이 오면 '이건 아무것도 아니야!' 이런 마음(정신)으로 이겨내야겠다.

소장님은 말했다. 365일 하루하루가 다 귀한 선물이고 작품이다. 그 선물을 열 때마다 '와!' 하고 환호성을 울리면 얼마나 좋을까? 하루를 닫을 때마다 충만감을 느끼면 얼마나 좋을까? 그럴 수 있다. '나는 잘 할 것이다. 나는 잘 될 것이다!'라고 자주 외쳐보자.

'I am so special!(나는 소중한 사람이다.)' 큰소리로 마음에 외치자. 그러면 정말 그렇게 될 것이다. '최하'에서 '최고'가 되는 가장 간단하고 확실한 방법이 있다. 바로, 최하 하하하하하하하하하하~ 최하(최악)의 상황에서도 '이건 아무것도 아니야!' '나는 최고다'를 외치며 하하하~ 웃는 사람이 진정한 최고가 될 수 있다.

아래의 왼쪽 그림은 세계 최고의 작품인 레오나르도 다빈치의 그림, '모나리자'다. 어느 보험회사에서 '모나리자' 그림의 가치를 평가했는데 무려 '8475억 원'이었다고 한다.

8475억원
(제목 : 모나리자)

똥값
(제목 : 모자란사람,모자라나)

8475억원 (제목 : 모나리자)

반대로, 오른쪽의 그림은 입꼬리가 내려가서 웃고 있지 않다. 이 모나리자 그림의 가격은?

'똥 값'이다. 가격이 팍 내려갔다. (제목 : 모자란 사람, 모자라나)

같은 모나리자 그림이지만 입꼬리가 올라가고 내려 가고에 따라 작품의 가치가 달라진다. 최고가 되느냐, 최하가 되느냐는 꼬리에 달려있다. 웃으면 미스꼬리아. 안 웃으면 별 꼴이야. 세계적인 토크쇼 여왕 오프라 윈프리는 한 번 웃을 때 마다 성공확률이 한 번씩 높아진다고 했다. 성공하고 싶다면 성공한 사람처럼 살면 된다. 모나리자처럼 되고 싶다면 모나리자처럼 똑같이 미소를 따라하면 된다. 입꼬리를 올리며 ♬나처럼 해봐요 요렇게~ '모나리자'라고 길게 말해보자! "모나리자~" 어느 샌가 나도 8475억의 모나리자가 되어 있을 것이다.

살짝 미소 짓는 것은 집을 짓는 것이다. 활짝 미소 짓는 것은 큰 빌딩을 짓는 것이다. 여러분은 어떤 것을 짓고 싶은가? 모나리자가 우리에게 말하는 것 같았다. 웃음이 좋은 걸 알면서도 웃지 않는 사람은 좀 모자란 사람이라고. 미스꼬리아가 될 것인가? 별꼴이 될 것인가? '모나리자'가 될 것인가? 좀 '모자란 사람'이 될 것인가? 웃고 살기에는 시간이 모자란다. 모자란 사람이 아니라면 살아 있을 때 많이 웃자! 인생은 두 번 다시 오지 않는다.

'살아 있을 때 웃어라 죽어있는 시간이 길 것이니' -유럽속담

똥값에서 8475억짜리의 '억(億)대'로 끌어 올릴 수 있는 방법은? 모나리자처럼 '억(億)지로 웃는 것'이다. 하하하하하하하하하~! 억지가 아니다. '억(億)'이라는 글자를 살펴보면 사람 인(人)과 뜻 의(意)가 합쳐진 글자다. 다시 말해, 모나리자가 되겠다는 뜻을 품고 웃고 살면 억대 부자가 될 수 있다는 말이다. 평생 열심히 일해서 억대가 될 수도 있지만 억지로 웃기만 해도 억대가 될 수 있다.

'억(億)대 연봉' 직업이 있다. 바로, '웃는 사람'이다. '웃기는 사람(개그맨)'만 돈 버는 직업이 아니다. '웃는 사람'도 돈 버는 직업이다. 웃으면 복이 오고 면역력이 증가하고 신진대사 활동이 활발해지고 근육량이 늘어난다. 또 한 번 크게 웃으면 우리 몸에서 200만원어치의 엔돌핀, 엔카팔린, 도파민, NK(자연살상세포)세포 같은 건강호르몬, 행복호르몬이 나온다고 한다. 또, 15초 웃을 때마다 이틀을 더 산다고 한다. 웃는 게 웃기는 거다. 웃는 거나 웃기는 것이나 매한가지다.

'웃기기' 힘들면 '웃기'라도 하자. '웃기'만 해도 여러분은 이미 '8475억 억만장자'다. '8475억 모나리자'다.

우리 얼굴에 웃음(미소)이 없는 것처럼 불행한 것이 없다. 사람들이 '웃을 일'이 없다고 한다. 웃을 일이 없는 게 아니라 '웃을 마음'이 없는 것이다. 웃을 일이 있어서 웃는 것도 좋지만 웃을 일이 없어도 웃음을 만들어 웃다 보면 웃을 일이 생긴다. 행복은 웃는 것에서부터 시작한다. 최하(악)의 상황에서도 '이건 아무것도 아니야!' 자신있게 모나리자처럼 미소 짓는 사람이 되자!

다같이 외쳐보자!

'이건 아무것도 아니야!'

인생이 잘 흘러갈 때는 누구나 웃을 수 있다.
그러나 진짜 가치 있는 사람은 일이 잘 안 풀릴 때

최하(악)의 상황에서도 웃는 사람이다 -허버트

가장 가난한 사람은 웃음이 없는 사람이다 -지그지글러

||||| 미인은 없고 미친 사람만 있었다

어느 야외 행사장에 '내가 미인 선발대회' 현수막이 걸렸다. 내 입도 귀에 걸렸다. 여기서 미인들을 볼 줄이야! 우와~ 땡 잡았다. 오늘은 내 인생 최고의 날이다.

미스코리아 선발대회는 아닐지라도 미스 감귤아가씨나 대추 아가씨 정도는 열리겠지? 라고 생각했다. 어쨌든 기쁜 마음으로 대회장으로 가 보았다.

그런데 이게 웬 일인가? 현장에 도착해보니,

미인은 없고 '미친 사람'만 있었다.

나를 보자마자 미친듯이 반갑게 웃어주었다. 하하하하하하하하~ 설마? 웃음에 미친 사람? 사람들은 나를 보며 박장대소하기 시작했다. 하하하하하하하~ 나도 웃고 있는 그들을 보며 같이 웃기 시작했다. 하하하하하하하~ 나도 미친사람이 되어가고 있었다. 행사 담당자한테 물어 보았다.

"여기 미인대회 안 해요?"
"여긴 미친사람 선발대회입니다"

담당자님은 '내가 미인 선발대회'의 뜻을 설명해주었다. 내가 미인은 '내가 먼저 미소 짓고 인사하자'라는 뜻이었다. 그렇게 깊은 뜻이~(개그맨 서경석씨 버전)

'미인'의 기준은?

'미'소 짓고,

'인'사 잘 하는 사람이다.

유명한 성형외과 의사가 말했다. 세상에 못 생긴 사람은 없다. 단, 얼굴에 숨어있는 웃음을 찾지 못했을 뿐이다.

잘 웃는 사람이 잘 생기고 예쁜 사람이다. 아무리 잘 생긴 사람이라도 웃음이 없다면 잘 생긴 게 아니라 잘못생긴 것이다. 웃는 얼굴은 가장 경쟁력 있는 성형이다.

동물들도 미인(웃는) 동물이 있다. 웃는 동물이 보기에도 좋고 귀엽다. 인상 쓰는 토끼가 웃는 사자 보다 더 무섭다는 말이 있지 않은가? 여기 웃는 동물들이 있다. 같이 크게 웃어 보자.

웃는 사자

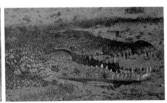
웃는 악어

웃는 호랑이   웃는 하마

웃는 고릴라   웃는 쫑

　세상에 웃고 태어난 사람은 단 한 사람도 없다. 아기가 태어
나서 우는 이유가 있다고 한다. 가만히 일하지 않아도 먹고 살
수 있는 밥(밧)줄을 끊어놨기 때문이다. 아기는 먹고 살기가 힘들
다는 걸 깨달았기 때문에 우는 것인지도 모른다. '애기' 때는 '애
라' 모르겠다 치더라도 우리는 지금 애기가 아니다. 애써 웃어야
한다. 얼굴이란 태어날 때는 부모님이 물려주신 얼굴이지만 살
아갈 때는 내 얼굴은 내가 책임을 져야 한다. 링컨 대통령은 '나
이 40살이 되면 자기 얼굴에 책임을 져야 한다.'고 했다. 속담에
도 '세 살 버릇 여든까지 간다.'는 말이 있다. 어릴 때부터 웃어
버릇해야 웃는 인생 행복한 인생이 된다.

　성공한 사람들은 얼굴 못 생긴 것을 탓하지 않았다. 오히려 감
사하게 생각했다. 신OO 개그우먼은 못생긴 외모 때문에 꿈을

이루었다고 말했다. 고OO 변호사님은 못생긴 것 때문에 공부에 전념할 수 있었다며 못 생기게 낳아 주셔서 부모님께 감사하다고 했다. 코미디의 황제 고(故)이주일 선생님은 "못 생겨서 죄송합니다." 이 말로 이 주일 만에 최고의 스타가 되었다. 링컨 대통령은 선거유세 때마다 당신은 두 얼굴을 가진 사람이다, 당신처럼 못생긴 사람은 처음 본다며 많은 놀림을 받았다. 오죽하면 한 소녀가 링컨에게 편지로 '얼굴이 너무 못생겼으니 잘 될 턱이 있나(?) 턱에 수염을 기르면 호감있는 얼굴이 될거에요.'라고 했겠는가?' 링컨은 소녀의 말대로 수염을 기르게 되었고 대통령에 당선이 되었다. 세계적인 동화 작가 안데르센은 어릴 때 목소리도 작고 코도 크고 얼굴이 못 생겼다고 아이들한테 따돌림을 당했다고 한다. 안데르센은 '미운오리새끼'라는 동화를 통해 못 생겨서 따돌림 당하고 버림 받은 미운오리새끼지만, 나도 언젠가는 아름다운 백조가 되어 우아하게 하늘을 날게 될거라는 꿈을 키워 간다. 미운오리새끼는 어느 날 자신이 백조라는 사실을 깨닫고 진정한 행복을 찾게 된다. 안데르센은 못생긴 외모, 주위의 차가운 시선, 부정적인 상황을 벗어나 내면의 나를 바라보고 자신이 얼마나 소중한 존재인지 깨달았을 때 진정한 삶의 의미를 찾게 되었다. 우리의 삶도 이 미운오리새끼가 아닐까? 외모가 아닌 내적인 아름다움, 있는 그대로의 나를 사랑할 때 '미운 오리 새끼'는 '미(美)운 오리 새끼'가 된다. 우리는 안데르센을 못생긴 사람으로 기억하지 않는다. 동화의 아버지로 기억한다. 성공한 사람들은 못생기게 태어난 것도 복이라고 말한다. 복이 복을 불러 온다. 사람은 어떻게 생겼느냐가 중요한 게 아니라 어떻게 생각하느냐가 중요하다.

세상에는 5종류의 사람이 존재한다. 수우미양가로 비유해보았다. 잘 생긴 사람은 '수' 못 생긴 사람은 '우'다. 우 정도면 성적이 우수한 편이다. 못 생긴 사람보다 더 못 생긴 사람이 있다. 막 생긴 사람이다. 이런 사람은 '미'다. 막 생긴 사람보다 더 못 생긴 사람이 있다. 안 생긴 사람이다. 이런 사람은 '양'이다. 그리고 안 생긴 사람보다 더 안 생긴 사람이 있다. 안 웃는 사람이다. 이 사람은 '가'다 집에 '가' 집에 가서 하루 종일 웃는 연습을 해야 한다. 속담에 '얼굴 못 생긴 건 용서해도 얼굴에 웃음 없는 건 용서할 수 없다'고 했다. 또 '웃지 않는 사람은 장사하지도 말라'고 했다.(외국속담)

내가 미인은 외적 미인이 아닌 내적 미인을 두고 말한 것이다.

내가 미인은 내면이 이쁜 사람이 가장 미인이다.

내가 먼저 다가가서 미소 짓고 인사하는 사람, 친절을 베푸는 사람, 사랑을 나누는 사람,

봉사하고 섬기는 사람, 용기주는 사람, 남을 즐겁게 해주는 사람 .. 이 진짜 미인이다.

미스코리아 '진선미'보다 더 가치있는 사람은 미스코리아 '우수미'(웃음이)다. 웃음이 있는 사람과 늘 같이(가치) 있고 싶다.

말은 해야 맛이고, 고기는 씹어야 맛이고, 얼굴은 웃어야 맛이다. 미인은 얼굴로 먹고 산다. 그러나 진짜 미인은 웃는 얼굴로 먹고 산다. 진짜 미인은 웃음에 진짜 미친 사람이다, 미치지(狂) 않으면 미치지(及) 않는다.

이 세상에 못 생긴 사람은 없다.
단지 얼굴에 숨어있는
'웃음'을 찾지 못했기 때문이다. -성형외과 의사

잘 생긴 사람보다 잘 웃는 사람으로 기억되고 싶다 -고 작가

잘 웃는 사람이 오래 산다 -찰리 채플린

||||| 병(病)든 사람은 병을 든 사람

밖에서 일을 보고 오후 늦게 집에 돌아왔다. 집에 들어오자마자 갑자기 배가 너무 아팠다. 아~ 고통을 이루 말할 수가 없었다. 산모의 고통만큼(?) 아팠다. 누가 옆에 있었으면 머리끄덩이라도 붙잡았을 것이다. 너무 아파 가만히 앉아 있을 수 없었다. 거실에서 '좌로 굴러 우로 굴러'를 계속 반복하며 데굴데굴 굴렀다. 배를 움켜잡고 소리를 쳤다. 너무 아파 혹시 급성맹장이 아닌가(?) 하는 생각이 들었다. 맹장이 터질까봐 걱정이 되었다. 집에는 나 말고 아무도 없었다. 할 수 없이 배를 움켜잡고 간신히 동네 ㅅ의원으로 갔다. 의사가 내 배를 진찰하기 시작했다. 그러

145

더니 심각한 표정으로 말했다.

"침대에 누우세요,"

의사는 마치 응급환자에게 심폐소생술을 하듯 내 배를 위에서 아래로 세게 눌렀다. 아! 아! 몇 번 그렇게 해보더니 간호사한테 긴박하게 말했다.

"간호사, 수술 준비해."

'엥?!, 이게 무슨 날벼락인가? 수술이라니... 내가 벌써 죽을 때(?)가 된 건가?!'

의사는 내게 '급성 맹장'이라며 당장 수술을 해야 한다고 말했다. 수술하려면 보호자(엄마)의 동의가 있어야 한다고 말했다. 당장 엄마에게 전화를 했다. 엄마는 무슨 소리냐며 어쩔 줄 몰라 하셨다. 일단 전화를 끊고 내일 엄마하고 다시 오겠다고 말했다. 진짜 맹장 수술을 해야 되는지 걱정이 되었다. 수술하기가 겁이 났다.

다음 날, 아침 엄마하고 서울에 있는 큰 병원에 갔다. 의사선생님이 내 배를 진찰하시며 이렇게 말했다.

"돼지고기 먹고 체했습니다."

감사합니다! 수술을 안 해도 된다고 하니 정말 기분이 좋았다. 날아갈 것 같았다. 아니, 어떻게 이럴 수가.. 하마터면 배를 가를 번 했다. 생사람 잡을 뻔 했다. 죽을 뻔 했다.

　죽고 사는 것은 하늘에 달렸다. 아니, 의사에 달렸다. 처음 돌팔이 의사 말만 듣고 맹장 수술을 했으면 맹장이 아니라 오장이 어떻게 됐을지 모른다고 생각하니 끔찍했다. 의사가 맹장이라고 수술을 해야 한다고 했을 때 어딘가 조금 이상하다는 생각이 들었다. 그래서 다른 병원에 가기로 마음을 먹었던 것이다.

　나는 의사(의심 가는 사람)말을 듣지 않았다. 내 마음이 하는 말을 들었다. 의사 말도 잘 귀담아 들어야 하지만 내 마음이 하는 말을 더 잘 들어야 한다. '의심가는 사람은 쓰지 말라'는 경영철학이 있다. 의심가는 사람의 말은 듣지 말아야 한다. 의심은 의심을 낳고 결국 병을 낳는다. 이상하면 이상하다. 배 아픈 것을 간신히 참고 다른 병원에 오길 정말 잘 했다는 생각을 했다.

　아는 강사님에게 건강 음료수 한 박스를 사드렸다. 다음 날, 강사님한테 전화가 왔다.

　"어머니한테도 한 병 드렸어요!"

　강사님이 어머님한테 '한 병'을 드렸다고 말했다. 나는 강사님한테 다시 말했다.

　"'한 병'이 아니라, '한 약'이에요. '한 병' 드린 게 아니라 '한 약' 드린 겁니다."

'한 병 드세요'라고 말하기보다 '한 약 드세요'라고 말하는 게 약발이 더 받을 것이다. '병' 대신 '약'으로 바꿔 '한 병' 대신 '한 약'을 드리면 더 약의 효과가 클 것이다.

도서관에서 책을 보다가 복도에 나왔다. 창가에서 공익요원이 자판기 커피를 마시고 있었다. 그 때 마침, 도서관에서 일하는 아저씨가 커피 마시고 있는 공익요원한테 이렇게 말했다.

"한 약(보약) 먹나보네?!"

길 가다가 한약방에서 한약 달이는 냄새가 나온다. 그 냄새를 맡으면 오늘은 왠지~ 건강해 지는 기분이 든다. 이곳에서 잠시 힐링하는 시간을 가진다. 콧구멍을 크게 벌려서 한약 냄새를 몸 안에 저장한다. 간접흡연은 몸에 나쁘지만 한약 냄새를 간접적으로 맡기만 해도 중국산 보약을 먹은거나 다름이 없다.

건강 책에서 봤는데 실제로 의사 분들은 '병'이라는 말을 잘 사용하지 않는다고 한다. 몸이 아픈 환자에게 '병이 나았네요', '병이 좋아졌습니다'라고 말하지 않는다. '병'이란 말을 계속 쓰면 '병'을 계속 달고 사는 것이나 다름이 없다. 그래서 의사 분들은 부정적인 말(병)을 버리고 긍정적인 말을 환자들에게 한다고 한다.

'많이 건강해지셨네요!'

'많이 좋아지셨네요!'

웃음치료 프로그램 중에 스토리텔링 치료가 있는데 소품을 가지고 한다. 참여자들에게 '빈 병'을 모두 나누어 준다. 빈 병에다가 물을 반 정도 채운다. 그리고 생수병에다가 '술병'이라고 글씨를 적게 했다.
(인원은 30명 정도)

병든 사람이 어떤 사람인가에 대해 여쭤보았다.

"'술병'을 다 들어보세요, 병든 사람은 어떤 사람? 병을 든 사람, 안 들고 있으면 병 안든 사람, 건강한 사람입니다."

환자와 의사의 대화이다.

"최선을 다했지만, 오늘을 넘기기가 힘들 것 같습니다. 마지막으로 만나보고 싶은 사람이 있습니까?"

환자는 기다렸다는 듯이 말했다.

"다른 의사요."

환자는 기뻐하며 다른 의사를 만나고 싶다고 했다. 바로, 한 가닥의 '희망'을 만나고 싶었던 것이다. 환자 몸은 병 들었지만 마음만은 병 들지 않았다. 우리 안에는 완벽한 약이 있는데 그것은 바로, '희망'이란 약이다. 끝까지 환자는 절망하지 않았다. 희망을 붙잡았다. 마지막까지 희망을 버리지 않는 한 '절망'은 '절' 대로 '망'하지 않는다.

의사도 최선을 다했지만 그보다 더 중요한 건 내가 끝까지 최선을 다해야 하는 것이다. 의사가 아무리 뛰어난 실력을 갖고 있더라도 환자가 병이 나을 거라는 의지(意志)가 없으면 수술 할 필요가 없다고 했다.

스티브 잡스가 병들어 누워있으면서 마지막으로 했던 말이다.

'세상에서 제일 비싼 침대는?' 병들어 누워있는 침대다.

나 대신 병 들어 줄(아파 줄) 사람은 아무도 없다. 병들기 전에 철들자!

돈을 잃어 버리면 조금 잃은 것이요, 건강을 잃어 버리면 전부 잃어 버린 것이다.

돈을 잃어 버리면 다시 벌 수 있지만. 건강을 잃어버리면 가족을 다시 볼 수 없다. 돈 보다 가족을 더 소중히 생각하라. 가족을 사랑하라. 이웃을 사랑하라. 남한테 더 잘해주어라. 스티브 잡스가 우리에게 진정으로 바라는 것은?

"돈을 많이 벌라가 아니라, 소중한 추억을 많이 벌라"였다.

병들어 누워있는(죽어가는) ' ∞ (팔자)'라도 살겠다는 희망(의지)이 있다면 산 **8** 자가 된다.

비장의 무기는 아직 손안에 있다. 그것은 희망이다. -나폴레옹

⦀⦀ 복을 부르는 마술 웃음

수지 이벤트 곽OO실장님이 마술체험부스를 맡아서 한 번 해 보라고 했다. 전에 웃음치료에 접목하기 위해 마술을 잠깐 배워 본 적이 있다. 간단한 거 정도는 하겠는데 비둘기 나오는 마술까 지는 하지 못한다. 그래서 실장님한테 물어 보았다.

"비둘기 나오는 거는 못해요."

실장님은 본인도 비둘기 나오는 거 못한다며 마술 실력 어느 정도인지 아니까 부탁드리는 거라고 했다. 간단한 거라며 말이 다. 실장님은 마술 가르쳐 줄 테니까 사무실로 넘어오라고 하셨 다. 가르쳐준다는 말에 '뽕'하고 넘어갔다.

실장님 사무실에서 여러 가지 새로운 마술을 배웠다. 실장님 은 풍선아트 전문가(1급)이기도 하셔서 요술풍선으로 간단한 모 양의 강아지, 칼, 왕관, 하트, 사과, 화살 등을 만드는 방법을 가 르쳐 주셨다.

가르침을 받고 드디어 5월 5일 어린이날, 마술가방에 마술도 구들과 요술풍선 등의 준비물을 챙겨 광명스피드 돔으로 향했 다. 이곳에는 다양한 체험부스가 설치되어 있었다. 마술체험부 스로 가서 세팅을 하고 사람들 맞을 준비를 했다.

어느 유명한 마술사가 '마술'을 이렇게 정의했다.

마: 마음(사람의 마음)을 움직이는 예

술: 술!

　정말 예술이다. 오늘 날씨도 예술이다. 마술체험은 마술을 보는 것 뿐만 아니라 마술도 배워 보고 부모님과 아이들이 같이 마술을 체험해보는 시간이다. 그래서 더욱 유익하고 소중한 추억이 될 것 같았다.

　마술체험부스 안으로 사람들이 들어오기 시작했다. 사람들에게 자신있게 나를 소개 했다. 세계적인 마술사 장동건입니다. 하하하~

　아이들한테 먼저 '마술이 무엇인지?' 물어 보았다. 아이들 입에서는 속임수, 사기, 사기꾼 등 의외의 부정적인 답변을 듣게 되었다. 아이들에게 실장님이 가르쳐준 대로 마술에 대한 좋은 의미를 설명 해주었다. "사기(꾼)는 사람에게 해를 끼치는 게 사기이고, 마술은 사람들에게 즐거움 뿐 아니라 할 수 있다는 자신감을 심어주고 무한한 가능성을 열어 줍니다." 아이들이 집중하기 시작했다.

　첫 번째 마술은 요술주머니에서 돈이 사라지는 마술이다. 관객 분한테 천 원짜리 한 장을 달라고 부탁했다. 그 돈을 요술 주머니에 넣었다 아이들은 '나, 이 마술 알아'하면서 초를 치는 친구가 있었다. 그럴 때마다 초심을 지키라고 했다. 모르는 친구들이 있으니까 다른 사람을 위해 조용히 배려해 주었으면 좋겠다고 했다. 요술 주머니에서 돈이 사라지는 마술, 돈을 빌려주신 아버님이 조금 걱정하시는 눈초리였다. '수리수리 마수리, 돈아 사라져라 얍!' 주문과 함께 돈이 감쪽같이 사라졌다. 아버지의 웃음도 사라졌다. 우와~ 요술 주머니에는 머니(money)가 들어있지 않았다. 아이들과 부모님은 신기해했다. 이어서 화장지를 한 칸씩 사람들에게 나누어 주었다. 화장지에다 본인 또는 가족의 걱정거리, 고민, 문제 등을 적게 했다. 그리고 요술 주머니에 넣게 했다. 그리고 주문을 외치게 했다. '수리수리 마수리, 충치, 시험, 관절염, 아빠의 담배, 불면증, 스트레스는 모두 사라져라, 사라져라 얍!' 요술주머니에 넣었던 모든 문제(걱정)들이 주문과 함께 모두 깨끗이 사라졌다. 박수, 와~ '사람은 행복하기로 마음먹은만큼 행복해진다'(링컨 대통령) 화장지가 사라진 걸 본 한 아이가 나에게 질문했다.

"마술사 아저씨, 다른 것도 없앨 수 있어요?"

"물론이죠!"

"그럼, 아빠 좀 없애주세요!?"

아이는 농담으로 한 말이겠지만 생각해 볼 문제다. 한 초등학교 아이의 아빠 2행시다.

아: 아빠는

빠: 빠져!

항상 바쁘기만 한 아빠! 아빠랑 대화 할 시간이 없다. 아빠는 투명인간이다. 아빠의 존재 가 점점 사라져가고 있다. 바쁘더라도 자녀를 위해 조금이라도 시간을 내자. 시간은 흘러가는 것이 아니라 자녀들과 소중한 추억으로 채워가는 것이다. 그러면 스마트폰, 게임, 컴퓨터, 세상의 유혹에 빠져 있던 아이들이 아빠(엄마)한테 고스란히 빠져 들게 될 것이다.

두 번째 마술로 CD체인지 마술을 보여주었다. 검은 CD가 우리의 마음이다. 우리 친구들이 부모님 말씀 안 듣고 친구들과 다투고 나쁜 짓을 하면 우리의 마음이 검은CD처럼 까맣게 변한다. 마음이 까맣게 되면 건강에도 안 좋고 앞이 깜깜해진다. 그러나 잘못한 걸 회개하고 앞으로 착하게 살겠다고 약속하면 까맣게 된 CD(마음)가 하얗게 변한다.

변화는 영어로 '체인지(Change)'다. '변화(Change)'와 '기회(Chance)'는 한 글자 차이다. '기회(Chance)'는 내가 '변화(Change)' 할 때 온다. 변화는 많은 것이 필요하지 않는다. 작은 것 하나(글자 하나 g → c)만 바꾸면 된다. 변화(Change)는 지(ge)금 해야 한다. 지금 이 기회다. 기회는 날아가는 새와 같다고 한다. 내가 변하면 세상이 변한다. 세상을 변화시키는 것 보다 나를 변화시키는 것이 훨씬 빠르고 효과적인 방법이다. 빌 게이츠가 말했다. '나는 유별하게 머리가 똑똑하지 않다. 특별한 지혜가 있는 것도 아니다. 다만 변화하고자 하는 마음을 행동으로 옮겼을뿐이다.'

이번엔 부모님과 아이가 같이하는 마술을 해보았다. 바로 '뻥 튀기 마술'이다. 먼저 A4용지 한 장을 부모님과 아이에게 나누 어 주었다. 그리고 A4용지 양쪽 끄트머리를 잡고 있다가 마술사 가 '땡겨'라고 말하면 먼저 자기 쪽으로 땡겨서 종이를 많이 가 지고 가는 사람이 승리하는 게임이다. 집중력과 순발력이 상당 히 중요하다. 이때 마술사는 재미와 긴장감을 주기 위해 '땡겨' 라는 말 대신 '땡칠이, 땡땡이, 땡그랑땡, 땡 ..'을 헷갈리게 외 치면 사람들은 이 게임에 더 땡기게 된다. 더 집중하고 재미있 어한다. 그렇게 1차로 A4용지 땡겨 게임이 끝나고 나면 본격적 으로 '뻥튀기'를 가지고 마술을 해본다. 부모님과 자녀에게 뻥 튀기 하나씩을 나누어 주었다. 배가 고픈지 어떤 친구는 뻥튀 기를 갈비 뜯듯이 먹고 있었다. 먹으라고 나눠 준 게 아니라 마 술도구입니다. 집중하는 팀에게 선물을 나누어 주었다. 진행은 A4용지와 마찬가지다. 뻥튀기를 양쪽 끝에 잡고 있다가 마술사 의 '땡겨' 소리와 함께 뻥튀기를 땡겨서 많이 가져간 사람이 승 리하는 게임이다. 이것이 '교육마술'이다. 이 뻥튀기 마술은 지 나치게 욕심을 부리면 망하게 된다(실패한다)는 메시지가 뻥튀기 에 담겨있다.

이 게임에서 이기는 방법은 욕심을 버리고 남에게 양보하는 것이다. 마술사가 '땡겨'라고 하면 서로 자기 쪽으로 많이 가져 가려고 힘껏 당기게 된다(욕심을 부리게 된다). 당기는 쪽이 더 많이 가져갈 것 같지만 뻥튀기를 당기지 않고 가만히 잡고만 있는 사람이 사실 더 많이 가져가게 된다. 집에서 아이와 친구들과 꼭 한 번 해보길 바란다. 욕심을 부리면 '땡'이다. '가만히 있어도 중간 은 간다' 는 말처럼 욕심을 부리지 말고 먼저 양보하고 배려하는 사람이 되자. 그 사람이 진정한 승리자가 될 수 있다.

마지막으로 최고의 마술이 준비되어 있다. 누구나 할 수 있고, 어디서나 쉽게 할 수 있는 마술이다. 바로 '웃음'이다. 웃으면 뭐 가 올까요? 복이 옵니다. 또, 비가 옵니다. 잘 웃는 분에게는 복 비를 드립니다. 복이 와서 웃는 게 아니라 웃으면 복이 온다. 마 술이 즐거움을 준다면 웃음은 즐거움 뿐 아니라 몸과 마음을 건 강하게 해주는 마술이다. 몸과 마음 글자에는 '입 구(口)'자 가 2 개씩 들어있다. 이렇게 우리 몸과 마음의 건강은 '입 구口' 에 달 려있다. 입으로 잘 먹고 잘 말하고(좋은 말하고) 잘 웃는 것이 몸과 마음을 건강하게 하는 최고의 비결이다. 동의보감에도 '웃음이 보약보다 낫다'고 했다. 이보다 더 효과적이고 확실한 마술이 어 디 있겠는가? 웃음은 마술처럼 마술 도구가 필요 없다. 입만 크 게 벌리면 된다. 하하하하~ 입이 마술도구다. '입구(口)' 웃음도 구. 웃음은 마술도구가 필요하지도 않는다. 돈이 들어가지도 않 는다. 힘이 들지도 않는다. 웃기만 하면 공짜로 즐거움과 건강 과 행복을 얻을 수 있다. 웃음은 만병통치약이다(버드란트 러셀)

'행복해서 웃는 것이 아니라 웃으니까 행복하다'는 윌리엄제 임스의 말처럼 자녀가 웃으면 부모님이 즐겁고 부모님이 웃으면 자녀가 행복해진다.

아는 것이 힘이 아니라 웃는 것이 힘이다. 웃음이 좋은 걸 알면서도 웃지 않는 사람은 바보다. 나와 모두를 즐겁고 행복하게 만드는 웃음. 이 착한 웃음을 실천해서 여러분의 가정과 삶에 마술과도 같은 놀라운 기적들이 일어나길 바란다.

나는 시련의 순간마다 웃음의 능력을 보았다.
웃는 순간 모든 슬픔은 희망의 씨앗이 되었기 때문이다. -봅 호프
알면서도 실천하지 않는 것은
참된 앎이 아니다. -퇴계 이황 선생님

⁝⁝⁝⁝⁝ 복이 왔어요!

경기도 남양주시 금곡동 양골마을에 이사 온지 벌써 19년이 되었다. 어느 날, 엄마가 나에게 신기한 얘기를 해주셨다. 엄마는 농협에 장보러 갈 때나, 밖에 나갈 일 있을 때 항상 다니던 길로만 가셨다. 그런데 그 날은 이상하게 19년 동안 한 번도 가지 않던 길을 가게 됐다고 했다. 비도 부슬 부슬 내렸다. 엄마가 밖에 나갔다가 집으로 오는데 하얀 강아지 한마리가 엄마 뒤를 졸졸 따라왔다고 했다. 엄마는 강아지를 떼어 놓기 위해 뛰기 시작했다. 그런데 강아지도 엄마를 따라 뛰기 시작했다. 끝까지 쫓아 왔다. 결국 우리 집 앞까지 따라왔다고 했다. 엄마는 비를 맞은 강아지가 불쌍해서 집안으로 데리고 들어오게 됐다고 했다.

밖에서 일을 보고 집에 와보니 거실에 하얀 강아지(푸들)가 있었다. 나는 이 강아지를 보는 둥 마는 둥 했다. 따뜻하게 대해주지도 않았다. 이 강아지에게 차갑게 대했던 이유는 우리 집에서 13년 동안이나 같이 살았던 '쫑'(강아지)이 하늘나라로 간 후 아직 '쫑'에 대한 미안함과 사랑이 남아 있었기 때문이다. 쫑이 하늘나라 가고 나서 쫑하고 약속했었다. 나한테는 우리 쫑밖에 없다. 다시는 강아지 안 키우겠다고 마음속으로 다짐했기 때문이었다.

엄마에게 어떻게 된 건지 물었다.

"강아지 집에 왜 데려왔어?"

엄마는 집까지 따라오길래 비도 맞고 불쌍해서 집에 데리고 들어왔다고 했다. 떨고 있는 강아지를 보니 쫑 생각도 나고 불쌍한 생각이 들었다. 그래서 일단 엄마한테 목욕부터 씻겨주라고 했다. 깨끗하게 목욕을 하고 나니 하얀 강아지가 더 하얗게 예쁘고 귀여웠다. 엄마와 같이 강아지를 데리고 병원에 가서 건강검진을 받아보기로 했다. 먼저 사상충 검사를 했는데 이상은 없었다. 예방 주사도 맞히고 강아지 밥(사료)도 제일 좋은 걸로 샀다.

원장님께 한 가지 여쭤보았다.

"이 강아지(유기견)를 어떻게 해야 할까요?"

원장님은 지문인식 같은 것도 없고 건강하니까 그냥 데려다 키우라고 하셨다. 그래서 일단 강아지를 집으로 데리고 왔다. 주인을 찾을 때까지 우리가 데리고 있기로 했다. 강아지 주인을 찾아주기 위해 엄마가 처음 강아지를 발견했던 곳에 가 보았다. 그곳 아파트 관리(경비)아저씨한테 강아지 사진을 보여주며 이 강아지를 아시냐고 여쭤보았다. 아저씨는 이 동네에서는 처음 보는 강아지라고 했다. 엄마와 나는 이 강아지(유기견)에 대해 탐문도 하고 전단지를 만들어 곳곳에 붙여 놓았다. 그렇게 일주일, 이주일, 한 달이 지나도 주인은 나타나지 않았다. 아무런 연락이 없었다. 엄마와 나는 누가 여기에다 버리고 갔구나 라고 생각했다. 결국 우리가 그 강아지(유기견)를 키우기로 했다.

엄마가 강아지 이름을 '복돌이'라고 지었다. 좋긴 한데 뭔가 마음에 걸리는 게 있었다. '복돌이'란 이름이 아무래도 내키지가 않았다. 3년 전 하늘나라로 간 '쫑'(우리 집에 처음 온 강아지)이 병원에 갔을 때 의사선생님이 쫑 배를 만져 보며 '돌' 같은 게 만져진다고 말씀하셨던 게 생각났다. 그래서 '돌'이 들어가는 것이 별로 안 좋아서 '복돌이' 이름에서 가운데 '돌'자를 빼고 그냥 '복이'라고 이름을 지었다. '복이'라는 이름이 보기에 심히 좋았다. 정말 잘 지은 것 같았다. '웃으면 복이 온다'는 말이 있는데 정말 우리 집에 '복'이 들어왔다. '행복'이 찾아왔다.

복이(님)가 우리 집에 온지 3년쯤 됐을 때다. 어느 날, 아버지가 술이 잔뜩 취해 들어오셨다. 아버지는 안방에 들어가 문을 닫고 주무셨다. 그런데 '복이'가 갑자기 크게 짖어대기 시작했다.

아버지는 술에 취해 한 번 곯아떨어지시면 웬만해선 잘 안 깨신다. 그런데 그 날은 '복이'가 얼마나 크게 짖어댔는지 안방 문까지 닫고 곯아떨어지신 아버지가 술이 깬 건지 잠이 깬 건지 일어나 방문을 열고 거실로 나오셨다. 그 때 마침, 도둑(강도)이 아버지를 보고는 쏜살같이 베란다 창문으로 도망쳤다고 했다. 복이가 아니었으면 정말 큰일 날 뻔 했다. 복이가 아버지를 살렸다. 우리 집의 재산을 지켰다. 복이가 아주 보기 좋게 도둑을 쫓아냈다.

복이 때문에 날마다 웃었고 날마다 즐거웠고 날마다 행복이 넘치는 복된 가정이 되었다.

어느 날, 복이가 음식을 다 토하고 아무것도 먹지를 못했다. 물도 마시지 못했다. 동물병원에 데려갔는데 복이 상태를 정확히 알아봐야 한다며 며칠 병원에 놔두고 가라고 했다. 의사 선생님께 복이를 잘 부탁드리며 복이와 인사를 하고 나왔다. 3일째 되는 날, 엄마하고 다시 병원을 찾아 갔다. 그런데 복이 상태가 더 악화가 되어 있었다. 피까지 토했다. 거의 죽은 것처럼 힘이 하나도 없었다. '어떻게 했길래 이 지경까지 됐는지' 도저히 이해가 안갔다. 엄마는 '멀쩡한 복이를 이렇게 다 죽게 만들었냐'며 의사에게 화를 내며 소리쳤다. 의사 선생님은 최선을 다했다며 여기서는 이제 치료가 안 되니 큰 병원으로 데리고 가보라고 했다. 그렇게 복이를 데리고 병원을 나왔다. 나는 급히 우리나라에서 가장 큰 동물병원을 알아 보았다. 마침 서울대학교 수의과 대학 동물병원을 찾아 다음 날 아침 예약을 해 놓았다.

그 날 밤, 나는 엄마하고 같이 '복이'를 데리고 교회로 갔다. 복이를 안고 하나님께 살려 달라고 교회 안으로 들어가려고 하는데 안에서 성도님들 웃는 소리가 들렸다. 우리 복이는 지금 죽어 가는데 .. 성도님들 웃음소리를 듣고 차마 복이를 안고 들어갈 수가 없었다. 결국 복이를 안고 밖에서 하나님께 기도를 드렸다. 하나님께서 마음에 응답을 주셨다.

'여기까지 왔으면 됐다'

"가, 엄마.."

복이를 차에 태우고 집으로 돌아 왔다. 방에 들어와 내일 스케줄을 보았다. 아~ 큰일났다. 하필 복이 병원 가는 날, 행사가 잡혀있었다. 잡혀있는 행사를 갑자기 취소할 수도 없었다. 복이를 데리고 병원에 갈 수가 없었다. 왜 하필 행사가 내일이란 말인가? 할 수 없이 3층에 사시는 개인택시 하시는 아저씨에게 사정을 말씀드리고 부탁을 드렸다.

"우리 복이 잘 부탁드립니다."

다음 날 이침, 복이에세 미안한 마음으로 인사를 하고 엄마하고 동생한테 맡기고 나는 행사장으로 떠났다. 프로그램 첫 시간을 같이 오셨던 강사님이 진행을 하셨다. 두 번째 시간에는 내가 진행을 하게 되었다. 진행하면서 수술하고 있는 복이 생각만 났다. 틈나는 대로 기도를 드렸다. '제발 살아야 된다. 제발~ 아무 일이 없어야 된다. 계속 마음이 아팠다. 수술이 잘 되어야 될 텐데.. 하나님 우리 복이를 살려 주세요!' 이렇게 복이 아프게 한 거 영원히 미안하다. 복이야 제발, 살아만 다오. '복이'를 병원에 데리고 가지 못한 거, 복이 수술하는데 옆에 있어주지 못한 게 가장 마음이 아팠다. 울음이 나올 뻔한 걸 가까스로 참고 프로그램 진행을 했다. 복이야, 형이 미안하다. 쪼금만 참아~ 끝나고 바로 갈게 ..

행사 중간에 동생한테 전화가 왔다.

"(울먹이며)형, 복이 죽었어. 복이 죽었어..."

전화를 받고 눈물이 났다. 도저히 행사를 진행 할 수가 없었다. 같이 오셨던 강사님에게 죄송하다는 말씀을 드리고 대신 진행을 부탁했다. 화장실로 달려가 계속 울기만 했다. 복이 가 우리 집에 처음 왔을 때 따뜻하게 대해주지 못했던 생각 때문에 더욱 눈물이 났다. 복이가 얼마나 마음이 아팠을까.. 미안하다.. 형이 영원히 용서 빌게요. 우리 복이 옆에서 지켜주지도 못하고.. 우리 복이 얼굴도 못 보고.. 형이 멀리 와 있구나.. 복이야 영원히 미안하다. 이 복이만도 못한 죄인 영원히 용서빌게요.

나는 참 '복이' 많은 사람이다. 이 못난 형한테 우리 복이가 와 줬으니 말이다. '쫑'한테 못한 거 우리 '복이' 더 많이 사랑하라고 하나님이 보내주셨는데 .. 잘해주지도 못하고 아프게만 하고 또 받기만 했구나. 복이야, 형이 영원히 미안하다. 영원히 용서 빌게요. 이 못난 형한테 와줘서 영원히 고맙다. 우리 복이한테 다 잘해주지 못한 거 영원히 미안하다. 영원히 형이 용서 빌게요. 영원히 형이 기도할게요. 복이야 하나님 말씀 잘 ~ 듣고 항상 건강하게 행복하게 잘 ~ 살아야 돼! 꼭 천국에서 다시 만나자 알았지!

복이야 영 ~ 원히 사랑해~ 복이 만도 못한 형아가!

인간이여, 당신들이 동물보다 우월하다고 뽐내지 마십시오.
동물들은 죄를 짓지 않지만
인간은 자신들의 위대함을 가지고
땅을 더럽히기 때문입니다. -도스토예프스키

정의로운 삶을 지향하는 사람이 지켜야 할 첫 번째 행동은

동물학대를 금하는 것이다. -톨스토이

▌▌▌ 빵점 인생에서 백점 인생이 되는 방법

ㅎ경력개발진흥원에서   대한
민국을 대표하는 한주 작가님의
책 쓰기 특강이 있었다. 작가님
이 강의 하기 전, 나(필자)는 15분
간 웃음강의를 했다. 책 쓰기 위
해 오신 분들 맞죠? 책 쓰는거 어렵지 않습니다. 저는 이미 책을
썼습니다. 속수무책(束手無策). 하하하~ 다들 연습장에다 책을 써
보세요. 잘 쓰셨네요. 모두 다 쓰셨습니다. 와~ 박수 책쓰기 참
쉽죠! 옛말에 '시작이 반이다'라는 말이 있습니다. 이 자리에 오
신 여러분들은 이미 반은 쓰신 겁니다. 질문을 드리겠습니다. 정
답 아시는 분은 몸을 들어주시기 바랍니다.

"책은 무슨 감으로 써야 할까요? 자신감, 사명감? 책임감? 아
닙니다. 책은 '영감'으로 써야 합니다. 하하하~ 시인 정영효 님
이 이런 말을 했다.

"영감을 어디에서 얻으세요?"
"영감은 양로원에 가면 됩니다. 하하"

좋은 방법이다. 내가 생각하기로는 이름 가운데 '영'자가 들어있어서 저절로 영감이 떠오를 것 같다. 양로원에 가지 않고도 영감을 얻는 방법이 있다. 바로, 영감될 때까지 죽어라고 쓰는 것이다.

칠판에다가 ●(점) 을 하나 그렸다. 오신 분들에게 질문을 했다.

"점이 두 개면 뭐라고 하죠?"

"젖꼭지요"

또, 서울대 법대생 같이 생긴 남학생이 눈동자라고 말했다. 왜 눈동자라고 말했는지 이유를 묻자 '검은 눈동자가 2개니까!'라고 말했다. 역시 서울대 법대. 탈락입니다. 또, 어떤 분은 쌍점이라고 대답했다. 기원(바둑 두는 곳)에서 잠깐 바람쐬러 나오신 것 같습니다. 또 오늘 책쓰기 특강해주실 작가님은 '장점' 이라고 하셨다. 역시 장점이 많으신 분이다. 마지막으로 꽃중년 아줌마는 '선'이라고 말하셨다. 미스코리아 선이시네요. 오늘 저 선 봤습니다. 하하하~ 창의력이 뛰어나셨지만 땡이다. 맞춘 사람이 아무도 없었다. 점● 문제를 어디가서 내봐도 점문가(?)가 아니면 맞추기가 힘들다. 그게 신기한 점이다.

'점이 두 개면?'

"전전입니다. 오~ 분위기가 섬점 좋아지고 있다. 그럼, 점이 세 개면? 점점점. 오~ 그럼, 점이 백 개면? '백점'이다." 박수 와~

성경에 '네 시작은 미약하였으나 네 나중은 심히 창대하리라 (욥기8:7)'라는 말씀이 있다. 시작은 비록 'OO 빵점' 이었으나 '점점' 노력하다 보면 나중엔 반드시 '100점'이 된다.

'OO 빵점'과 '100점'은 1 하나 차이다. OO점에서 100점이 되는 것은 어려운 게 아니다. 1(하나)만 있으면 된다. 하나 하나 시작(준비)하다 보면 나중에  는 100점이 되어 있을 것이다. 성공의 비결은 일단 시작을 '하느냐 안 하느냐'다. 비단 시험지만이 아니다. 우리 삶도 시험의 연속이다.

'시험'이란 ?

시: 시작하면
험: 험난한 산도 오를 수 있다

에베레스트 산을 정복한 '힐러리경'에게 한 기자가 물었다.

"에베레스트 산을 어떻게 올라갔습니까?"
"한 발, 한 발 올라갔습니다."

세계에서 가장 높은 에베레스트 산도 한 발, 한 발 '시작'했기 때문에 올라간 것이다. 시작이 곧 정상이다. 정상은 한 발 한 발

내딛는 사람의 것이다.

모든 위대한 작품(인물)들은 '점 ●'부터 시작되었다.

무엇이든 시작하자!

날마다 모든 일들이 점 점 ● ● .. 더 나아지게 될 것이다.

날마다 모든 일들이 점 점 ● ● .. 더 좋아지게 될 것이다.

날마다 모든 일들이 점 점 ● ● .. 더 행복하게 될 것이다.

'하나(점)'의 위력은 정말 대단하다.

〈00 + 1 = 100 법칙〉

아무것도 가진 것 없는 빵점 인생 + 1번 웃었더니

= 100점 인생이 되었다(부활)

〈100 - 1 = 00 법칙〉

 100년의 우울증(걱정)이 - 1번 웃었더니

= 00(Zero) 가 되었다. 다 사라졌다.

웃음치료 시간 얼굴에 그린 '큰 점●'을 보고 사람들은 '점점.. '
웃어대기 시작했다. 하하하~ 점 하나 때문에 분위기가 점점 밝
아졌다. 점 하나 때문에 서로 더욱 가까워졌다. '얼굴에 점'이 웃
음점이 되었다. 행복의 출발점이 되었다. 효과만점이었다.

이 말은 얼굴에 진짜 점을 그리라는 말이 아니다. 행복은 아
주 '작은 것(점)'에서부터 시작된다는 것이다. 소통(笑通)은 아주

'작은 것(小)'에서부터 시작된다.

무슨 일을 하든지 시작이 중요하다. -레로나르도 다빈치

**언제해도 할 일이면 지금하고 누가해야 할 일이면
내가 하고 내가해야 할 일이면 최선을 다하자.** -톨스토이

‖‖‖ **뻥 이요!**

집으로 가고 있는데 동네 골목에 '뻥튀기' 장사가 보였다. 그냥 갈까 하다가 엄마가 뻥튀기 좋아하실 것 같아서 하나 사드리려고 뻥튀기 가게애(愛) 들렸다. 아줌마가 뻥튀기를 팔고 있었다. 아줌마에게 이거 다 직접 만들어 오시냐고 물어 보았다. 아줌마는 공장에서 뻥튀기를 만든다고 하셨다. 그리고 금요일마다 이곳에 와서 장사를 한다고 하셨다. 앞에는 여러 종류의 뻥튀기가 진열돼 있었다. 아줌마에게 말했다.

"아줌마, 여기 뻥튀기 다 주세요!"
"(놀란듯)이거 다요!?"
"뻥이요!"

아줌마는 뻥 터졌다. 내가 말한 게 진짜인지 알고 깜짝 놀랐다고 했다. 아줌마한테 어떤 게 제일 맛있냐고 여쭤봤더니 다 맛있다고 했다. 가격은 큰 거 2만원부터 만 원, 7천 원, 5천 원, 3

천 원짜리가 있었다. 아줌마는 3천 원짜리 2개 사면 5천 원에 준다고 하셨다. 엄마에게 하나 사다드리려고 하는데 어떤 것이 좋겠느냐고 묻자 3천 원짜리 강냉이를 하나 추천해주셨다. 3천원에 1개, 5천원에 2개 .. 어떻게 할까? 고민하고 있는데 그때 마침 한 아줌마가 오셔서 뻥튀기를 고르고 계셨다. 갑자기 잔머리가 떠올라 아줌마에게 흥정을 했다.

"아줌마, 이거 1개 사면 3천 원이고, 2개 사면 5천 원인데 저하고 반반씩 해서 2개 5천원에 사실래요?"

아줌마는 계산이 복잡했는지 만 원짜리를 하나 사 가셨다. 할 수 없이 나 혼자 3천 원에 1개 사느니 2개를 5천 원에 사기로 했다. 그래서 뻥튀기 한 개는 엄마 갖다 주기로 하고 한 개는 옆집에 사시는 공주 아줌마 갖다 드리기로 했다.

뻥튀기 산 기념으로 아줌마한테 허락을 받고 뻥튀기 가게 사진을 찍었다.

"아줌마, 뻥튀기 다 파세요! 뻥 아니에요!"

아줌마는 뻥ㄱ레 웃으셨다.

ㅎ웃음센터에서 우울증 환자, 일반인을 대상으로 매주 1시간

씩 웃음치료를 했다. 우울증에 잘 걸리는 비결에 대해 말씀드렸다. 우울증 환자는 무표정이다.(무를 보여준다) 아무 표정이 없다. 아무 반응이 없다. 전쟁터에서 적군의 총을 맞고 웃으면서 죽었다. 그 이유가? 겨드랑이에 맞았다. 하하하하~ 다 웃는데 혼자만 심각하다.

비가 오면 대체적으로 기분이 다운되거나 우울해진다고 한다. 그 진짜 이유가 있다. "맞으니까!" 맞으니까 안 좋은거다. 맞아서 기분 좋은 사람은 없다. 그러나 이제 비는 나쁜 비, 우울한 비, 슬픈 비가 아니다. 류시화 님의 '봄비속을 걷다' 시 일부이다.

"봄비속을 걷다가 아직 살아있음을 확인한다

…

죽은 자는 더 이상 비에 젖지 않는다"

비 맞았다고 기분 상해하지 말자. 우울해하지도 말자. 그런 기분조차 느끼지 못하는 사람이 있다. 비는 내가 살아있음을 알게해주는 반가운 비다. 고마운 비다. 축복의 비다. 이제 비가 오면 안 좋은 기억들은 깨끗이 다 비우고 살아있음에 감사하며 비를 바라보며 맘껏 비웃어 보자. 하하하하하하하~

그럼 우울증에 걸리지 않는 비결은 무엇일까? 날씨가 좋으면 "우와~ 날씨 좋다"고 말해보자. 노래가 나오면 가만히 있지 말고 "흥얼흥얼"이라도 하자. 앞에 있는 강사가 잘 생겼으면 "우와

~ 잘생겼다"고 칭찬해 주자. 의외로 반응이 뜨거웠다. 이제 표현을 하자, 감탄을 하자. 반응을 하자.(짝꿍 손을 잡고 말해보자). 세상은 아름답습니다. 세상이 아름다운 건 당신이 아름답기 때문입니다. 박수 하하하~ 무표정은 무에서만 존재한다. 내가 웃어야 남도 웃는다. 내가 뜨거워야 남도 뜨겁게 할 수 있다. 빛이 오면 어둠이 물러가고, 웃으면 질병이 떠나간다.

강의가 끝나고 앞에 앉아 있던 남자분이 나에게 칭찬을 해주었다.

"강사님, 오늘 정말 빛났어요."

"정말이요?"

"바지가요."

뻥이었다. 남진의 '님과 함께' 노래에 취하듯 그 분의 '뻥과 함께' 웃음이 뻥 터졌다. 하하~

그 분은 농담이라며 오늘 강의 정말 재미있게 잘 들었다고 하셨다. 나는 그 분께 말했다.

"오늘 점심 제가 사겠습니다."

"정말이요?"

"뻥이요! 하하하~"

수업이 끝나고 기념으로 단체 사진을 찍었다. 나에게 뻥을 쳤던 남자분이 사진을 찍기 전 나에게 큰 소리로 말했다.

"강사님, 남대문 열렸어요!"

얼른 아래를 쳐다 보았다.

"뻥이요!"

모두 뻥 터졌다. 그 분의 뻥과 함께 카메라 플래시가 뻥하고 터졌다. 웃음이 뻥 터졌다.

선의의 뻥은 건강에도 좋고 분위기 살려준다. '뻥'을 거꾸로 읽으면 '빵'이다. 선의의 뻥을 치는 것은 선빵을 날리는 것이다. 뻥 치는 소리는 빵 터지는 소리다. 모두에게 즐거움과 행복을 빵빵 가져다준다.

이것이 바로 뻥이요, 유머다.

사람은 함께 웃을 때 가까워진다 –윌리암 제임스

즐거워하는 자들과 함께 즐거워하라 –로마서12:15

Part 4

우

웃긴 거를 보고 웃는 사람은 병이 길~다

사랑(유머)을 내일로 미루지 마라 | 살림살이 좀 나아지셨습니까? | 세배 드립니다, 네배 드립니다, 강의 드립니다 | 아름다운 새 상 | 악수(握手) 할 때 악수(惡手)를 두지 말자 | 어떤 연이요? | 엄마의 기도 방해 | 욕을 안 먹는 방법 | 우수회원이 되는 방법 | 우유가 넘어지면 뭐라고 하게요? | 웃음연구 하시는 분인가 봐요! | 웃음치료강의 가서 짤리다 | 은혜 갚은 까치처럼 똑까치 살자 | 이것 또한 지나가리라(출장뷔페) | 인사를 잘하면 유명인사 된다

ⅢⅢ 사랑(유머)을 내일로 미루지 마라

친구와 택배 알바를 했다. 집에서 가까운 곳이라 그나마 다행이었다. 우리가 하는 일은 대형 트레일러 안에 실려 있는 박스(물건)들을 상하차 하는 일이다. 트레일러 안에 들어갔는데 고래 뱃속에 들어간 것 같이 굉장히 길었다. 이 곳 'ㄷ통운'에는 전국에서 올라온 여러 대의 대형 트레일러가 있었다. 한 차에 두 사람이 짝이 되어 일을 했다. 트레일러 안에 있는 박스를 다 내리면 잠깐 휴식을 가졌다. 동료들과 함께 얘기를 나누게 되었다.

다들 투 잡, 쓰리 잡을 하시는 분들이었다. 대리기사, 유아 책을 파시는 분, 장사하시는 분, 합기도 원장님, 그리고 법무사님까지 정말 대단한 분들이셨다. 다들 열심히 살고 계셨다. 정말 존경스러웠다. 법무사님이 나에게 무슨 일하냐고 물었다. 나는 웃음강사라고 했다. 법무사님은 '재미있게 좀 해 달라'고 했다. 그래서 잘은 못하지만 성대모사 몇 개를 해드렸다. 다들 너무 좋아하셨다. 하하하~ 특히, 법무사님이 도올 선생님의 성대모사가 똑같다며 엄청 웃어주셨다. 법무사님이 앵콜을 요청하셔서 또 해드렸다.

"옛말에 일하지 않는 자, 먹지도 마라. 웃지 않는 자, 나오지 마라 이거야. 집에 가라 이거야~"

다들 일하시는데 힘내시라고 몇 번 해드렸다. 그런데 법무사님은 볼 때마다 시도 때도 없이 도올 성대모사를 해 달라고 했다. 법무사님에게 너무 많이 들으면 재미없다고 말하자 법무사님은 소원이라면서 계속 한 번만 해달라고 부탁했다. 친구가 나한테 말했다.

"해드려라, 소원이신데.."

친구의 말에도 성대모사를 끝내 해주지 않았다. 친구가 또 말했다.

"너, 그거 교만이다?!"

얼마 후, 법무사님이 그만두게 되었다. 설마, 성대모사 안 해줬다고 법으로 어떻게 하시는 건 아니겠지... 오늘도 무사히! 제발 무사히! 그렇게 법무사님이 떠나고 나니까 서운하고 미안한 마음이 들었다. 법무사님이 떠나고 나서야 성대모사 안 해줬던 게 너무 죄송하고 후회가 되었다.

사람이 죽기 전에 후회하는 3가지의 껄, 껄, 껄이 있다고 한다. 좀 더 사랑할 껄, 좀 더 베풀 껄, 좀 더 용서 할 껄. 여기다 한 가지 더 추가하면 좀 더 웃길 껄.. 그랬다.

개그맨 전유성씨가 모 예능 프로에 출연해 이런 말을 했다.
동해로 일출을 보러 갔다가 많은 사람들 앞에서 개그맨인 걸 밝히지도 않고 웃기지도 못하고 돌아왔던 게 지금까지 후회가 된다고 했다. 또, 죄책감까지 들었다고 했다. 그러면서 개그맨으로서 어디를 가든 직무유기를 하지 말라고 신신당부했다.

전유성씨는 항상 사람들에게 웃을 수 있는 계기를 만들어 주어야한다고 했다. 방송뿐만 아니라 일상 생활에서도 말이다.

건강은 건강할 때 지켜야 한다. 웃기는 것도 웃길 수 있을 때 웃겨야 한다. 웃는 것도 웃을 수 있을 때 웃어야 한다. 나중엔 웃고(웃기고) 싶어도 웃을(웃길) 기회가 없다. '오늘 할 일을 내일로 미루지 말라'(벤자민 프랭클린) 오늘 웃을(웃길) 일을 내일로 미루지 말자.

전에 서비스맨으로 일할 때 배송 기사님에게 했던 말이 있다. 기사님은 술, 담배를 많이 하시는 편이시다. 어느 날, 그렇게 미루어 오던 건강검진을 받았다고 했다. 검사 결과가 나왔는데 대장에 1cm의 혹(용종)이 있어 '절제'를 했다고 했다. 기사님은 혹시.. 했는데 혹이 있어서 놀라긴 했지만 그나마 천만다행이라고 했다. 기적이 아닐 수 없다. 혹을 절제했다는 애기를 듣고 안심이 되었다. 중요한 건 지금부터다. 기사님에게 건강을 위해서 이제 술, 담배를 끊으시는 게 좋을 것 같다고 말씀드렸다. 기사님은 절제 했으니까 괜찮다고 했다. 소 잃고 외양간 고친다는 속담처럼 소 잃고 외양간을 고치면 무슨 소용이 있겠는가? 소를 잃기 전에 미리 미리 외양간을 수리해야 한다. 건강도 건강할 때 지켜야 한다. 건강을 잃은 다음에 다시 찾으려고 하면 그 땐 이미 늦

을수도 있다. 혹은 절제했지만 혹성은 어떻게 절제하겠는가? 건강을 잃으면 가족, 모두를 잃는다. 기사님은 혹(용정)을 절제했으니까 이제 괜찮다며 전과 같이 술, 담배를 많이 하신다고 했다. 나는 기사님에게 말했다.

"혹만 절제 하지 말고 술, 담배를 절제해야 됩니다"

근본 원인을 절제해야지 안 그러면 혹이 재개발하게 된다. 결국 그 혹 때문에 혹부리 영감으로 평생 살아가게 될 지도 모른다. 사랑하는 가족을 위해서라도 혹이 될 만한 모든 것(나쁜 습관, 행동)들을 하루 빨리 끊어 버려야 한다.

건강을 미루지 마라. 건강을 잃으면 전부를 잃은 것이다.
웃음을 미루지 마라. 웃음을 잃으면 건강을 잃은 것이다.
사랑을 미루지 마라. 사랑을 잃으면 행복을 잃은 것이다.

가족을 사랑하라. 이웃을 사랑하라. 나를 사랑하라. 내 일을 사랑하라. 웃음을 사랑하라. 오늘을 사랑하라. 오늘은 다시 오지 않는다. 이 모든 것을 잃기 전에 사랑하라.

세상에서 가장 중요한 때는 지금이고,
세상에서 가장 중요한 사람은 지금 만나고 있는 사람이며,
세상에서 가장 중요한 일은
지금 옆에 있는 사람을 사랑하는 것이다. -톨스토이

‖‖‖ 살림살이 좀 나아지셨습니까?

지인 분들과 저녁을 뭘 먹을까 하다가 오랜만에 삼겹살을 먹으러 갔다. 모범음식점이라고 써 있는 식당으로 들어섰다. 자리를 잡고 앉아 생 삼겹살 3인분을 시켰다. 삼겹살을 불판위에 올려놓고 뒤집었는데 다들 입이 뒤집어졌다. 이유는 삼겹살에 왕파리 4마리가 달라붙어 있었기 때문이었다.

파리들도 삼겹살 회식하러 왔나? 이해가 가지 않았다. 한 마리도 아니고 4마리씩이나 그것도 대왕파리 같은데. 정말 징그럽고 끔찍했다. 또 다른 삼겹살을 뒤집어 봤는데 긴 머리카락이 삼겹살에 붙어 있었다. 밥맛이 떨어졌다. 고기 맛이 떨어졌다. '모범식당인데 어떻게 이렇게 장사를 하지?' 여기는 미안한 말도 없었다. 오히려 '장사하다보면 그럴 수도 있지' 라고 말하며 손님 맞기에 바빴다. 나도 노점에서 먹거리 장사를 7년 했지만 머리카락 하나만 나와도 손님에게 죄송하다고 말하고 무조건 환불을 해주었다. 맛이 모범이 아닌 인격이 모범이 되었으면 좋겠다.

동네 '소풍 OO날' 단골 식당에 갔다. 오후 3시경쯤 식당 안에 들어갔는데 아주머니 2분이 식탁에 의자를 길게 붙여서 주무시고(?) 계셨다. 놀란 아주머니들은 벌떡 일어나 지금은 쉬는 시간이라고 말했다. 그래서 나도 덩달아 10분간 같이 쉬었다.

쉬는 시간이 끝나고 떡볶이 1인분을 시켰다. 가격은 1인분에

2000원. 삶은 계란도 들어 있어서 정말 푸짐하게 맛있게 먹었다. 그래서 여기 올 때마다 떡볶이를 시켜 먹었다. 그러던 어느 날 사장님이 나에게 물었다.

"맨날 떡볶이만 드세요? 떡볶이를 좋아하시나 봐요?!"
"네! 맛있어요!"

며칠 후, 또 이곳에 들렀다. 오늘은 떡볶이 대신 다른 것으로 먹어 보기로 했다. 식당 문을 열고 들어갔는데 사장님이 나를 보자마자 주문을 했다.

"여기, 떡볶이 하나!"
"저, 저기... ?$&!"

사장님은 나에게 묻지도 않고 자동으로 떡볶이를 시키셨다. 이미 엎질러진 떡볶이였다. 사장님의 지나친 친절로 또 떡볶이를 먹게 되었다. 그렇게 여기 올 때마다 20번을 떡볶이만 먹었다.

친구와 컴퓨터 사장님 부부 넷이서 '소풍 OO날'에서 또 저녁을 먹게 되었다. 우리는 모두 며칠 전에 먹었던 '제육덮밥'을 시켰다.

식당 사장님이 메뉴판을 우리에게 주면서 물어 보셨다.

"주문하셨어요?"

친구는 제육덮밥 4개를 종업원에게 시켰다고 말하며 사장님이 준 메뉴판을 펼쳐 보았다. 그러다가 깜짝 놀라게 되었다. 며칠 전까지만 해도 '4500원'이었던 제육덮밥이 '5000원'으로 가격이 올라 있었던 것이다.

망연자실하고 있는 우리에게 사장님이 말했다.

"가격이 많이 올랐죠?"

가격이 올랐다는 말에 분위기가 가라앉았다. 가라앉은 분위기를 살리기 위해 급히 이렇게 말했다.

"맛도 올랐겠죠?"

내 말에 사장님은 웃으며 말했다.

"맞아요, 맛도 올랐어요!"

말 한마디로 맛 온도가 올라갔다. 분위기가 올라갔다 얼굴이 살아났다.

어느 강사님이 힘없는 목소리로 아내한테 말했다.

"여보, 오늘 강의 죽 쒔어.."

기가 죽은 강사님에게 아내 분은 이렇게 말했다.

"여보, 난 죽이 제일 맛있다."

아내의 말(유머)에 남편은 다시 기가 살아났다. 음메 기 살아!

남편은 아내의 말에 큰 감동을 받고 '44송이 꽃다발'을 아내에게 선물하며 말했다.

"죽도록 사랑해" (44송이는 죽도록 사랑한다는 의미가 있다고 함)

며느리가 어렵게 아들을 출산했다. 그런데 어느 날 시어머니가 손자에게 젖을 먹이고 있는 광경을 보았다. 며느리는 어이가 없어서 가정상담사를 찾아가 조언을 구했다.

상담사는 이렇게 조언 해주었다.

"맛으로 승부하세요!"

맛(?)는 말이다. 며느리는 어이가 없는 게 아니라 맛이 없는 것이다. 맛을 살려야 한다.

시어머니를 탓하거나 남에게 화살을 돌리기 보단 왜 맛이 없는지? 왜 인기가 없는지? 그 원인을 찾고 맛을 살리는데 중점을 두어야 한다.

'살림살이 좀 나아지셨습니까?' 한 때 유행했던 말이 있었다. 여기서 '살림'이란 가구, 냉장고, 세탁기, 이불, 옷, TV 등 집에서 사용하는 온갖 집안 물건들이 아니라, 유머로 가정을 살림. 분위기를 살림. 인간관계를 살림. 기 죽은 사람을 살림 .. '유머살림'을 말하는 것이다. 이러한 유머 '살림살이'가 나아져야 한다. 우리는 집안 살림뿐 아니라, '유머 살림'을 잘 해야 한다.

꽃에는 향기가 있어야 하고 얼굴에는 웃음이 있어야 하고, 음식에는 맛이 있어야 하고, 인생에는 유머가 있어야 한다.

살림살이 좀 나아지셨습니까?
유머가 좀 나아졌습니까?

유머는 가라앉은 분위기를 살림.
유머는 서먹한 인간관계를 살림.
유머는 기가 죽은 사람을 살림.
유머는 적으로부터 살림.
유머는 위기에서 나를 살림.
유머는 우리 인생에서 가장 중요하고도 꼭 필요한 '살림살이 능력'이다.

진정한 유머살림꾼은 아무리 어렵고 힘든 상황(환경)이더라도, 손해가 있을지라도 그럼에도 웃는 것이다. 그럼에도 웃기는 것이다.

손해를 볼 줄 모르는 사람에겐
멋(유머)**이 존재하지 않는다.** -도올 선생님

오늘 살림(웃을 일, 웃길 일)**을 내일로 미루지 말라** -고 작가

ⅢⅢ 세배 드립니다, 네배 드립니다, 강의 드립니다

오늘은 우리나라 고유명절인 '설날'이다.

♫까치 까치 설날은 어저께고요. 현철이(필자)의 설날은 '우뚝 설 날'

현철이의 설날은 대한민국 최고의 웃음동기부여강사로 우뚝 서는 것이다. 하하하~ 여러분의 설날도 대한민국 최고의 (   ) 로 우뚝 설 것이다.

아침에 떡국을 맛있게 먹고 기분 좋게 산책을 나왔다. 설날 아침, 오늘 따라 뻐꾸기가 이상하게(?) 울어대기 시작했다. '떡 국! 떡국!' 뭘 잘못 먹었나(?) 아마, 뻐꾸기도 설날이라 떡국이 먹 고 싶은가 보다.

떡국을 한 그릇 다 먹으면 나이 한 살 더 먹는다고 해서 떡국 을 반 공기만 먹었다. 한 살이 너무 부담돼 반살만 먹기로 했다. 잘 아는 대표님은 39살이었는데 올해 40살이 되었다. 대표님께 '승진(진급)하신 거 축하드립니다'라고 축하 인사를 드렸다. 대표 님은 승진했다는 말에 좋아하셨다.

오후에 문자 메시지가 왔다.

'세배 드립니다'

고맙긴 한데·누구지(?) 모르는 전화번호다. 어쨌든 세배를 받았으니 갚아야 한다. 세배 돈을 계좌이체 해야 되나? 어떻게 하면 재미있게 메시지를 보낼까 고민을 했다. 전에 어떤 강사님은 설날만 되면 새해 인사를 똑같은 내용으로 300명에게 단체 톡을 보냈다고 했다. 그 중에 반이 조금(3분의 1)안 되게 답장이 왔다고 했다. 내 생각으로는 똑같은 내용으로 단체 문자를 보내는 것 보다 이왕이면 똑소리나게 한 사람 한 사람에게 마음을 담아 재미있게 보내는 것이 훨씬 의미도 있고 상대방이 좋아할 것이다.

그 분에게 보낼 새해인사 답장이 생각났다. 한 번 보고, 두 번 보고, 세 번 보고 내가 만족할 때까지 보고 또 생각했다. 그렇게 해서 나온 생각을 문자로 답장을 보내 드렸다. 보내자마자 그 분 한테서 바로 답장이 왔다.

'ㅋㅋ역시 레크레이션 강사님이시네요'

웃어주셔서 정말 기쁘고 감사했다. '세배 드립니다'라고 보내주신 문자에 이렇게 답장을 보냈다.

'네배 드립니다'

그리고 나서 누군지 전화를 해보았다. 그랬더니 전에 구리에 있는 두레 교회에 웃음치료 봉사를 하러 갔을 때 사회복지사로 계셨던 분이었다. 나를 기억해주시고 새해 인사를 보내주신 것이다. 복지사님께 웃음(즐거움)을 네 배로 드렸더니 나에게도 웃는 일(복)이 생겼다. 웃으면 복이 오고 웃기면 복이 따블로 온다.

사회복지사님은 고정으로 웃음치료를 할 수 있게 해주셨다. 유머 한 마디가 이렇게 발전이 되었다.

세배 드립니다 ➡ 네배 드립니다 ➡ 강의 고정드립니다

웃음강사는 전화든 어떤 경우(상황)든 사람을 웃게(즐겁게) 하는 사람이어야야 한다. 먼저 스마일 하는 사람이다.

주로 무슨일 하세요? 스마일 이요! 하하하하~

스: 스스로 웃고

마: 마주칠 때 웃고

일: 일부로라도 웃고

이렇게 하면 우리 삶에, 인간관계에 행복 마일리지가 올라갈 것이다.

'웃음은 두 사람 사이를
가장 가깝게 만들게 해준다' -빅토르 보르게

ㄷ종합사회복지관에서 강의 의뢰 전화가 왔다.

"강사님, 1시간 정도 관계형성으로 즐겁게 진행해 주실 수 있나요?"

"예산이 어떻게 되나요?"

"작년처럼 20민 원인데요, 어떻게 하죠?"

"올랐는데요?"

"강사료요?"

"제 열정이요!" "ㅎㅎㅎ"

엿 하나로! 전국으로 세계로 잘 나가는 어느 엿장수가 말했다. 내가 즐겁지 않으면 엿이 팔리지 않는다. 잘 팔리고 싶은가? 쪽 팔리고 싶은가? 어느 쪽이든 엿장수 마음대로다. 우리 마음대로다. 남에게 즐거움(행복)을 베풀면 두 배, 네 배, 여덟 배 .. 생각지도 못한 즐거운 일들이 반드시 나에게 돌아온다.

내가 이 세상에 살았으므로 해서
나로 인해 단 한 사람이라도 행복해졌다면
이것이 진정한 성공이요. 가치있는 삶이다 -랄프왈도 에머슨

남을 행복하게 할 수 있는 자만이 행복을 얻을 수 있다. -플라톤

‖‖‖ 아름다운 새 상

동네에 바보가 살았다. 그런데 어느 날 갑자기 죽고 말았다. 이유는? 숨 쉬는 걸 까먹어서.

이 얘기 절대 까먹지 말자. 웃음도 마찬가지다. 웃음은 우.숨. 이다. 우리 영혼의 숨소리다. 웃을까 말까 하는 쓸데없는 고민은 하지 말자. 바보는 고민한다. 바보는 까먹는다. 바보가 아니라면 그냥 웃자. 하하하하~ 웃음을 까먹는 건 우리의 건강을 까먹

는 것이다. 우리의 행복을 까먹는 것이다. 우리의 수명을 까까먹는 것이다. 한 번 뿐인 인생, 까먹지 말자. 항상 웃으면서 즐겁게 살자. 웃음은 강장제이고 진통제이고 안정제이고 피로회복제이다.(찰리 채플린) '무엇이 되기 전에 먼저 인간이 되라'는 말이 있다. 강사는 강사(講士)가 되기 전에 먼저 감사가 되어야 한다. 강사라는 직업은 생활이 불규칙하다. 강의(행사)가 있을 때나 없을 때나 항상 감사해야 한다. 일이 있을 때는 일하고 일이 없을 때는 '스마일'하고 하하하~ 시간이 날 때마다 도서관에 가서 책을 쓴다. 집(사무실)에 돌아와 책상 위에서는 강의안과 웃음교재를 만든다. 또 아래 상에서는 신문 스크랩과 TV 모니터링을 한다. 이 시대와 소통(笑通)하는 강사가 되려면 우.숨.(웃음)공부를 끊임없이 쉬지 않고 계속해야한다. 숨을 안 쉬면 죽듯이 우.숨.(웃음)공부를 안 하면 죽은 강사다.

'하루 쉬면 내가 알고 삼일 쉬면 관객이 안다' -벤 호건

책상에 앉아 강의할 것들을 적어 봤다.(오프닝 등장) 박장대소 하며 등장한다. 하하하하하하하~ 웃음으로 이 시대와 소통(笑通)하는 강사, 고현철강사입니다. 하하하하하하하~

웃으면 뭐가 와요? 복이 와요. 복이 온다고 했는데 안 웃는 사람이 있습니다. 이런 사람들에겐 방법이 있다. '얼마면 되겠니?' 돈 천 원을 꺼낸다. 오늘 잘 웃는 사람에게 용돈 드립니다. 와 ~ 하하하~ 호호호~ 깔깔깔~ 돈 천원에 목숨 걸고 웃는다. 가장 잘

웃는 사람 한 사람 지목하며 이분 보다 더 잘 할 수 있다! 나오세요. 순간의 쪽팔림이 선물을 좌우한다. 그 때, 어떤 사람이 자리에서 일어나 막 돌아다니며 웃기 시작했다. 와~ 하하하하하~ 거기 김구 선생님 나오세요.(돈 천 원 주며) 이 분이 왜 이렇게 잘 웃는지 아세요? 미쳐서 그래요. 여러분도 미치세요! 웃음에 미치세요! 미치면 성공합니다. 돈 벌기 어려워요? 쉬워요? 미쳐야 법니다. 웃으면 돈 벌기 참 쉽다. 실제로 한 번 크게 웃을 때 우리 몸에서 엔돌핀, 엔케팔린, 도파민, NK세포 같은 좋은 호르몬이 나오는데 이것을 돈으로 환산하면 약 200만원 어치나 된다고 한다.

또, 15초 동안 박장대소를 하면 이틀 더 산다고 한다. 그래서 '인생은 짧고 웃으면 길 ~ 다.'(고작가) 억지웃음도 90%효과가 있다고 밝혀졌다. 건강을 위해서 의사(병원)를 찾을 것이 아니라, 먼저 웃음을 찾아라. 웃으면 건강해진다. 웃으면 생명이 연장된다. 웃으면 돈이 생긴다. 웃으면 자신감이 생긴다. 웃으면 웃을 일이 생긴다. 동의보감에 '웃음이 보약보다 낫다'는 말이 있다. 크게 웃으면 보약 한 채 드신 겁니다. 작게 웃으면 중국산 보약 드신 겁니다. 안 웃으면 그냥 나이 드신 겁니다. '가장 가난한 사람은 돈이 없는 사람이 아니라, 웃음이 없는 사람이다'(지그지글러). 잘 웃는 사람이 고액 연봉자이며 가장 행복한 부자이다.

'하루에 열 다섯 번 이상 웃는 사람은
병원을 찾을 일이 없다' -조지굿먼

웃음은 타고난 것이 아니라 연습이다. 태어날 때 웃고 태어난 사람(아기)은 아무도 없다. 아기가 엄마 뱃속에 열 달 동안 있다가 밖에 나와 계속 울기만 한다. 그 이유는 엄마가 밥줄을 끊어 놓기 때문이다. 엄마 뱃속에 있을 때는 일하지 않고 편하게 먹고 살 수 있었는데 나와서는 직접 벌어먹고 살아야 하니 서글퍼서 우는게 당연할지도 모른다. 아기는 걷기까지 무려 300번 ~350번을 넘어진다고 한다. 아기는 일어나 걷기위해(웃기위해) 넘어졌다 다시 일어나고 넘어졌다 다시 일어나고를 수없이 연습(반복)한다. 그 결과 두 발로 일어서서 걷게 되는 것이다. 아기는 넘어진 것을 보고 울지 않는다. 넘어져도 다시 일어날 것을 기대하며 웃는다. 넘어지지 않는 것이 중요한 게 아니라 넘어져도 다시 일어나는 것이 가장 중요하다.

아기는 어른보다 잘 웃는다. 아기한테 까르르 까꿍 하면 아기는 그냥 웃는다. 그러나 어르신한테 '까르르 까꿍~' 하면 그냥 맞는다. 정신 나간 놈이란 소리를 들을 것이다. 이처럼 아기가 어른보다 잘 웃기 때문에 아기가 어른보다 더 오래 사는 것이다. 건강하게 오래 살기 위해서는 아기처럼 묻지도 말고 따지지도 말고 그냥 웃어야 한다. 찰리 채플린도 잘 웃는 사람이 오래 산다고 했다.

밤 12시가 넘어서까지 책상에 앉아 공부를 하고 있었다. 서서히 졸음이 오기 시작했다. 조금만 참자. 조금만 하고 자자. 졸음을 이기기 위해 기도를 했다. 기도가 길어졌다. 결국 뒤로 '꽝'하고 넘어졌다. 책상 밑에 상 위로 넘어졌다. 나 때문에 상다리가 부러졌다. 상이 상(喪)을 당했다. 너무 미안했다. 상이 없었으면 그냥 맨 땅(바닥)에 헤딩 할 뻔했다. 뇌진탕으로 죽었을 것이다. 하나님이 살려주셨다. 하나님이 나에게 상(賞)을 주셨다. 방송에서 연말에 시상하는 그 어떤 상(賞)보다도 훨씬 값지고 뜻 깊은 상(賞)이었다. 하나님은 죽을 뻔한 나를 살려주셨다. 거기다 상(賞)까지 주셨다. '더 아름다운 세상'을 만들라고 나에게 '아름다운 세 상'을 선물로 주셨다.

다리가 부러진 상을 밖에 내다 놓았다. 그리고 내 방에 '새 상'을 들여다 놨다. 상 이름은?

'♬아름다운 세 상~'

전에 있던 상(상다리가 부러짐)

아름다운 새 상

졸다가 뒤로 자빠져 죽을 뻔 한 나를 하나님이 살려주셨다.
하나님이 나를 웃게 하셨다.
하나님이 나를 살리신 이유는
'아름다운 새 상'에서 더 열심히 공부해서

지금보다 더 '아름다운 세상'을 만들라고 살려주신 것이다.

소통강사&동기부여강사 고현철

오늘 내가 죽어도 세상은 바뀌지 않는다.
하지만 내가 살아있는 한 세상은 바뀐다 -아리스토텔레스

인생에서 가장 중요한 날이 이틀 있는데
첫 번째 날은 내가 태어난 날이고
두 번째 날은 내가 이 세상에 왜 태어났는지
그 이유를 알게 되는 날이다 -마크 트웨인

당신이 할 수 있는 가장 큰 모험은
당신이 꿈꾸는 삶을 사는 것이다 -비스코트

꿈을 지녀라. 그러면 어려운 현실을 이길 수 있다 -릴케

ⅢⅢ 악수(握手)할 때 악수(惡手)를 두지 말자

주일오전예배 때, 교회 청년부 몸짱 '재현이'를 만났다. 볼 때마다 몸이 부흥되고 있었다. 부흥! 부흥! 재현이에게 악수를 청했다. 힘을 주어 재현이 손을 잡았는데 재현이는 손에 힘이 하나도 없이 손만 갖다 댔다. '뭐야~ 나 하고 악수하기 싫다는 건가?' 궁금해서 재현이에게 물어봤다.

"손에 왜 이렇게 힘이 없어? 어디 아픈 거야?"
"군대에서 상관하고 악수하면 손만 갖다 대요."
"재현아, 상관없어. 여기 교회야."

군대에서 제대한지 2개월 정도 됐다고 하는데 아직까지 군기가 들어 있었다. 그러나 사회에서는 악수 할 때 손에 힘이 없으면 군기가 빠진거다. 아니 사기가 빠진거다. 악수 한 사람 손에 힘이 없으면 상대방도 힘이 없어진다. 이것은 상대방 사기를 떨어뜨리는 엄청난 악수(惡手)가 되는 것이다. 남을 속여서 이익을 취하는 사기꾼도 있지만, 상대방의 사기(士氣)를 떨어뜨리는 사람도 사기꾼이다. 몸은 제대했는데 마음은 아직 제대하지 않은 것 같았다.

악수는 제대로 했으면 좋겠다. 화장실에서 힘주지 말고 악수할 때 힘주자. 이럴 때 박수 한 번 주자. 내가 힘이 없이 악수하면 상대방은 어이 없이 생각한다. 성의 없이 생각한다. 안 좋게 생각한다. 악수는 자기를 표현하는 것이다. 손을 잡는다는 것은 상대방을 붙잡는 것이다. 상대방과 친구(파트너)가 되겠다는 것이다. 또 상대방의 얼굴을 보면서 악수해야 한다. 얼굴은 땅바닥을 보면서, 손만 악수를 한다면 땅하고 악수하는 건지 사람하고 악수를 하는 건지 분간이 안 간다. 상대방 얼굴을 보고 어느 정도 힘을 주어 악수함으로써 신뢰감도 생기고 좋은 이미지를 심어줄 수 있다.

또, 악수를 이렇게도 할 수 있다. 악수 할 때 손을 10초간 흔들어주면 가라앉은 기분을 위로 끌어 올릴 수가 있다. 웃음도 끌어 올릴 수 있다. 그래서 악수는 마중물과도 같다. 악수는 손으로 하는 것이지만 사람과 사람 사이를 연결해주는 다리 역할을 하기도 한다. 악수할 때 힘이 없다는 것은 심(心)이 없는 것이다. 악수 할 마음이 없는 것이다. 상대방에게 마음이 없는 것이다. 이런 사람하고 누가 악수하고 싶어 하겠는가? 뽀빠이가 힘이 없이(성의 없이) 악수 한다면 '뽀빠이'가 아니라 그냥 '빠이빠이'다, 악수 할 때 힘없이 성의 없이 '악수'하는 건 정말 최악의 수다.

토요일 저녁, 돌잔치 사회를 보기 위해 분당에 있는 'ㅂ하우스'에 갔다. 이곳에 도착해서 먼저 노OO 부장님에게 악수를 청했다. 나는 반가워서 부장님 손을 세게 잡았다. 부장님이 대게 좋아하실 줄 알았는데 소매를 걷어 올리며 나한테 말했다.

"저하고 팔씨름 할래요?"

부장님은 내 손을 꽉 잡았다. 아~ 항복, 항복 그 자리에서 무릎을 꿇고 살려달라고 했다.

그 후, 부장님하고는 절대 악수를 안 한다. 그냥 인사만 한다.

교회에서 일흔(70) 살 되신 김OO 집사님 아버님을 보고 반갑게 악수를 청했다. 그랬더니 집사님 아버님은 당황해하시며 이렇게 말했다.

"아니, 왜 나이 어린 사람이 먼저 악수를 청하고 그래?"

내가 악수(惡手)를 둔 건가? 악수는 나이 많은 사람이 나이 어린 사람한테 먼저 손을 내밀어야 한다고 생각한다. 그러나 나이에 상관없이 직급에 상관없이 반가우면 먼저 하는 게 더 맞지 않을까? 이러다 맞지 않을까 모르겠다. 또, 악수는 위에서 아래로 하는게 아니다. 똑같이 손을 앞으로 내밀어서 한다. 수직적인 악수가 아니라 수평적인 악수다. 악수는 공평하다. 악수는 위 아래가 없다. 악수는 잘 나고 못 나고가 없다. 그냥 반가움의 표현이다. 사랑의 표현이다. 정말 누군가(무엇)를 사랑한다면, 반가워한다면 묻지도 말고 따지지도 말고 내가 먼저 다가가 악수를 청하자. 그러면 상대방은 당신을 억수로 존귀하게 여길 것이다.

나는 왼손으로 악수한다.
그 쪽이 내 심장과 더 가까우니까. -지미 헨드릭스

||||| 어떤 연이요?

ㅎ웃음센터 영원한 노총각 '노OO 팀장님'과 함께 레크리에이션 행사를 나가게 되었다. 노 팀장님은 노는 물이 다르다. 얼굴도 센터에서 제일 잘 (놀게)생겼고 진행도 제일 잘하신다. 노 팀장님과 호흡을 맞추게 되어 정말 기뻤다. 노 팀장님은 행사장 가는 곳 마다 인기가 좋으시다. 덕분에 나도 덩달아 귀여움을 받는다. 믈론 실수를 하면 노여움도 받는다.

우리가 가는 곳은 ㅅ골프 컨트리클럽 회원 분들의 친목도모를 위하는 자리다. 오늘 나는 행사 오퍼(음향감독)를 맡았다. 밥상에 김치가 빠지면 안 되듯이 행사에 음악이 없으면 정말 허전하

다. 행사 진행에 있어서 음악은 대단히 중요하다. 강사님 진행할 때 옆에서 음악을 잘 틀어 주고 서포트 해줘야 한다. 그래야 행사 전체 분위기가 산다.

팀장님하고 차타고 가면서 팀장님이 나에게 물었다.

"고 강사님, 여자 만나봤어요?"

"저 사람이에요."

"하하~ 이번엔 진짜 웃었어요. 하하하~"

행사장에 도착했다. 노 팀장님의 노련한 진행으로 직원들의 분위기가 한층 고조되었다. 나이샷! 1부 레크리에이션이 끝나고 잠깐 쉬는 시간! 팀장님과 얘기를 나누고 있었다. 그런데 골프 클럽 회장님이 팀장님과 나를 불렀다. 회장님은 우리에게 음악도 잘 틀어주고 진행도 재미있게 잘한다며 칭찬을 해주셨다. 그러더니 회장님 양복 안주머니에 깊숙이 손을 넣으셨다. 뭔가를 꺼내서 우리에게 주시려고 하셨다. 아싸! 팀장님과 나는 팁을 얼마나 주실지 엄청 기대하고 있었다. 그래도 골프 회장님이신데 못해도 최하 10만원씩은 주시겠지. 우와~

드디어, 회장님이 우리에게 '수고했다'며 '명함'을 한 장씩 주셨다. 에이~ 명함이 엇갈렸다. 우리는 당연히 '팁'이라고 생각했는데 명함(골프 연간 회원권)이라니, 연회비가 1억이다. 회장님은 나중에 한 번 놀러 오라고 했다. 기대한 우리가 바보, 천치, 얼간이, 미친놈이었다.

그렇게 슬픔을 뒤로 하고 2부 노래자랑 시간이 되었다. 한 팀씩 노래 선곡을 한 후 팀원 모두 무대에 나와 노래를 불렀다. 노래가 끝나면 다른 팀도 마찬가지로 무대 앞에 나와 다 같이 노래를 불렀다. 원활한 진행을 위해 사전에 미리 노래 신청곡을 받았다. 노래하실 분? 말씀하세요! 그 때 한 분이 큰 소리로 말했다.

"'연', 틀어 주세요!"

노래방 책자에서 '연'이라는 노래 제목을 찾아보았더니 똑같은 '연'이 8개나 있었다. 노래를 신청한 분한테 다시 한 번 물어봤다.

"어떤 '연'이요?"

그 분이 말했다.

"'아무 연'이나 틀어."

노사'연' 노래를 틀었다.

음식점에 가서도 '뭐 먹을래?' 라고 물으면 '아무거나'
제발 좀 '아무거나' 시키지 않았으면 좋겠다. 그냥 아무거나 먹었으면 좋겠다. 아니면 각 음식점마다 '아무거나' 음식(메뉴)을 만들어 놓으면 어떨까? 그럼 뭘 먹을지 고민할 필요가 없을 것이다.

친구와 음식점에 갔다.

"뭐 먹을래?"

"아무거나."

"사장님, 여기 아무거나 두 개 주세요!"

"여기 아무거나 2개요"

아마 '아무거나'가 제일 많이 팔릴지도 모르겠다.

오늘 하루도 정말 보람 있는 하루였다. 회장님께 '팁'은 못 받았지만 '명함'을 받았다.

아무 사고 없이 행사를 잘 마친 것이 진짜 팁이다.

연 중에 제일 좋은 연은 인연이다. 회장님이 다음에 또 불러준다고 하셨으니 회장님과는 좋은 인연이다. 좋은 인연(만남)은 시작보다 끝이 좋아야 한다. 좋은 인연이 오래도록 계속되기 위해서는 기도 줄을 계속 잡고 있어야 한다.

연이 하늘을 자유롭게 날 수 있는 것은
튼튼한 줄에 매여 있기 때문이다.
만약에 연이 진정한 자유를 원해 스스로 줄을 끊는다면
그 순간 연은 땅에 곤두박질치고 말것이다.
결국 자유를 잃어버리는 것이다.

-김용재 님의 '자유' 중에서

||||| **엄마의 기도 방해**

밥 먹기 전, 항상 식전기도를 하고 먹는다.

어느 날, 엄마하고 같이 밥을 먹는데 여느 날과 같이 식전 기도를 했다. 엄마가 나에게 말했다.

"개소리 하지마!"

"엄마, 기도하는데 개소리가 뭐야? 진짜 큰 일(?)날 소리 하고 있네."

다음 날도 엄마하고 같이 상에서 밥을 먹었다. 식전 기도를 했다. 그런데 조용했다. 엄마 목소리가 들리지 않았다. 다행이다 싶은 순간, 엄마가 나를 냅다 밀었다. 이제 말로 안 되니까 몸까지 쓰기 시작했다. 엄마가 뭐라고 하든 계속 기도를 했다. 언젠가는 그만하시겠지..

그리고 다음 날, 엄마하고 같이 밥을 먹었다. 변함없이 기도를 했다. 이번엔 엄마가 나한테 뭐라고 그러지도 않고 나를 떠다 밀지도 않고 조용했다. 속으로 생각했다. '드디어 엄마가 포기 했구나' 하나님께 감사기도를 드렸다.

기도가 끝나고 눈을 떠 밥을 먹으려고 보니, '밥상이 없어졌다.'

엄마가 밥상을 가지고 '저 ~ 쪽'에 가서 혼자 드시고 있는 것이다. 완전 로빈슨 크루소 됐다.

잠자기 전에도 항상 기도를 하고 자는데 밤 12시가 넘은 시간 하루를 마무리하기 위해 무릎을 꿇고 기도를 하고 있었다. 그런데 엄마가 갑자기 들어오시더니, 내 머리를 밀치며 말했다.

"이거 미친놈 아니야?"

밤 늦게 불 켜 놓고 뭐하냐며 방에 불을 끄고 나가버렸다. 그대로 누운 채로 기도를 드렸다.

'주여, 엄마가 모르고 한 죄이오니 용서하여 주시옵소서.'

얼마간 시간이 흘러 엄마하고 같이 상에서 밥을 먹는데, 엄마가 이렇게 말하는 것이었다.

"너 기도 안하냐?"

깜짝 놀랐다. 엄마가 나한테 기도를 권유하다니 .. 기적이다. 이제는 식전에 기도할 때 엄마가 옆에서 구시렁구시렁 하지도 않는다. 떠다밀지도 않는다. 상도 치우지 않는다. 이제 마음 편히 기도하고 밥을 먹을 수 있게 되었다. 하나님께 감사드린다. 엄마한테도 고마울 뿐이다.

처음에 내 '기도'가 '우습기도' 했겠지만 이제 '웃기도' 하고 '나누기도' 하고 '도와주기도' 하고 '봉사하기도' 하고 '양보하기도' 하고 '손해 보기도' 하고 '베풀기도' 하고 '사랑하기도' 하고 '용서하기도' 한다.

모든 실패의 원인은 '기도가 부족해서다.' 적(?)을 내편으로 만들 수 있는 유일한 방법은 오직 '기도'밖에 없다. 그러면 '적'은 '기적'이 된다.

나는 사랑하나 그들은 도리어 나를 대적하니
나는 기도 할 뿐이라. –시편109 :4

ⅠⅠⅠⅠⅠ 욕을 안 먹는 방법

아침 일찍 막노동을 뛰려고 오랜만에 인력사무실에 나갔다. 비가 온다는 예보가 있었다. 비가 오면 밖에서 일을 못하지만 안에서 할 수 있는 일이 있어서 희망을 갖고 나가 보았다. 인력사무실에 도착해보니 막노동을 오래 하시던 분들이 7, 8명쯤 나와 있었다. 다들 전화가 오기만을 목 빠지게 기다리고 있었다. 일 나와서 공치면(허탕치면) 공차고 놀아야 한다. 꼭 나가서 돈을 벌어야 새벽에 나온 보람이 있다. 전화가 오면 온 순서대로 일을 보내준다.

한 통의 전화가 걸려왔다. 인력사무실 소장님은 '빙○○ 공장'에서 3일간 일 할 사람 있냐'고 물으셨다. 그런데 아무도 간다고 하는 사람이 없었다. '일당이 8만원 3일이면 24만원인데 이 좋은 데를 왜 안 가는 거지? 일이 정말 빡센가(?)' 오후에 비 소식이 있어서 일이 별로 없을 텐데 아무도 간다는 사람이 없었다. 소장님이 다급하게 나한테 물으셨다.

"고씨(필자), 지금 빨리 현장으로 가요."

소장님께 고맙다는 인사를 드리고 빙O레 공장으로 출발했다. '레츠 고!'

일 하는 현장에 도착했다. 여기서 하는 일은 노후된 시설물을 교체하는 작업이었다. 반장님을 도와 옆에서 일을 거들었다. 그런데 반장님은 노예 부리듯이 반말과 쌍소리를 하며 일을 시켰다. 육체적으로 힘든 것보다 정신적으로 엄청 힘들었다. 그제야 인력사무실 사람들이 왜 여기에 안 가려고 했는지 알게 되었다. 다들 한 번씩은 왔다 간 것 같다. 반장님에 대한 안 좋은 소문이 퍼져 이곳에 오려고 하지 않았던 것이다. 일하러 왔지, 누가 욕 먹으려고 여기에 오겠는가?

욕을 많이 먹어서 밥맛이 없었다. 3일 동안 반장님 옆에서 같이 일해야 한다고 생각하니 '나 돌아갈래?' 돌아 갈 수도 없고 돌아 버릴 것 같았다. 내 사전에 포기란 없다. 참고 지혜롭게 일을 하기로 했다.

학교 다닐 때 배운 공자의 일화가 생각났다.

어느 날, 공자가 제자 2명과 수행의 길을 가는데 앞에 건달들이 나타났다. 건달들은 공자한테 시비를 걸며 심한 욕설을 퍼부었다. 공자는 가만히 듣고만 있었다. 공사가 아무런 반응이 없자 건달들은 바보, 멍충이라고 놀리기 시작했다. 이에 화가 난 제자들이 왜, 욕을 먹고 가만히 있느냐며 스승님한테 물었다. 공자가 건달들에게 이렇게 말했다.

"자네(건달)들이 나한테 선물을 주었는데 내가 안 받으면 그 선물은 누구 것인가?"

"우리 것이지!"

"또 자네들이 나한테 욕을 주었지만 내가 안 받으면 그 욕은 누구 것이 되겠는가?"

"우리 것이지(?)"

"나는 욕을 안 받았으니 도로 가져가게!"

공자의 말에 감동한 건달들은 용서를 구했고 자신들이 했던 욕을 도로 가져갔다고 한다.

상대방이 나한테 욕을 했을 때 '욕을 안 먹는 방법'이 있다. '퉤하고 뱉으면 된다' 반장님이 욕 할 때마다 퉤퉤 뱉으면서 일했다. 퉤퉤.. 얼굴에다가 아니라 속으로 뱉어라. 그렇게 3일간을 반장님한테 욕을 먹으며 일을 마쳤다. 반장님은 욕 봤다며 3일치 일한 돈(24만원)을 주었다. 그리고 나에게 물어 보셨다.

"계속 나올 수 있나(?)"

"사무실로 전화해주세요. 휴~"

3일간 일하면서 30년 먹을 욕을 여기서 다 먹었다. 먹을 수 있다는 게 얼마나 '감사'한 일인가? 피할 수 없는 욕(고통)은 즐겨라.

피할 수 없다면 뱉어라.

우리 동네 꼭대기에 편의점이 하나 있다. 편의점 사장님은 50대 후반의 아주머니시다. 사장님이 나에게 이런 얘기를 들려주셨다. 어느 날, 어떤 남자가 그렇게 사장님을 좋아한다며 사귀자고 귀찮게 했다고 한다. 여 사장님은 그 남자에게 단호하게 말했다.

"나, 결혼했어요."

결혼했다고 해도 그 남자가 나랑 살자고 계속 편의점으로 찾아왔다고 했다. 그래서 사장님은 마지막으로 그 남자에게 온갖 욕설을 퍼부었다고 했다.

"야이, 병신 딥떼꺄, XXX, XXX!!!"

'욕'을 막 해 주었더니 그 남자가 기겁을 하고 도망갔다고 했다. 이 글을 읽고 비슷한 상황에 계신 여성분 혹 남성분(?)이 있다면 꼭 한 번 욕 해 보시길! '욕'이 나를 지키는 강력한 '약(무기, 가스총)' 될 수도 있으니 말이다.

예수님께서도 욕을 당하시되 맞대어 욕하지 아니하셨다. 선으로 악을 이기셨다.

욕을 당하시되 맞대어 욕하지 아니하시고 고난을 당하시되 위협하지 아니하시고 오직 공의로 심판하시는 이에게 부탁하시며 친히

나무(십자가)에 매달려 그 몸으로 우리 죄를 담당하셨으니 이는 우리로 죄에 대하여 죽고 의에 대하여 살게 하려 하심이라. -베드로전서 2:23~24

살다보면 욕을 먹을 때가 있다. 선으로 악을 이기자. 지혜롭게 살아가자.

누가 나에게 욕을 하면?

"퉤 하고 뱉어 버리면 된다. 그러면 욕을 안 먹은거다."

선으로 악을 이기라. -로마서12:21

ⅢⅢⅢ 우수회원이 되는 방법

모 방송에서 최고의 금슬 좋은 부부를 찾는 프로가 있었다. 사회자가 4팀 부부에게 넌센스 문제를 냈다. 금슬 좋은 부부가 제일 잘 섬기는 '신'은? 삐익~ '베드신!' 땡, 비슷한겁니다. 그 옆에 삐익~ '누드신!' 퇴장, 마지막 팀 삐익~ '여보당신!' 딩동댕 정답입니다! 이어 스피드 퀴즈가 진행되었다. 비둘기팀이 스피드 퀴즈를 풀게 되었다. 아내가 보드판에 적힌 단어를 남편한테 설명을 하는 게임이다. 보드판에 적혀 있는 단어는 '무조건'이다. 아내는 남편이 이 노래를 워낙 좋아해서 무조건 맞출 수 있을 거라 생각했다. 아내가 여유 있게 설명을 했다.

"당신이 노래방가면 제일 잘 부르는 거? 3글자!"

"도우미!"

하하하~ 스튜디오에는 '도우미' 때문에 '우수미(웃음이)' 끊이지 않았다. 그 날 남편은 집에 가서 아내한테 무조건 빌었다고 한다.

예성교회 웃음치료 봉사를 하러 갔다. 봉사중의 최고의 봉사는 역시 웃음봉사다. 웃고만 다녀도 봉사하고 사는거다. 하하하~ 동물 중에서 봉사를 가장 많이 하는 동물이 있다. 자원봉사자. 하하하~ 그래서 웃는 사자보다 인상쓰는 토끼가 더 무섭다고 한다. 예성교회 세움공동체 분들과 웃음인사를 나누었다. 옷깃만 스쳐도 인연이라고 했던가? 이렇게 만난 것도 인연인데 박장대소나 한 번 할까요? 하하하하하하하~ 주방에서 요리하시는 분들은 이미 웃을 준비가 되어 있다. 손가락으로 쿡(Cook) 찔러도 웃음이 나온다. 쿡쿡쿡(cook cook cook)~ 오늘 인원은 40여 분 정도가 오셨다. 11시에서 12시까지 고박사와 함께하는 웃음치료가 끝나면 다 같이 밥을 먹는다. 웃음은 운동이다. 웃고 나면 밥맛도 좋다.

오신 분들한테 밥에 관한 질문을 드렸다.

"밥 먹는기 보다 더 중요한 세 무엇일까요?"

"싸는거요"

205

싸는 것도 중요하지만 정답은 아닙니다. 우리는 살면서 '쓰리고'를 잘 해야 합니다. 잘 먹고 잘 싸고 잘 자고 .. 여기에 한 가지를 추가한다면 잘 웃고 하하하하~

"밥 먹는 거 보다 더 중요한 것은?"
"마음을 즐겁게 먹는 거" 하하하~

뱀이 물을 마시면 독이 되고 꿀벌이 물을 마시면 꿀이 되고 소가 물을 마시면 우유가 된다. 내가 어떤 마음으로 먹느냐에 따라 그 물이 '독'이 되기도 하고 '약'이 되기도 한다. 성경말씀에도 '마음의 즐거움은 양약이라'(잠언17:22)고 했다.

'밥'이라는 글자를 살짝 돌려보면 '법'이 된다. 밥은 법이다. 법을 잘 지키는게 중요하듯 밥을 잘 먹는 것도 중요하다. 법을 잘 지켜야 사는데 문제가 없고 밥을 잘 먹어야 건강에 문제가 없다. 그러기 위해서는 자주 웃는게 좋다. 크게 웃으면 보약 한 채 드신 겁니다. 작게 웃으면 중국산 보약 드신 겁니다. 안 웃으면 그냥 나이 드신 겁니다. 하하하~

실력도 있으시고 미모가 되시는 이○○교수님의 열강 덕분에 총신대에서 실버레크리에이션지도자 과정을 은혜롭게 마쳤다. 교수님이 설립한 '실코레(실버 코리아 레크리에이션협회)'가 있는데 처음에 이 이름 짓느라 엄청 고민했었다고 했다. 실레코로 지을까? 코실레로 지을까? 레실코로 지을까? 그러다가 주님의 은총으로 실코레로 지었다고 하셨다. 실코레에 가입해서 활동도 하고 서로 윈윈(Win win)하며 강사 영역을 넓혀 나갔다.

어느 날, '실코레' 옥희 고문님이 나에게 전화를 주셨다. 고문님이 나에게 요즘에 활동이 많냐고 물어 보셨다. 나는 농담으로 '덕분에 조용히 지낸다'고 했다. 고문님은 하하 웃으며 '인터넷 다O 카페' 들어가서 실코레(실버 코리아 레크리에이션협회) 활동 좀 많이 해달라고 했다. 또 활동 열심히 하면 '우수회원'이 된다고 하셨다.

나는 '우수회원'에 대해 자세히 여쭤 보았다.

"우수회원 되면 뭐 좋은 게 있어요?"
"우수회원 되면 좋지. 자료도 볼 수 있고, 많이 도움이 되지."

나는 고문님께 '진정한 우수회원'이 뭔지 말씀드렸다.

"우수회원 되는 건 간단해요!"
"어떻게 되는데?"
"많이 우수면(웃으면) 되요! 하하하~"

고문님은 '그것도 우수회원이네' 하시며 하하~ 웃으셨다.

떡집엔 '인절미'가 있고 노래방엔 '도우미'가 있고 미스코리아는 '진선미'가 있다. 그러나, 성공한 사람에겐 '우수미'(웃음이) 있다.

내가 '웃음강사'가 된 이유는 학교 다닐 때 성적표에 '우수미'가 많아서가 아니라, 얼굴에 웃음이 많아서다. 웃음이 있다고 해서 다 성공하지는 않는다. 하지만 성공한 사람들에겐 다 웃음이 있었다.

나에게 웃음이 없었더라면 오늘의 나는 없었을 것이다.
기억하라 한 번 웃을 때마다
성공 확률이 한 번씩(조금씩) **높아진다는 것을!** -오프라윈프리

웃음이 우리에게 주는 선물은 건강한 삶이다 -노먼커슨스

웃는 사람은 웃지 않는 사람보다 훨씬 더 오래 산다 -제임스 윌시

‖‖‖ 우유가 넘어지면 뭐라고 하게요?

주일오전예배가 끝나고 주일학교 아이들과 같이 밥을 먹고 있었다. 초등부 채연이(초등6학년)가 밥을 먹다가 나에게 넌센스라며 문제를 냈다.

"우유가 넘어지면 뭐라고 하게요?"
"쏟아진다?"

채연이는 아니라며 이렇게 말했다.

"우유가 넘어지면, '아야!'"

오~ 채연이의 놀라운 상상력에 기립박수를 쳤다.

채연이가 제일 좋아하는 우유가 있다. '아이 러브 우유'다.

채연이는 예수님을 정말 사랑해서 우유에 예수님 말씀을 꼭 타서 마신다.

'대저 의인은 일곱 번 넘어질지라도 다시 일어나려니와.' -잠언24:16

그래서 '아야' 하고 넘어져도, '어여' 다시 일어나는 친구다. 누구나 살면서 넘어질 때가 있다. 그러나 '어여' 일어나야 한다. 성공은 넘어지지 않는 것이 아니라 넘어질 때마다 '어여' 다시 일어나는데 있다.

추운 날 밖에서 일하고 늦게 들어 온 동생(남)이 자기 전에 엄마한테 말했다.

"날 새는 게 싫다"

엄마는 어이가 없어(?) 웃기만 하셨다. 동생은 날이 추워서 아침에 일어나기가 싫은거였다.

'일찍 일어나는 새가 벌레를 잡는다'는 속담이 있다. 그러나 요즘은 '일찍 일어나는 새가 피곤하다.' 워낙 정신없이 바쁘게 사느라 아침에 일어나기가 여간 쉽지가 않다.

일어나기 힘든 동생을 깨울 때마다 엄마는 이렇게 말한다.

"어여 일어나"

동생은 일어나 냉장고에 있는 우유부터 마신다.

저녁에 밥을 먹으려고 밥상 앞에 앉았다. 엄마가 계란찜을 하셨다. 엄마는 TV에서 계란찜에 우유를 넣는 걸 보셨다며 우유를 넣었다고 했다. 엄마는 고소하고 맛있다며 많이 먹으라고 했다. 계란찜을 한 숟갈 떠서 먹어 보았다. 그런데 맛이 이상했다. 엄마는 가끔 방송에 나오는 조리법을 가지고 따라 만드시는데 어떤 음식은 맛있는 것도 있지만, 어떤 것은 내가 맛이 간다. 계란찜이 맛이 이상해서 엄마에게 말했다.

"나 안 먹어!"
안 먹는다고 하자 엄마가 말을 바꾸었다.

"우유 안 넣었어."

엄마는 우유를 안 넣었다. 가족을 사랑하는 '아이 러브 우유(I love you)'를 넣었을 뿐이다.

계란찜과 비슷한 일이 있다. 엄마는 아침 식사를 하고 나면 커피 믹스 2개를 뜯어 한 번에 타 드신다. 하나씩 타서 마셔야 하는데 컵에다가 두 봉을 뜯어서 타 드시니 걱정이 되었다. 그렇게 먹으면 밤에 잠도 안 오고 몸에도 안 좋다고 말했다. 나는 커피를 마실 때 종이컵에다 '6대4'(커피4 우유6)비율로 커피에 우유를 타서 마신다. 이렇게 마시면 너무 뜨겁지도 않고 커피 맛도 고소하고 부드러워 맛이 좋다. 거기다가 우유에 있는 칼슘도 보충할 수 있어 일석이조 아니, 일석 3조 맛은 고조 최고조!다. 엄마한테 너무 뜨겁게 마시면 안 좋다고 말했다. 그래서 냉장고에 있는 우유를 커피에 타서 마시라고 했더니 엄마는 '너나 마시라'며 막 화를 냈다. 한 번은 엄마 커피에다 우유를 타려고 시도 했다가 맞아 죽을 뻔했다. 이대로는 물러설 수 없었다. 그래서 '죽으면 죽으리라'는 각오를 하고 엄마가 커피 타려고 할 때 잽싸게 우유를 탔다. 그리고 엄마한테 말했다.

"엄마, 이거(밀크커피) 한 번 먹어봐. 먹어 보고 맛 없으면 다음부터는 전에 먹던 대로 먹어."

엄마가 마지못해 한 모금 마셔 보더니 우웩~ 맛이 이상하다며 '너나 우유 타서 실컷 먹으라고 하셨다. 엄마는 커피에 우유 타는 것을 정말 싫어하신다. 밀크 커피가 더 몸에 좋은데. 그렇게 드시기 싫어하시니 어찌 할 도리가 없다. 기도할 도리 밖에..

엄마가 커피에 우유 넣는 것을 싫어하는 거나 내가 계란찜에 우유 넣는 것을 싫어하는 거나 비슷한 상황이다. 나는 엄마를 위해서 커피에 우유를 탄 것이고, 엄마도 나를 위해서 계란찜에 우유를 탄 것이다. 우유가 들어가고 안 들어가고 그게 중요한 게 아니다. 커피와 계란찜에 가족을 사랑하는 아이 러브 우유(I love you)가 들어있다는 것이 중요한 것이다. 맛 보다 맘이 중요하다. 엄마 맘이 중요하다. 엄마 항상 고마우유! 사랑해유! 미안해유!

엄마가 아무거나 잘~ 드시고 항상 건강했으면 좋겠다.

세상에서 가장 영양가 있고 맛있는 우유는?
아이 러브 우유(I love you)

〈우유 2행시〉
우: 우주에서 가장 행복한(성공한) 사람은 ?
유: YOU!(너)

||||| 웃음연구 하시는 분인가 봐요!

인천시 인재개발원 체육관에서 명랑운동회가 끝나고 재미쌤 해피데이연구소 대표님이 지하철 부평구청역에 내려주셨다. 덕분에 7호선 지하철을 타고 편하게 앉아서 가게 되었다. 몇 정거장을 지났을 때 맞은편에 앉아있던 한 청년이 나를 보고는 씨익 웃는 것이었다. 뭐지? 곧 청년 옆에 앉은 아줌마도 나를 보고는 멋쩍어하며 씨익 웃고 있었다. 다들 날이 더워서 그런가? 좋은 일들이 있나 보네? 생각했다. 그런데 그게 아니었다. 문득 발 아래를 내려다보았다. 세상에 이런 일이. 내 오른쪽 신발 바닥이 혓바닥처럼 나와 있었다. 아~ 이것 때문에 웃은 것이 분명했다. 오전에 운동회 진행요원으로 발바닥에 불이 나도록 뛰어다녔더니 신발이 많이 피곤했었나 보다. 망가진(떨어진) 신발을 보고 사람들은 웃었다. 신발이나 사람이나 망가질 때 웃음이 나온다.

 신발 바닥이 떨어진 것도 모르고
인천에서부터 여기까지 왔으니
'정말 별 꼴이야.' 신발이 웃긴
신발이 되었다. 이왕 이렇게 된

거. 신발 바닥 떨어진 것을 감추지 않고 더 자신있게 헛바닥을
내 놓고 갔다. 사람들이 내 신발을 보고 목적지까지 목젖이 보이
도록 웃으면서 갔으면 좋겠다.

가다가 메모지 한 장을 꺼냈다. 수지 복지관에서 웃음치료 할
때 어르신께 종이접기를 하나 배운적이 있었다. 메모지(색종이)를
한 쪽 끝에서부터 손으로 찢어 가면서 네모(방패) 모양의 종이 연
(작품)을 만들었다. '연'이름은 '2017연(년)'이다. 2017연은 웃음
연구의 해다. 손으로 무언가를 만들어 보고 그 만든 것을 가지
고 재미있게 이야기를 만들어 보는 것이 지하철(버스)에서 할 수
있는 간단한 힐링(몸과 마음의 치유)의 한 방법이다. 메모는 당연히
필수다. 손가락을 자주 움직이는 것이 두뇌 건강에도 좋고 치매
예방에 도움이 된다고 한다. 연을 다 만들었으면 연기를 해본다.
맞은편에 앉아있는 사람들을 친구(아는사람)라 생각하고 '연 강의'
를 해보는 것이다. 그냥 편하게 평소 친구와 수다하듯이 하면 된
다. 이야기를 통해 스트레스를 풀고 기분 전환을 한다. 강의가
다 끝나면 다같이 소원을 말하게 하고 연을 날리게 한다.

세상에는 많은 연이 있습니다. 그 중에서 가장 빛나는 연은

주연입니다. 주연이 되기 위해서는 높이 나는 연습(훈련)이 필요합니다. 독수리가 새들의 왕이 된 것은 그냥 된 것이 아닙니다. 왕이 되기 위해 많은 연구를 했을겁니다! 어미 독수리는 새끼가 날개 짓을 할 때 둥지 위에서 새끼를 아래로 떨어뜨린다고 합니다. 새끼는 아무 것도 모르고 떨어집니다. 어미 독수리는 새끼가 땅에 떨어지기 바로 직전 쏜살같이 새끼를 가로채서 다시 나무 위에 올려놓는다고 합니다. 이것을 수차례나 반복한다고 합니다. 이 과정을 통해 새끼는 강하게 자라서 새들의 왕인 독수리가 된다고 합니다. 주연과 조연의 차이가 있습니다. 주연은 주인공이기 때문에 끝까지 살아남지만 조연은 끝까지 가기가 드물다는 겁니다. 여러분은 주연이 되고 싶습니까? 조연이 되고 싶습니까? 지금 힘들다고 절대 포기하지 마십시오. 삶의 끝은 실패할 때 끝나는 것이 아니라 포기할 때 끝난다고 합니다. 어린 새가 날지 못하는 것은 더 준비해서 날기 위함(율곡 이이)이라고 합니다. 끝까지 최선을 다하십시오. 연이 언제 가장 높이 나는지 아십니까?

**'연은 순풍이 아니라
역풍이 불 때 가장 높이 납니다'** -윈스턴 처칠

이렇게 중얼거리며 연습하고 있는데 옆에 앉은 어르신(여)께서 나에게 물으셨다.

"웃음 연구 하시는 분인가 봐요?"

"네! (메모지 한 장을 찢어 드리며) 같이 한 번 만들어 보실래요?"

어르신과 나는 2017년 올해, 건강하고 행복한 '2017년'이 되기를 바라며 '2017연(년)'을 만들며 갔다.

지하철 옥수역에서 지하철을 기다리고 있었다. 나는 혼자 중얼거리며 강의 연습을 하고 있었다. 그런데 어떤 남자가 내 앞을 지나치다가 나를 힐끔 쳐다보더니 다시 돌아와 나에게 이렇게 말했다.

"아저씨, 어디 아파요? 아프면 병원 가야지 왜 여기서 그러고 있어요?"

나를 환자로 봤다. 그 남자는 나를 계속해서 이상하듯 쳐다보며 고개를 갸우뚱하며 구시렁대며 갔다.

웃음치료 강의를 하러 서울역 ㅎ웃음센터에 도착했다. 시간이 조금 남아서 밖에 계단 위에서 또 혼자 중얼 중얼 연습하고 있었다. 그런데 저쪽에서 허름한 옷을 입은 정신이 좀 이상해 보이는 사람이 내 쪽으로 걸어오고 있었다. 나는 신경쓰지 않고 계속 중얼거리며 연습을 했다. 그 거지가 바로 내 앞에 서 있었다. 그러더니 자기 얼굴을 내 얼굴 가까이 대고 나를 뚫어지게 쳐다보았다. 나는 눈 하나 깜박하지 않고 아무렇지 않게 계속 중얼거리며 연습을 했다. '레이디스 젠틀맨 마라나타 마라나타~' 거지는 신기하듯 나를 계속 쳐다보았다. 그리고는 손가락 두 개로 V자를 만들어 내 눈 앞에 갖다 댔다. 내 눈을 찌르는 줄 알았다. 거지가 말했다.

"이거 몇 개?"

'두 개'(?) 라고 대답을 할까 하다가 신경 안 쓰고 계속 중얼거리며 연습했다. '레이디스 젠틀맨 마라나타 마라나타 ~'

거지는 내가 계속 이상한 소리를 하니까 포기한 듯 내려가기 (철수하기) 시작했다. 그러더니 손가락 두 개를 귀에 대고 돌리며 나에게 이렇게 말했다.

"정신이 나간 놈이네"

거지에게 칭찬을 들었다. '정신 이상한 놈'이 나에게 '정신이 나간 놈' 이라니.. 정신이 하나도 없었다. 미친놈이 미쳤다고 하면 진짜 미친건데 .. 진짜 미쳐버리겠다. 거지는 나를 더 미치게 만들었다.

아이큐150인 사람에게 기자가 물었다.

"어떻게 해서 아이큐가 150이 됐습니까?"

"저는 어떤 일을 할 때, 그 일을 어떻게 하면 효과적으로 잘 할 수 있을까? 150번 연구(생각)합니다."

발명왕 에디슨은 하루에 16시간씩 수 년간을 실험실에서 연구를 했다고 한다. 사람들이 힘들지 않냐고 물었을 때 에디슨은 말했다.

"난, 단 하루도 일한 적이 없습니다. 단 즐겼을 뿐입니다."
에디슨이 왜 에디슨일까? 연구해봤다.

에: 를

디: 게 많이

슨: 사람.

보통 사람은 애쓴 사람. 에디슨(천재)은 애를 디게 많이 쓴 사람. 우리도 인류를 위해 애를 많이 쓰자! 애를 많이 낳자! (애쓰다 : 마음과 힘을 다하여 무엇을 이루려고 힘쓰다. 네이버사전)

에디슨은 말했다. '발명을 계속하기 위해 돈이 필요했고 그 돈을 마련하기 위해 계속 연구를 했다.' 끊임없는 연구와 노력으로 에디슨은 발명왕이 되었고 인류에 큰 공헌을 끼쳤다.

**'다른 사람을 설득하고자 한다면
자기가 먼저 감동해야 한다'** -에디슨

어디에 있든 내가 있는 곳이 연습무대이고 꿈의 무대다. 남(상황)을 의식하지 말고 내 꿈을 의식하자! 내가 이렇게 연습(연구)하는 이유는 지금 이 시간이 다시 돌아오지 않기 때문이다. 지금이 사람들을 다시 볼 수 없기 때문이다.

> **다른 선수가 잘하고 못하는 게 내게 영향을 주지 않는다.**
> **중요한 것은 내가 연습했던 것을 해내는 것이다.** -김연아 선수

> **나보다 골프를 더 잘하게 타고난 사람은 인정한다.**
> **그러나, 나보다 골프를 더 연습한 사람은 인정할 수 없다.**
> -타이거 우즈

> **철 연장이 무디어졌는데도 날을 갈지 아니하면 힘이 더 드느니라.**
> **오직 지혜는 성공하기에 유익하니라.** -전도서10:10

평소에 준비를 잘 해야 한다. 꾸준히 날을 갈아놔야 날로 날로 발전한다.

||||| 웃음치료강의 가서 짤리다

성동구에 있는 정신건강센터에서 정신질환자들을 대상으로 웃음치료봉사를 하러 갔다. 이곳은 매주 수요일 날 웃음치료교실이 열린다. 장터에는 5일장, 이곳에는 천국장이 열린다. 웃으면서 즐겁게 살면 그곳이 천국이다.

이곳에 처음 도착했는데 센터직원분과 환자분들이 나와서 반갑게 맞아주셨다. 한 분 한 분과 웃음 인사를 나누었다. 하하 호호 아자! 오늘 참여인원은 15분 정도가 되었다. 센터직원분이 의자를 U자 모양으로 동그랗게 세팅을 해주셨다. 감사해U! 모

두 자리에 앉아 웃음치료가 시작되었다. 오늘 오프닝 멘트를 나 대신 여기서 가장 잘생긴 사람이 해주면 좋을 것 같았다. 본인이 생각하기에 잘 생겼다(이쁘다)고 생각 되시는 분 손들어 보세요? 장난하지 마세요. 안 들어야 될 분도 드셨다. 할 수 없이 박수로 1등을 결정했다. 그 분께 멋지게 오프닝을 부탁드렸다. '지금부터 여러분의 뜨거운 박수와 함성으로 웃음치료를 시작하겠습니다' 와~ 덕분에 분위기가 살아났다. 혹시 여기에 반장님이 있냐?고 여쭤보았다. 여자 반장님이 벌떡 일어났다. 반장님한테 학교 다닐 때 추억을 떠올리며 웃음인사를 해보자고 했다.

"(다같이)차려! 선생님께 웃음인사! (박수치며 웃는다)하하하하하 하하하하~

웃으면 복이 온다고 했다. 복이 오면 웃는 게 아니라 웃으면 복이 온다. 행복해서 웃는 게 아니라 웃으면 행복해진다. 공자가 말했다. 일생의 계획은 어릴 때 있고 일 년의 계획은 봄에 있고 하루의 계획은 아침에 있다. 하루가 행복하려면 아침을 웃음으로 시작하자! 아침에 밥 먹는 건 안 까먹으면서 웃는 건 까먹지 말자. 웃음으로 하루를 시작하면 하루 종일 웃는 일만 생긴다.

정신질환자분들에게 웃음의 효과에 대해 말씀드렸다. 우리가 한 번 크게 웃을 때 우리 봄에서 엔돌핀, 엔케팔린, 도파민 같은 좋은 호르몬이 생깁니다. 말이 끝나자마자 '반장'님이 벌떡 일어나서 나에게 질문을 했다.

"선생님, 도파민이 뭐에요?"
"엥?!&$"

잠시 정적이 흘렀다. 나는 멍하니 서 있었다. 뭐지(?) 분위기가 심상치 않았다. 내가 대답을 못하자 반장님이 항의를 했다.

"저거 가짜야 가짜, 자격증 갖고 와 봐요."

순식간에 농성장이 되었다. 다들 반장님을 따라서 외치기 시작했다.

"저거 가짜야 가짜, 사이비 다 사이비... 자격증 갖고 와라 ..."

졸지에 사이비(?)가 되었다. 적군에게 포위된 기분이었다. 대답 한 번 못한거 뿐인데. 이정도로 사태가 심각할지 몰랐다. 어떻게 해야 할지 몰랐다. 그 때 반장님이 '도파민'에 대해 자세히 설명을 하기 시작했다. 도파민은 우리 뇌의 신경전달 물질로서 크게 세가지 신경망으로 이루어져있습니다. 도파민은 신경세포의 증식과 시냅스 연결을 촉진하는 중요한 역할을 하고 있죠 .. 깜짝 놀랐다. 교수님이 오신 줄 알았다. 도파민을 연구한 분 같았다. 쪽 팔렸다. 어떻게든 이 위기를 벗어나야만 했다. 안 그랬다간 여기서 쫓겨나게 생겼다.

"반장님께 박수 한 번 주세요."

와~ 여기저기서 환호성과 함께 우레와 같은 박수가 나왔다. 정신질환자 분들이라 잘 모를 거라 생각했는데 그게 아니었다. 정말 똑똑했다. 여러가지로 이 분들께 죄송했다. 이분들에게 솔직하게 말씀 드렸다.

"저 사이비 아니에요. 자격증 있습니다. 다음 주에 갖고 올게요."

비록 도파민에 대해 설명은 못해드렸지만 '도파민'을 직접 만들어 드려야겠다고 생각했다. 그래서 박장대소를 보여주었다. 하하하하하하하~ 발을 구르며 온 몸을 흔들며 미친 듯이 웃었다. 하하하하하하하~ 바닥에 데굴데굴 구르며 웃었다. 하하하하하하하~ 다들 나를 '미친놈'으로 보는 것 같았다. 그리고 성대모사로 유명인사분들의 축하 메세지를 전했다.

먼저 머리 빡빡 깎고 강의하시는 '도올 김용옥 교수님' 성대모사를 했다.

"에~ 일하지 않는 자, 먹지도 마라! 웃지 않는 자, 나오지 마라 이거야~ 지구상에 웃는 동물은 사람밖에 없다. 사람만이 웃을 수 있다. 사람다운 사람일수록 잘 웃는다. 웃지 않는 사람은 사람도 아니다! 돌이다 이거야~"

다음은 '신바람 건강박사 황수관 박사님'

"오늘 분위기 '황'이다. 하루에 열 번 이상 웃는 사람은 의사를 멀리할 수 있다. 건강하기 위해서 의사를 찾지 말고 황수관(웃음)을 찾아라. 크게 웃으면 보약 한 채 드신 겁니다. 작게 웃으면 중국산 보약 드신 겁니다. 안 웃으면 그냥 나이 드신 겁니다. 분위기 황이다~."

마지막으로 '개그맨 최양락씨 성대모사'

"안녕하십니~까(?) 개그맨 최 ~ 양락입니다이요잇~ 옛말에 웃으면 미스코리아, 안 웃으면 별꼬리랴.

오 신이시여! 이들을 축복해주시옵소서 세셰셰~ 날라리아~"

여기저기서 웃기 시작했다. 반장님이 성대모사를 듣고 나에게 말했다.

"그건 똑같네!"

반장님에게 칭찬을 듣다니 이렇게 기쁜 일이~ 성대모사로 많이 진정이 되었다. 웃음은 안정제이고, 진정제이고, 회복제다. 웃으면 세상이 함께 웃고 울면 질병이 따라 웃는다.(르네뒤보)가끔 건강하고 싶으면 가끔 웃자! 항상 건강하고 싶으면 항상 웃자! 웃음은 보약이고 최고의 무기다!

웃음치료가 끝나고 센터장님, 직원분들과 인사를 나누고 빠져 나왔다. 후~

며칠 후, ㅎ웃음센터 김OO 팀장님한테 전화가 왔다.

"고 강사(필자), 거기 담당자가 그러는데, 다음 주부터 딴 사람 보내라는데, 정신 이상한 사람이 왔다고 얘들이 2층에서 뛰어내릴 거 같대... ..."

"넹&$?!"

짤릴 지는 몰랐다. 봉사도 짤렸다. 나보고 정신 이상한 사람이라니.. 정말 정신 이상한 사람들이다. 옛말에 '미쳐야 산다'고 했는데 나는 미쳐서 짤렸다. 그 분들 기대에 못 미쳐서 짤린 것 같다. 더 미쳐야 겠다. 도파민을 더 파야겠다. 도파민 반장님과 여러분 모두 건강한 모습으로 또 뵐 때까지 차려! 정신 차려! 건강 차려! 항상 건강하고 행복하기 바란다.

'정말로 행복한 사람들은 봉사하는 사람이다' -알버트 슈바이처

'남을 행복하게 할 수 있는 자만이 행복을 얻을 수 있다' -플라톤

⫼⫼⫼ 은혜 갚은 까치처럼 똑까치 살자

엄마가 농협을 가는데 4층 아줌마가 나무 아래서 뭔가를 들여다보고 있었다고 했다. 엄마가 가까이 가서 봤더니 까치 새끼가 나무 위에서 떨어져 있었다고 했다. 엄마는 까치 새끼를 처음 봤다고 했다. 나는 까치가 떨어졌다는 얘기를 처음 들었다. 엄마는 까치 새끼가 너무 귀엽다고 했다. 4층 아줌마와 엄마는 까치 새끼를 구해주려고 하는데 까치 엄마(?)가 자기 새끼한테 접근하지

못하게 엄마와 아줌마 머리를 마구 쪼아댔다고 했다. 마치 유기견 구해줄 때와 똑같은 상황이다. 사람들이 구해주려고 하는데 유기견은 자기를 해치려는 줄 알고 도망을 친다. 까치가 계속 공격을 하자 4층 아줌마는 볼일이 있다며 먼저 내려갔다. 엄마도 구해주다가 도저히 안 돼서 내려가고 있었다. 그런데 까치가 엄마를 계속 따라오며 엄마 머리를 계속 쪼아댔다. 엄마는 쪼아대는 까치한테 '저리 안 가?! 왜 이렇게 귀찮게 해, 지 새끼를 구해주려고 했더니 나를 공격을 해' 까치한테 원망과 불평을 할 수도 있었다. 그런데 엄마는 이런 생각이 들었다고 했다. 이 어미 까치가 '나한테 구해달라고 하는 구나' 라고 긍정적으로 생각했다.

엄마가 농협에서 볼 일을 보고 집으로 올라오다가 아까 까치 떨어진 곳에 다시 가 보았다고 했다. 거기서 사람들한테 새끼 까치에 대해 얘기를 들었다고 했다. 어떤 아줌마가 새끼 까치를 보고 119에 신고했다고 했다. 119 구조대원들이 와서 사다리 2개를 가지고 나무 위(둥지)에다가 안전하게 새끼 까치를 올려 주었다고 했다. 조금만 늦었으면 길고양이나 뱀에게 잡혀 먹힐 수도 있었을 텐데 천만 다행이었다. 엄마는 까치가 구조되어서 정말 기뻐하셨다. 엄마는 119에 전화한다는 생각을 왜 못 했지? 하며 그 날을 회상했다.

ㅍ 이벤트 배OO실장님하고 지방에서 행사를 마치고 밤 12시가 넘어 실장님 집에 도착했다. 너무 늦은 시간이라 지하철이 끊

겨 할 수 없이 실장님 집에서 하룻밤 묵게 되었다.

실장님한테 내일 아침에 일찍 먼저 가겠다고 말씀드리고 다음 날 새벽 조용히 집을 나왔다.

실장님 있는 곳(병점)에서 버스를 타고 금정역에 가서 중앙선으로 갈아타야 했다.

버스를 타고 가다가 너무 피곤해서 깜박 잠이 들었다. 눈을 떠 보니 내려야 할 금정역을 한참 지나 광명 종점까지 갔다. 여기는 주변에 산도 없고 집도 없고 허허~벌판 이었다. 그냥 버스차고지만 딸랑 있었다.

금정역까지 다시 가려면 40분 정도 더 가야 했다. 서둘러 광명 종점에서 다시 버스를 탔다. 이번엔 졸지 않고 제대로 금정역에 내렸다. 지하철 노선을 보려고 스마트폰(핸드폰)을 찾는데 스마트폰이 보이지 않았다. 아무리 찾아도 없었다. 큰일이다. 어디다 놓고 내린 건지 알 수가 없었다. 어디서부터 찾아야 하는지, 어떻게 해야 되는지 앞이 깜깜했다.

빨리 광명 차고지로 다시 가보기로 했다. 광명 차고지에 도착해 분실물센터로 달려갔다. 버스기사님에게 핸드폰 들어온 게 있냐고 물어보았더니 아직 없다고 했다.

기사님은 너무 일찍 와서 핸드폰이 안 들어왔을지 모르니까 이따가 다시 한 번 들러보라고 했다. 알겠다고 대답하고 핸드폰 찾으면 꼭 좀 연락해달라고 간곡히 부탁을 드리고 나왔다.

핸드폰 위치를 찾아보기 위해 물어물어 k 통신사를 찾아 갔다.

그런데 핸드폰이 꺼져 있어서 확인할 수가 없다고 했다. 꼭 찾아야 한다. 잃어버리면 안 된다. 그 안에는 소중한 추억이 들어 있었다. 우리 가족하고 같이 살았던 내가 사랑하는 동생 강아지 '쫑'하고 '복이 동영상'이 들어 있기 때문이다. 핸드폰을 잃어버린 게 문제가 아니라 우리 '복이' 하고 '쫑' 을 잃어버렸다는 죄책감 때문에 더 마음이 아프고 미안했다.

빨리 광명 차고지로 다시 가보기로 했다. 버스를 타고 차고지에 도착 할 때까지 계속 하나님께 기도를 드렸다.

'제발 핸드폰이 있기를 .. 우리 '쫑' 우리 '복이'를 꼭 만날 수 있기를 ... 하나님 죄송합니다'

드디어, 광명 차고지에 도착했다.

버스에서 내리자마자 분실물센터를 보았다. 눈 앞에 놀라운 일이 벌어졌다. 산도 없는 이 곳에 '까치' 한 마리가 문 앞에 서 있었다.

아침에 까치를 보면 재수가 좋다고 하는데 .. 기분이 '조(朝)'까치 좋았다.

산도 없는 이곳에 까치가 있다니, 정말 놀랍고 신기했다. 좋은 소식이 있을 것 같았다.

　재빨리 분실물센터 안으로 들어갔다. 아침 일찍 뵈었던 기사님이 다시 찾아온 나에게 말했다.

"이 하얀색 핸드폰 맞아?"
"네! 그거 맞아요. 감사합니다. 감사합니다. 감사합니다."

　기사님들한테 큰 절을 올렸다. 그리고 밖에 나가 큰 소리로 세 번을 외쳤다.

"하나님 감사합니다. 하나님 감사합니다. 하나님 감사합니다"
'까치'가 내 핸드폰을 물어다 준 것만 같았다. 핸드폰은 나에게 정말 소중하고 가치 있는 것이다. 이 소중한 핸드폰(추억)을 찾아 준 고마운 '까치'처럼 나도 '똑까치' 사람들에게 더욱 더 큰 즐거움과 행복을 주는 가치 있는 사람이 되어야겠다. 최고의 가치를 찾아 준 까치에게 이 글을 빌어 다시 한 번 감사의 말을 전한다!

　성공한 사람이 되려 하지 말고
　가치 있는 사람이 되라. ‑아인슈타인

　내가 이 세상에 살았으므로 해서
　단 한 사람이라도 행복해졌다면 이것이 진정한 성공이요.
　가치 있는 삶이다. ‑에머슨

　핸드폰을 또 잃어버릴까봐 핸드폰 뒤에다가 '2가지'를 적어

가지고 다닌다.

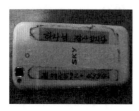

1. 하나님 감사합니다.

2. 집 전화번호.

(잃어버렸다가 다시 찾은 핸드폰, 핸드폰에 뒤에 써 놓은 글씨)

핸드폰을 잃어버렸다가 다시 찾은 뒤로는 어디 갈 때나 일이 끝났을 때 '뭐 빠뜨린게 있나 없나.' 항상 확인하고 마무리하는 습관이 생겼다. 처음(시작)도 중요하지만 마무리(끝)가 더 중요하다. 잃어 버리면 다 소용이 없기 때문이다.

'일의 끝이 시작보다 낫고.' -전도서 7:8

내가 지금까지 이렇게 잘 ~ 살아 올 수 있었던 것은 주변에 고마운 분들이 내 옆에 항상 있었기 때문이다. 우리는 그 은혜를 항상 잊지 말아야 한다. 가치있는 삶이란 나 혼자가 아닌 같이(가치) 더불어 행복하게 사는 것이다.

||||| **이것 또한 지나가리라**(출장뷔페)

헤라클래스(체격이 좋은)강사님이 출장뷔페 알바를 같이 하자며 연락이 왔다. 출장까지 가고 출세했다. 그렇게 강사님과 일주일 간 용인에 있는 '하O뷔페'에서 출장뷔페 알바를 같이 하게 됐다. 행사장에서나 맛있게 먹기만 했던 뷔페음식을 여기 와서 음식 만드는 일도 도우며 출장 배달도 하며 일을 해보니 보통 힘든 게 아니었다. '하O뷔페' 사장님, 사모님 그리고, 아줌마들까지 총 7, 8분이 일하고 계셨다. 아침 일찍부터 나와 음식을 준비하신다. 뷔페음식이 다 만들어지면 오후에 그 음식들을 냉장차에 싣고 행사장으로 가지고 간다. 행사장에 도착하면 만들어 온 음식을 세팅하고 행사가 다 끝날 때까지 대기한다. 행사가 다 끝나고 나면 그릇, 식기세트, 나머지 물건, 잔반을 수거해서 차에 실어 가지고 돌아온다. 밤 12시가 넘은 시간 아줌마들이 엄청난 양의 그릇들을 설거지를 한다. 설거지가 다 끝나고 나면 하루 일과가 모두 끝난다. 퇴근 시간은 행사장에서 행사가 끝나는 시간에 따라 차이가 있다. 보통 새벽 2시~3시 정도가 된다. 헤라클래스 강사님을 천호동 집까지 바래다 드리고 집에 오면 새벽 4시가 넘는다.

헤라클래스 강사님은 여기에서 일하는 사람들한테 내가 '웃음강사'라는 걸 미리 말했다고 했다. 아줌마들하고 같이 음식 준비하면서 아줌마들이 하는 얘기를 듣고 있었다. 그런데 얘기 내용이 전부 자궁, 임신, 출산, 생리, 배란, 월경, 불임 등의 얘기였다. 무슨 얘긴지 하나도 몰라 가만히 듣고만 있었다. 그러다 짬밥이 많은 아줌마가 나에게 물었다.

"현철씨는 왜 말이 없어?"

"뭘 알아야(?) 말을 하죠."

짬밥 많은 아줌마가 분위기를 이끌어 가다시피 했다. 아줌마
는 가만히 듣고 있던 나에게 다그치며 말했다.

"웃음강사가 너무 심각한 거 아니에요? 좀 웃겨주세요."

개그맨이 제일 듣기 싫어하는 말이 '너 한 번, 웃겨봐' 이 말
이다.

좀 들어주면 안 되는 건가? 꼭 웃겨야 되나? 웃겨주는 거보다
들어주는 게 더 힘들다. 그러면서 또 자기 자랑을 하셨다.

"강사님! 나 말 잘하지 않아요? 내가 말을 얼마나 잘하는데..."

아줌마에게 한마디 했다.

"말을 잘하는 게 아니라, 수다를 잘하시는 거에요."

듣고 있던 아줌마들이 폭소가 터졌다. 하하하하하하하하하~
말 잘한다는 아줌마도 배를 잡고 요절복통 하셨다. 하하하하
하하하~ 짬밥 많은 아줌마는 내 얘길 듣고 힘없이 말했다.

"나는 내가 지금까지 말을 잘 하는 사람인 줄 알고 살았는데..
수다를 잘 하는 거였구나."

그러더니 나에게 따지며 말했다.

"아니, 강사님... 사람을 죽이면 어떻게요?"

"죽이는 게 아니라 살려드리는 거에요."

듣고 있던 모두가 또 폭소했다. 하하하하하하하하하하~ 짬밥 많은 아줌마도 같이 폭소했다. 하하하하하하하하하~

"아줌마, 농담이에요. 하하하~"

힘들었지만 출장뷔페 식구들과 함께 한 행복한 일주일이 금방 지나갔다. 아줌마들은 새벽까지 힘들게 일하면서도 즐겁게 일했다. 출장뷔페 와서 많이 먹고 많이(수다)떨고 많이 배웠다. 이곳에서 일하시는 분들이 정성껏 음식을 만들어 최고의 음식을 출장뷔페 했던 것처럼 나도 더 푸짐하고 행복한 웃음으로 많은 사람들에게 출장웃음뷔페를 해야겠다.

우리에게 내일은 없다. 우리에게 기회는 없다. 내가 여기 또 언제 올지 모른다. 언제 갈지 모른다. 그러기에 언제나 최선을 다해야한다. 힘들어도 더 많이 웃고 더 많이 사랑하자. 즐거운 일도 힘든 일도 다 지나간다.

다윗 왕이 세공사를 불러 말했다.

"일이 잘 될 때 자만하지 않게, 일이 힘들 때 좌절하지 않게 하는 글을 반지에 새겨 오라!"

세공사는 딱히 생각이 나지 않아 지혜가 많은 '솔로몬'을 찾아가 물었다. 솔로몬은 반지에 구글(아홉 글자)을 적었다.

'이것 또한 지나가리라'

다윗 왕은 이 말을 평생 마음에 새기고 힘든 일들을 잘 이겨 냈다고 한다.

가장 중요한 때는 지금이고
가장 중요한 사람은 지금 만나는 사람이고
가장 중요한 일은 지금 만나는 사람들에게
선행(좋은 일)을 하는 것이다. -톨스토이

‖‖‖ 인사를 잘하면 유명인사 된다

자주 가는 단골식당에서 주먹밥을 시켰다.

"여기 주먹이요!"

주먹밥이 내 주먹보다 컸다. 크고 싸고 맛있고 든든해서 여기에 자주 온다. 주먹밥은 최고의 보양식이다.

주먹밥을 맛있게 먹고 있는데 어떤 젊은 아가씨(?)가 문을 열고 들어왔다. 그 아가씨가 들어오자 옆 테이블에 앉아 있던 꼬마가 일어나 큰 소리로 반갑게 인사를 했다.

"반가운 선생님, 안녕하세요."

주위에서 이 꼬마가 인사하는 걸 보고 다들 웃으며 귀엽다고 칭찬했다. 인사를 어쩌면 저렇게 귀엽게 잘 할까? 인사를 잘해서 나중에 유명인사 될 거다.

교회 중고등부 아이들 중에 노래를 정말 잘 하는 친구가 있다. 이 친구는 정말 팔방미인(八方美人)다. 성악에 재능이 많아 개인 레슨도 받고 진로도 이쪽으로 생각하고 있다. 또 인물도 좋고 공부도 잘하고, 노래도 잘하고, 피아노도 잘 치고, 그림도 잘 그리고 정말 못하는 게 없는 만능 재주꾼이다. 이 친구의 노래(성악)를 들어볼 기회가 있었는데 한국의 파파로티라고 해도 손색이 없을 정도로 고음이 굉장히 높이 올라갔다. 목소리가 얼마나 큰지 그 진동이 우리에게 큰 울림을 주었다. 쾅쾅쾅 쾅~ 어떻게 저런 작은 체구에서 엄청난 에너지가 뿜어져 나오는지 궁금했다. 또 학교에서는 선생님들이, 전교생이 다 알 정도로 유명했다. 대회에 나가서 상도 많이 탔다. 여기저기서 많은 초청을 받을 정도이니 정말 미래가 촉망되는 아이가 아닐 수 없다.

이 친구에게 한 가지 바라는 것이 있다. 다 잘 하는데 인사만 조금 더 잘 했으면 좋겠다. 인사 받으려고 하는 소리는 아니다. 나중에 인사 많이 받으라고 하는 소리다. 물론 아이들 때는 그럴 수 있다고 생각할 수 있다. 그러나 '세 살 버릇 여든까지 간다'는 속담처럼 어려서부터 인사 잘 하는 습관을 들여야 나중에 인사 많이 받는 훌륭한 사람이 될 수 있다. 성경말씀에 '남에게 대접을 받고자하는 대로 너희도 남을 대접하라.'(누가복음6:31)고 했다. 아무리 재능이 뛰어나다 하더라도 내가 인사를 하지 않는데 어떻게 남에게 인사를 기대하겠는가? 거울은 먼저 웃지 않는다. 내가 웃어야 거울도 웃는다. 인사를 받고 싶으면 내가 먼저 인사하는 것이 중요하다. 인사가 없으면 인사불성이다. 지구를 지키는 슈퍼맨이라 하더라도 인사불성이면 그는 영웅이 아니라 영(전혀)~ 마음에 탐탁지 않을 것이다. '예의는 남과 화목함을 으뜸으로 삼는다.'(논어) 이 친구를 위해 조용히 불러 말했다.

"인사 잘 하면 나중에 유명인사 된다. 다음에 나 만나서 인사하면 한 번 할 때마다 100원씩 준다. 알았지?"

친구는 시큰둥하게 대답하고는 집으로 갔다.

다음 주일 날, 이 친구가 나를 보고는 막 뛰어 오기 시작했다. 지난 주 내가 했던 말을 귀담아 듣고 나에게 인사하려고 멀리서부터 달려오고 있었다. 그 친구가 내 앞에 오더니 숨을 헐떡거리며 나에게 인사를 했다.

"집사님, 안녕하세요. 안녕하세요. 안녕하세요!"

인사를 따발총으로 하기 시작했다.

"안녕하세 안녕하 안녕ㅎ 안녕 안녕 안ㄴ 안 아 ...."

갑자기 속도가 빨라졌다. 이제는 숫자를 세기 시작했다.

"25(스물 다섯) 26(스물 여섯) 27(스물 일곱) 28 29 30 31 32 33

34 35.."

"야, 지금 뭐하는 거야~ 그만 해! 됐어! 그만 안 해!?"

"41(마흔 하나) 42(마흔 둘) 43(마흔 셋) 44 45 46 47 48 49 50.."

인사를 한 번에 50번 했다. 뜨아~ 이 친구가 나에게 말했다.

"집사님, 50번 했으니까 5000원 주세요."

"헐~?!&$"

머리가 보통이 아니었다. 아니, 인사가 보통이 아니었다. 천재가 따로 없구나 생각이 들었다. 인사를 한 번 할 때마다 100원씩 준다고 했더니 한 번에 50번을 할 줄이야. 인사를 너무 잘해도 탈이다. 어떻게 해야 되나? 5000원을 줘야 되나? 말아야 되나? 걱정이 되었다.

친구에게 500원을 주었다. 그 다음부터 다시는 그 친구에게 돈 얘기를 하지 않는다.

마지막으로 이 친구한테 말해주었다.

"인사 잘 하면 나중에 유명인사 된다."

미국의 초대 대통령 조지 워싱턴이 각료들과 만찬을 즐기고 있었다. 그때 마침 조지 워싱턴 집에서 일하는 종이 들어와 대통령에게 인사를 했다. 인사를 받은 조지 워싱턴은 자리에서 일어나 종에게 답례 인사를 했다.

이를 지켜 보던 한 각료가 워싱턴에게 말했다.

"대통령 각하, 어떻게 한낱 종에게 일어나서 인사를 하십니까?"

조지 워싱턴은 미소를 지으며 그에게 말했다.

"내가 종보다 못하면 되겠는가?"

대통령이 될 사람은 평소에 대통령이 될 행동을 하고 유명인사가 될 사람은 평소에 인사를 잘한다. 사람은 자신이 생각한대로 타인도 나를 생각한다. 좋은 생각을 하면 좋은 열매(결과)를 나쁜 생각을 하면 나쁜 열매(결과)를 맺는다.

대저 그 마음의 생각이 어떠하면
그 위인(사람됨)도 그러한 즉. -잠언23:7

용인 수지 구청 옆 놀이터에서 찍은 사진

사람들에게 가장 '기억'에 오래 남는 방법이 있다. 바로, '인사'다. 인사는 '기억(ㄱ)'이다. 사람은 '기억력'이 좋아야 한다. 인사를 까먹는 '기억상실증'에 걸리지 말자.

'인사(人事)가 만사(萬事)다'라는 말이 있다. 인사(人事)를 잘하면 만사(萬事)가 잘 된다. 인사를 잘 하면 반드시 유명인사가 된다.

사람이 무엇으로 심든지 그대로 거두리라. -갈라디아서6:7

남에게 대접을 받고자하는 대로
너희도 남을 대접하라 -누가복음6:31

Part 5

우

웃긴 거를 보고 웃는 사람은 명이 길 ~ 다

작은 일에 최선을 다하자 | 잠자리는 죽어서도 날개를 접지 않는다 | 전화웃음전도사 '권 강사님' | '정신 차리자' 돌머리 | 조폭에게 순종하다 | 조폭 순종한 후, 방송에 나오다 | 조폭을 내편으로 만드는 방법 | '좌우명'이 평생을 '좌우'한다. | 최고가 되라! 살인청부업자와 길거리 데이트 | 포기하지 마라 절대 포기하지 마라 | 프로는 앞으로 잘 하는 사람이 프로다 | 피할 수 없는 고통은 유머로 피해라 | 하루를 보람있고 의미있게 사는 방법 | 행복 플러스! '바꿔치기 하라' | 힘들어 죽겠다가 아니라, 힘들어도 웃겠다!

ⅢⅢ 작은 일에 최선을 다하자

전노련(전국노점상연합)서부지역에서 춘계 야유회를 갔다. 레크리에이션 게임도 하고 보물찾기도 있었다. 보물찾기 선물이 대단했다. 1등은 홍삼선물세트, 2등은 건강 차 세트, 3등부터는 가족 식사권, 헬스장 이용권, 생활용품, 홍삼캔디 등 다양하고 푸짐했다. 보물을 찾기 위해 나무에도 올라가고 돌도 들춰 보고 두더지처럼 땅을 파기도 했다.

보물찾기는 산삼을 캐는 것과 같다. 찾기가 힘들다. 산삼 캐는 사람을 '심마니'라고 한다. 사람들이 '심마니'라고 하는 이유는? 심마니(힘 많이) 드니까! 이 산 저 산 찾으러 다니다 보니 힘 많이(심마니) 든다.

내가 사는 집 4층에 가구공장에 다니는 아저씨가 있다. 어느 날, 강원도 산에서 산삼 몇 뿌리를 캐 가지고 와서 4층으로 올라가시다가 엄마하고 계단에서 마주쳤다. 4층 아저씨가 산삼을 보여주며 엄마에게 말했다.

"냄새 한 번 맡아 보세요."

한 뿌리만 주시지.. 그나마 산삼 냄새라도 맡았으니 천만다행이다. 횡재한 거다. 4층 아저씨가 고마울 따름이다. 내가 사는 ㅎ주택에서 산삼을 캔 사람이 나왔다는 건, 훌륭한 인물이 나왔다는 것 보다 더 자랑스럽고 존경할 만 일이었다. 우리 주택은 산삼주택이다. 산삼을 봤을 때 심마니가 외치는 소리가 있다.

"심 ~ 봤다~"

왜 '산삼 봤다'라고 안하고 '심봤다'라고 할까? '산삼 봤다'고 외치면 산삼이라는 소리에 사람들이 벌떼처럼 몰려 올 것이다. 이 때가 (돈)벌 때니까! 그래서 '심봤다'라고 외치는 것이다.

잠시 후, 어떤 사람이 큰 소리로 외쳤다. '심 ~ 봤다' 홍삼을 캤다. 1등 보물을 찾은 것이다. 여기저기서 찾았다는 소리가 들렸다. 보물찾기 시간이 어느 덧 다 되어갔다. 찾지도 못하고 체력만 고갈되었다. 남들이 심봤다 라고 할 때, 나는 그들의 웃는 얼굴을 봤다. 마음을 비우기로 했다.

점심 먹고 보물찾기 시상이 있었다. 보물찾기 1등에게 선물로 홍삼선물세트가 주어졌다. 와~ 나는 1등 하신 분에게 어떻게 찾았냐고 물어 보았다. 그 분이 말하길, 땅에 버려진 '담뱃갑'을 을 주웠는데 그 안에 1등이 적힌 쪽지가 들어 있었다고 했다. 버려진 담뱃갑이 보물이었다. 이번 보물찾기 취지는 환경을 생각하자는 뜻에서 마련한 거라고 했다. '내 발 아래 황금(보물)이 묻혀있다'는 속담이 있다. 보물은 멀리 있는 게 아니라 아주 가까운데 있었다. 누가 보든 안 보든 평소에 환경을 생각하고 솔선수범 했기에 쉽게 보물을 찾을 수가 있었던 것이다. 순간의 선택이 평생을 좌우하기도 하지만, 평소에 잘하는 것이 평생을 좌우하기도 한다. 평소에 잘하면 기회가 왔을 때 쉽게 잡을 수 있다.

내 발 아래 장애물(걸림돌, 쓰레기, 눈..)이 있으면 치워 주자! 내 옆에 어려운 사람들이 있으면 도와주자! 이런 사람이 '선두 주자'다. 성경말씀에도 '주는 자가 복이 있다.'(사도행전20:35)고 했다. 작은 일에 진심으로 최선을 다할 때 거기에 보물이 숨어있다. 사람들이 보물을 찾듯이 사람들이 나를 찾게 될 것이다. 나를 존귀하게 여길 것이다.

새벽기도를 가려고 밖에 나왔는데 흰색 차 한 대가 차를 빼지 못하게 길을 막아 놓았다. 전화를 했다. 2번을 해도 받지를 않았다. 있다가 빼시겠지 생각하고 내 차(모닝)를 놔두고 두 발 자동차로(두 발로 뛰어) 교회를 갔다. 새벽기도가 끝나고 집에 와보니 그 차가 아직 그대로 있었다. 집에서 밥을 먹고 강의를 가기 위해 아침에 다시 나왔다. 3층에 사시는 개인택시 아저씨가 길을 막아 놓은 차 주인에게 전화를 했다. 역시 안 받았다. 불러도 나오지 않았다. 동네 사람들이 나와서 그 차 위에다 큰 쓰레기 봉투와 쓰레기를 잔뜩 올려 놓았다. 그리고 그 차(차 주인)에게 화를 내며 말했다.

"이거는 쓰레기야, 쓰레기차야."

'멀쩡한 차'만 졸지에 '쓰레기 차'가 되어 버렸다. 주인이 차(쓰레기)를 버린 것이나 다름없다. 차를 보물처럼 생각했다면 그렇

242

게 함부로 버리지(주차하지) 않았을 것이다. 차가 무슨 죄가 있다고.(?) 내게 가장 소중한 보물이 아무 쓸모 없는 고물이 되지 않도록 각별히 신경을 쓰자. '기똥차'가 되느냐, '쓰레기차'가 되느냐는 남을 생각하는 작은 배려에서부터 시작된다.

'포드'가 젊은 시절 자동차 회사에 면접을 보러 갔다. 면접장 안으로 들어갔는데 문 앞에 휴지가 떨어져 있었다. 포드는 휴지를 주워 쓰레기통에 버리려고 하는데 거기(휴지)에 이런 글씨가 적혀 있었다.

'축하합니다! 당신은 합격입니다!'

포드는 회사를 생각(사랑)하는 마음이 있었기 때문에 휴지를 주운 것이다. '복(福)'을 주운 것이다. 포드는 회사를 위해 작은 일에도 최선을 다하는 사람이었다. 그래서 버려진 휴지도 그냥 지나치지 않고 몸을 숙여 주운 것이다. 회사를 위해 몸바쳐 일하겠다는 것이다. 회사를 생각하는 그 마음이 버려진 휴지를 주움으로써 회사도 그를 버리지 않고 줍게(쓰게) 되었다.

채근담에 이런 말이 있다.

군자는 밝은 데서 죄를 짓지 않으려면 어두운 데서부터 조심해야 한다. 보이지 않는 곳에서 잘 할 때 보이는 곳에 반드시 좋은 열매로, 선한 열매로 나타날 것이다. 작은 일도 큰일처럼, 남의 일도 내 일처럼 할 때 장차 귀하게, 크게 쓰임 받는다

지극히 작은 것에 충성된 자는 큰 것에도 충성되고
지극히 작은 것에 불의한 자는 큰 것에도 불의하니라. -누가복음16:10

ⅢⅢ 잠자리는 죽어서도 날개를 접지 않는다

SBS방송아카데미 개그 연기과 2기 동기생들이 졸업 작품을 발표하는 날이다. 대학로에 있는 웃음연극공연단(스마일매니아)에서 졸업 작품을 발표하게 되었다. 동기들은 졸업 작품을 준비하기 위해 알바가 끝나면 틈틈이 시간 날 때마다 모여 개그 연습을 했다. 몇 달 동안 연습할 장소를 빌리거나 동기 집에 모여서 개그를 짜고 서로 연기 호흡을 맞추었다. 개그맨이 제일 싫어하는 부족이 있다고 한다. 바로, 아이디어 부족(?)이다. 아이디어를 짜내기 위해 머리를 쥐어짜야만 했다. 부족하지만 최선을 다했다. 남의 것을 훔치는 사람을 도둑이라고 한다, 그러나 개그맨은 남의 슬픔(우울증)을 훔치는 착한 도둑이다. 개그맨은 웃기는 사람들이다. 또 착한 사람들이다. 사람들을 어떻게 하면 웃길까? ♫앉으나 서나 개그(관객) 생각~ 사람들이 웃는 모습을 생각하며 하루 하루 즐겁게 준비했다. 동기들 대표로 내가 사전 MC를 맡았다. 하늘엔 영광 땅에는 축복이었다. 또, KBS코미디 연예대상 코미디부문 여자 우수상을 수상했던 최고의 개그우먼 '허안나' 하고 같이 '코믹 차력쇼' 준비했다.

안나가 연습하면서 항상 말하는 게 있었다.

"오빠, 나 망가지는 거 잘하니까 막 다뤄도 돼!"

말은 막 해도 마음가짐은 너무 예뻤다. 안나는 망가지는 것을 잘 해서 부담이 없다.

나는 다른 동기들과 2개의 콩트를 더 했다. 모두 자기가 맡은 배역에 입을 의상, 콩트에 필요한 소품도 준비했다. '짜장면 집에서 생긴 일'에서 내가 맡은 역할은 '짜장면 배달원'이었다. 시각적 효과를 위해 철가방이 꼭 필요했다. 공연이 아침에 있어서 전 날, 동네 짜장면 집에서 미리 철가방을 부탁해 준비했다.

공연 당일 아침 일찍 철가방을 들고 나왔다. 버스를 탔다. 지하철을 탔다. 이제 방송만 타면 된다. 혜화역에 내려 10분 정도를 걸어 공연장에 도착했다. 이 날 많은 사람들이 객석에 자리했다. SBS방송 관계자 분들, 개그맨, 개그 연기과 1기 선배님들 그리고 우리 2기 동기생들 가족, 친구, 지인들을 초청해서 그 동안의 갈고 닦은 기량을 마음껏 보여주는 자리였다. 이 날 붕우유신 내 친구 지영이도 와주었다.

'짜장면 집에서 생긴 일' 코너를 보여 줄 차례였다. 배달원인 내가(필자) 철가방을 들고 들어오는 것부터 시작한다.

"(철가방을 들고 뛰어 들어오며)사장님, 배달 갔다 왔습니다. 사장님, 옆 집 카센타 김사장님이 저에게 '상'을 주더라구요."

"그래? 무슨 상?"

"외상!"

"(열 받아 한 바퀴 돈다)아따 돌겠네, 돌겠어!"

"야, '수금' 언제 해 올거야?"

"수금이요, 오늘은 월요일이니까 안 되고, 수요일하고 금요일에 '수금' 해 올게요."

"(열 받아 한 바퀴 돈다)아따 돌겠네, 돌겠어! 야, 요즘 장사도 안 되는데 무슨 대책 없냐?"

"사장님, 저한테 아주 좋은 방법이 있습니다."

"뭔데...?"

"(사장님 귀에 대고) 접죠!"

"아따 돌겠네, 돌겠어!"

개그 연기과 2기가 준비한 졸업 작품을 모두 마쳤다. 6개월 동안 준비하느라 고생한 동기들에게 아낌없는 격려와 박수를 보낸다.

'잠자리는 죽어서도 날개를 접지 않는다' -리삼월

지금 잠자리에 들면 꿈을 꾸지만 지금 노력하면 나중에 꿈을 이룬다. 이제 졸업하고 각 자의 길을 개척할 텐데 아무리 힘들고 어려운 일이 있더라도 '꿈'만은 접지 말자! 우리도 잠자리처럼 외줄타기를 해야 한다. 외로운 싸움을 해야 한다. 어떤 '외줄'이

라도 잠자리처럼 날개를 펴고 꿈을 향해 한 발 한 발 나아간다면
반드시 '잘 될 줄' 믿는다

외줄타기 하는 잠자리를 보았
다. 잠자리가 줄 위를 아슬아슬하
게 걷고 있었다. 와~

'잠자리' 중에서   -리삼월 (조선족 시인)

아, 너의 신념 그 얼마나 굳으면
죽어서도 날개를 접지 않느냐!

잠자리는 죽어서도 날개를 접지 않는다.
나 (   )은 죽어서도 날개를 접지 않는다.

**너는 잠자기를 좋아하지 말라 네가 빈궁하게 될까 두려우니라.
네 눈을 뜨라 그리하면 양식이 족하니라.** -잠언20:13

**꿈꾸는 자는 그 꿈을 이룰 수 있다.
언제나 기억하라 이 모든 것들이 하나의 꿈과
한 마리의 쥐로 시작되었다는 것을!** -월트 디즈니

꿈을 계속 간직하고 있으면 반드시 실현할 때가 온다 -괴테

**당신이 할 수 있는 가장 큰 모험은
당신이 꿈꾸는 삶을 사는 것이다** -오프라윈프리

‖‖‖ 전화웃음전도사 ‘권 강사님’

전화할 때마다 항상 내 목소리가 듣고 싶다고, 내 얼굴이 보고 싶다고 하시는 ‘권 강사님’이 있다. 나는 그럴 때마다 ‘제, 목소리 녹음해서 들으세요’라고 했다. 또 내 얼굴을 보고 싶다고 해서 ‘하늘 보세요. 제 얼굴 하루 종일 볼 수 있습니다. 하하하~’

저녁 늦게 ‘권 강사님’의 전화가 걸려왔다. 강사님은 나에게 자주 이 노래를 불러주신다.

♬메칸더 메칸더 메칸더 브V이
랄라랄라랄랄랄라 공격개시~

전화로 이렇게 세레나데(저녁음악)를 들려 준 사람은 ‘권 강사님’이 최초다. 처음으로 이 노래를 들었을 때 조금 쑥스럽기도 하고 기분이 이상했다. 그래도 나를 위해서 이렇게 멋진 노래를 들려주셨는데 기쁘고 감사할 따름이다.

다음 날 ‘권 강사님’의 전화가 또 걸려왔다. 전화를 받자마자 노래 소리가 들렸다.

♬메칸더 메칸더 메칸더 브V이
랄라랄라랄라랄라 웃음개시~ 하하하하~

처음에 불렀을 때는 노래 끝에 ‘공격개시’였는데, 오늘은 ‘웃

248

음개시'로 리메이크해서 불렀다. 권 강사님이 노래가 끝나자마자 나한테 물어보았다.

"강사님, '웃음개시' 괜찮지 않아요?"
"좋은데요!? 벌써 2집 내셨네요! 축하합니다. 하하하~"

처음에는 강사님의 노래를 듣기만 했는데 언젠가 부터는 노래를 따라 부르게 되었다.

며칠 후, 강사님은 노래 3집을 발표하셨다. '메칸더' 대신에 '강사님'을 넣어서 불러주셨다.

♬강사님(메칸더)강사님(메칸더)강사님(메칸더)브이
랄라랄라랄랄랄라 웃음개시 하하하하~

노래를 듣고 권 강사님한테 말했다.

"저한테 들려주긴 너무 아까운데요? 여자 분에게 들려줘야 되는데... 강사님 빨리 좋은 여자분 만나세요!"

다음날, 강사님한테 또 전화가 왔다. 역시 멋진 세레나데를 들려주셨다. 그런데 여기서 끝난 게 아니었다. 강사님 노래가 끝나자마자 후식(디저트)이 나왔다.

"강사님, 우리 같이 웃어 볼까요? 하하하하하하하~"

나는 억지로 웃었다. 하하하하하하하하~

억지로 웃었더니 역수로 기분이 좋았다. 행복해서 웃는 게 아니라 웃으니까 행복해졌다.

권 강사님은 오늘 점심에 '오이'를 먹었다며 갑자기 나에게 '오이' 이행시를 부탁했다.

"(감탄하며)오 잇~ 갑자기 무슨 이행시예요?"

강사님이 곧바로 운을 띄워주었다.

"오?"
"오늘이 가장 행복한 날입니다."
"이?"
"이렇게 강사님과 통화할 수 있으니까요. 하하하하~"

강사님은 재미있다며 같이 박장대소 해주었다. 하하하하하하하~

강사님한테 복수하기로 했다. 똑같이 '오이'로 이행시를 부탁했다.

"강사님, '오이' 운 띄워 드릴게요!"
강사님은 놀라며 잠깐만 기다려 달라고 했다. 5초 후,

"(비장한 각오를 하며)네, 시작하겠습니다. 운을 띄워 주시죠?"
"오?"
"오리를 먹으면!"

"이?"

"이뻐져요. 하하하하하하하~"

정말 오이(어이)가 없었다. 하하하~

강사님 '오이' 이행시를 듣고 재미있는 아이디어가 떠올라 다시 부탁했다.

"강사님, 저한테 다시 '오이' 운을 띄워 주세요!"

"오?"

"오리를 먹으면!" "이?"

"이효리(이 오리)됩니다. 하하하하~"

강사님이 이효리(?)에 빵 터졌다. 하하하하하하하하하하하하하하하하하하하하하~

'전화위복'이란 권 강사님을 두고 하는 말이다.

'전화'로

'위'로와

'복'을 주는 사람!

강사님! 항상 전화로 위로와 복을 주셔서 감사합니다.

저도 전화웃음전도 열심히 하겠습니다.

전화기의 목적은 행복 전하기다. 강사님은 전화로 웃음과 행복을 전하는 최초의 '전화웃음전도사'다.

가장 행복한 사람은
가장 많은 사람을 행복하게 해준 사람이다. –알버트 슈바이처

⫼⫼⫼ '정신 차리자' 돌머리

머리가 무거워 공부에 집중이 안 되었다. 머리가 왜 이렇게 무거지? 누구한테 물어보면 '돌머리'라고 할까봐 그냥 있었다. 보통 배가 나온 이유는 밥을 10그릇 먹었거나 임신 했거나 두 가지다. 머리가 무거운 이유도 두 가지다. 돌머리거나 박사머리다.(공부를 엄청 많이 해서 머리에 지식이 꽉 차서 무겁다.)

어떤 사람은 길을 가다가 머리가 무거워서 거울을 봤더니 머리 위에 비둘기가 앉아 있었다고 했다. 내 머리엔 든 것도 없는데 왜 무겁지? 너무 피곤해서 그런가? 이유가 궁금해 큰 병원에 가보기로 했다. 병원에 도착해 상담(안내)하시는 분한테 여쭤 보았다.

"머리가 무거워서 집중이 잘 안 되거든요. '어느 과'에 가면 돼요?"

"'정신과' 가 보세요."

"엥?!&$"

'정신과'에 가 보라는 말에 '정신'이 번쩍 들었다. 멀쩡한 사람을 정신과로 보내다니.. 상담하시는 분이 제 정신이 아닌 것 같

았다. 많이 피곤해 보였다.

마음이 내키지 않아 병원을 빠져 나왔다. 정신을 차릴 겸, 근처 커피숍으로 갔다. 차를 시켰는데 찻잔에 '정신차리자'가 써 있었다. 오~

'이거 먹고 정신 차렸다.'

건설 현장에 막노동을 하러 갔다. 높은 건물위에 올라가 낙하물이 아래(인도)로 떨어지지 않게 낙하물 방지 망을 설치하는 작업을 하게 되었다. 처음에는 무서워서 올라가기가 엄두가 나지 않았다. 그래서 그냥 갈까 하다가 여기서 포기하고 그냥 가면 앞으로 어떤 일도 못할 것 같았다. 그래서 참고 하기로 했다. 3층 높이에 올라갔는데 정말 아찔했다. 그리고 잠시 뒤, 더 아찔한 일이 벌어졌다. 안경이 낙하물 방지 망(그물)에 걸려 안경이 밑으로 떨어졌다. 으악~ 안경이 내 대신 떨어졌다. 내려가서 확인해 보니 안경알 하나가 깨졌다. 두 개가 안 깨진 게 기적이다. 그렇게 한 쪽 눈알 가지고 무사히 일을 마쳤다. 일이 끝나고 깨진 안경 값을 물어 달라고 했더니 다음부턴 정신 차리고 조심해서 일하라고만 했다.

구리시 수택동에 체육관을 짓는 곳에서 포크레인 데모도를

하러 갔다.(데모도 : 공사장에서 기능공을 도와 함께 일을 하는 조공. 네이버사전) 큰 포크레인 한 대가 5M정도 아래에서 땅(흙)을 고르고 있었다. 나는 포크레인이 일하는 바로 위에서 작업을 했다. 발판에 올라가 쭉 다니면서 톱을 가지고 외벽(겉)에 튀어 나온 것들을 깨끗이 제거하고 있었다.

그런데 갑자기, 포크레인이 바가지를 위로 들더니 내가 일하고 있는 쪽으로 오고 있었다. 어떻게 할 수가 없었다. 바가지가 내 앞에까지 왔다. 결국 내 머리에 닿고(?) 딱 멈춰섰다. 충격으로 그 자리에 누워있었다. 내가 살아있다니.. 내 앞에서 바가지가 멈춘 것은 정말 하늘의 기적이었다. 포크레인 바가지로 계속 쓸고 갔다면 나는 5M 높이에서 떨어져 죽었을 것이다. 포크레인 기사님이 위에 사람(필자)이 있는 것을 몰랐던지, 있는 것을 깜박한 것 같았다. 나는 일어나지 못하고 멍하니 누워서 하늘을 바라보았다. 잠시 후, 현장 소장님과 작업반장님, 포크레인 기사님, 일하는 분들이 달려왔다. 다들 놀라며 나한테 '괜찮냐?'고 물어보았다. 나는 괜찮다고 했지만 소장님은 그래도 병원 가보는 게 좋을 것 같다며 반장님 차를 타고 같이 H대학병원으로 갔다. 뇌 사진을 찍었는데 다행히 '뇌'에는 아무 이상이 없었다. 머리만 조금 어지러웠다. 그 때 비로소 깨달았다. 내 머리가 '돌머리'였다는 사실을!

머리는 공부할 때만 쓰는 게 아니다. 이럴 때 쓰는 거다. 방패로 말이다. 머리에 든 것도 중요하지만 머리가 단단한 것은 더 중요하다. 내 머리의 99%는 돌이다. 수석(壽石)이다. 좋은 대학에 수석(首席)으로 합격하는 것도 좋겠지만 포크레인 바가지(위기)에 수석(壽石)으로 살아난 것이 더 감사하고 행복했다. '돌머리'도 다 쓸 때가 있다. 포크레인 바가지가 내 머리에 닿고 딱 멈췄다니.. 심장이 안 멈춘게 얼마나 감사한지 모른다.

심장이 멈출 때까지 도전을 멈추지 않겠다. 아인슈타인은 지식보다 더 중요한 것이 상상력이라고 말했다. 그러나 나는 이렇게 말하고 싶다.

지식보다 더 중요한 것은 정신력이다. 건전한 정신에서 건강한 육체가 나온다. 슈퍼맨이 아무리 힘이 좋아도 정신 못차리면 또라이다. 아무리 머리가 좋아도 정신 못차리면 무용지물이다. 비록 돌머리지만 정신차리면 살아날 수가 있다. 아는 게 힘이 아니라 (머리)쓰는 게 힘이다. 돌머리도 다 쓸 때가 있다!

어제와 똑같이 살면서 다른 미래를 기대하는 것은
정신병 초기증세다 –아인슈타인

내가 잘 뛸 수 있었던 것은 폐활량(체력)이 아니라
강인한 정신력이다 –황영조

달팽이는 몸도 작고 걸음도 느리지만 잘하는 것이 하나 있다.
아름다운 흔적을 남기는 것이다 –다세연

평온한 바다는 결코 유능한 뱃사람을 만들 수 없다 -영국 속담

⁞⁞⁞⁞⁞ 조폭에게 순종하다

신촌에 사는 사촌형이 오랫동안 떡볶이 장사를 하고 있었다. 사촌형에게 나도 장사를 하고 싶다고 말했다. 사촌형의 도움으로 이대역 2번 출구 대로변에서 노점상을 하게 되었다.

장사하면서 여러 애로사항이 있었지만 그 중에서 단속이 가장 큰 문제였다. 언제 들이닥칠지 모르기 때문에 항상 마음을 졸이며 장사를 했다. 장사하다가 갑자기 단속반이 들이닥치면 중간에 접고 도망을 갔다. 마차를 뺏기면 당분간 장사를 할 수 없기 때문이었다. 생존권을 위해 목숨을 걸고 거리 시위를 했다. 차가 다니는 도로에 누워 있기도 했다. 어떤 날은 집에서 장사 준비를 다 해가지고 이대에 도착했는데 장사하는 분들이 오늘 단속 나온다고 해서 4일 연장 장사도 못하고 남양주에서 이대까지(1시간 20분) 왔다 갔다만 한 적도 있었다.

장사하면서 상호간에 지켜야 하는 게 있었다. 바로, '상도덕'이다. 예를 들어, 내가 닭꼬치 파는데 같은 라인에서 똑같은 닭꼬치를 팔면 안 된다는 것이다. 품목이 서로 겹치면 안 된다. 이것 때문에 사람들이 다투는 경우가 많이 있다. 우리가 잘 아는 '표절'을 생각하면 쉬울 것 같다. 남의 것을 몰래 마치 자기 것처

럼 도용하는 것 말이다. 이렇게 상도덕을 잘 지키면 '군자', 안 지키면 '상놈'이다. 남에게 피해를 주는 행위를 하지 말아야 한다.

무엇을 만들어 팔아야 할지 여기저기 시장조사도 해보았다. 그런데 마땅히 할 만한 게 없었다. 이대 한 바퀴를 쭉 ~ 둘러보았다. 정말 다양한 먹거리들이 있었다. 다행스럽게도 내가 장사하는 라인에는 꼬치가 없었다. 그래서 얼른 냉큼 바로 잽싸게 후 다닭 하기로 했다.

서둘러 영등포시장에서 마차를 제작했다. 사촌형이 영등포시장에서 물건 도매상을 하는 승재 형님을 소개시켜줬다. 장사할 물건(재료)을 사가지고 집에서 만들기 시작했다. 소세지, 떡갈비, 핫바, 어묵 꼬치를 만들다가 아이디어가 떠올랐다. 이 다양한 꼬치들을 한 번에 먹을 수 있는 모듬 꼬치를 만들면 좋을 것 같았다. 그래서 가래떡을 추가해 총 5가지 음식을 한 꼬지에 먹을 수 있는 '떡모듬꼬치'를 개발했다. 5가지 재료를 균등하게 잘 잘라서 한 꼬지에다 꽂아 놓았다. 드디어 '떡모듬꼬치'가 완성이 되었다. 그렇게 장사할 꼬치(물건)들을 다 만들어 차(라보 탑차)에 싣고 이대로 향했다.

이대에 도착해서 내 자리에다 장사 할 물건을 내려놓았다. 그리고 주차장에 차를 주차시키고 다시 마차를 끌고 내 자리로 올라왔다. 다른 분들도 장사 준비를 하고 있었다. 본격적인 장사가 시작되었다. 집에서 만들어 온 5가지 다양한 꼬치들을 먹음직스럽게 꺼내 놓았다. 사람들이 몰리기 시작했다. 반응이 좋았다. 손님들이 맛있다고 칭찬도 많이 해주셨다. 특히 '떡모듬꼬치' 가 가장 인기가 좋았다. 단골손님도 많이 생겨났다. 그렇게 장사가 잘 되어가고 있었다. 그런데 어느 날부터인가 꼬치가 점점 안 나 가기 시작했다. 나는 '경기가 안 좋아서 그런가..' 그렇게만 생각 하고 있었다. 그러던 어느 날, 아래에서 양말 파시는 이모님이 올라오셔서 이런 말씀을 해주셨다.

"요즘 꼬치 잘 안 되지? 위에서 정씨네가 자네거랑 똑같이 하 니까 한 번 올라가봐."

이모님 말씀을 듣고 정말 어이가 없었다. 설마 똑같은 것을 따 라할 거라고는 상상도 하지 못했다. 어떻게 이럴 수가.. 같은 라 인에서 분명 똑같은 품목은 하지 못하게 되어 있는데, 그래서 나 도 그것(상도덕)을 지키려고 시장조사도 다니고 고민도 많이 했던 건데.. 믿는 도끼에 발등이 찍혔다.

나는 장사하면서 내 자리를 한 번도 벗어난(떠난) 적이 없다. 화장실도 장사 시작하기 전, 한 번 다녀오고 끝날때까지 가지 않 았다. 손님을 한명이라도 놓칠까봐 자리를 떠나지 않았다. 앉아 서 쉰 적도 없다. 앉아 있으면 모양새도 안 좋고 손님이 안 올 것 같아서 손님이 있으나 없으나 항상 서 있었다. 내 신조는 '앉아 있지 말자'다

양말 이모님 말씀대로 위에 정씨네 로 가서 확인해보기로 했

다. 그런데 정말 똑같이 꼬치들을 팔고 있었다. '정씨 아저씨'는 처음 내가 둘러보았을 때는 떡볶이를 팔고 있었다. 정씨 아저씨 한테 꼬치꼬치 따져 물었다.

"제가 꼬치 팔고 있는 거 다 아는데 똑같이 따라 해도 되는 거 예요?"

정씨 아저씨는 '영업방해 하지 말고 빨리 내려가라'고 했다. 어떻게 할 수가 없었다. 자리로 다시 내려왔다.

'나 보고 영업방해 라니... 내 장사를 방해한 게 누군데..'

누구 하나 정씨 아저씨한테 뭐라고 하는 사람이 없었다. 어디 가서 하소연할 때도 없었다.

잠시 후, 한 통의 전화가 걸려왔다. 상가건물 지하로 지금 내려오라는 것이다.

'도대체 누구지?'

건물지하로 내려갔다. 문을 열고 들어갔는데 안이 어두웠고 분위기가 으스스했다. 그때 마침, '조폭'처럼 생긴 사람이 내 앞에 오더니 말했다.

"니가 꼬치 파는 사람이야?"

"(조심스럽게 대답했다)네."

조폭은 더 묻지도 않고 나에게 말했다.

"내려."

나는 크게 대답했다.

"네 알겠습니다!"

안 내리면 죽을 것 같았다. 살기 위해(?) 꼬치를 내리게 되었다. 정씨네가 조폭하고 깊은 연관이 있는 것 같았다. 그렇게 내 꼬치(장사)를 정씨네에게 고스란히 빼앗기고 말았다.

빼앗긴 들에도 봄은 오는가? (이상화 님)
빼앗긴 내게도 봄은 오는가?

빼앗긴 꼬치(광복)를 다시 찾을 때 까지 참고 더 좋은 것을 찾아 보기로 했다.

승자의 주머니 속에는 꿈이 있고
패자의 주머니 속에는 욕심이 있다 -탈무드

어떤 상황에서도 계속하는 것이
보통 사람의 인생을 특별하게 만든다 -폴포츠

대저 의인은 일곱 번 넘어져도
다시 일어나려니와
악인은 재앙으로 말미암아 엎드러지느니라 -잠언24:16

ⅢⅢ 조폭 순종한 후, 방송에 나오다

꼬치를 내리고 마음도 다 내려놓았다. 꼬치보다 더 좋은 것을 찾아야 했다. 누구도 따라하지 못하는 걸 해야 했다. 새로운 마음으로 다시 시장조사를 나갔다. 서울 여러 곳을 다녀봤는데 새로운 것들이 많이 있었다. 보기에는 좋은데 내 자리에서 하기에는 어려움이 있었다. 마지막으로 종로 쪽을 가 보았다. 종로 3가를 지나가다가 몇 번(?) 출구인지는 모르겠는데 횡단보도 건너편에 노점상이 하나 있었다. 사람들이 많이 모여 구경을 하고 있었다. 빨리 그 곳으로 가보았다. 마차 위 플랜카드에는 '크레페'라고 쓰여 있었다. 말쑥하게 차려입은 사장님이 불판에다가 무언가를 정신없이(?) 만들고 있었다. 손놀림이 장난이 아니었다. 완전 전문가(달인)처럼 보였다. 반죽을 불판위에 여러 개를 부은 다음 숟가락으로 얇게 부쳐 동그랗게 모양을 만든다. 노릇노릇하게 구워지면 손으로 돌돌 말아 그 속에다 다양한 속재료를 채워 얹으면 크레페가 완성이 되었다.

우와~ 정말 신기했다. 나도 이렇게 크레페를 만들어 보고 싶었다. 이건 누구도 못 따라 할 것 같았다. 나한테 딱 맞는 것 같았다. 사장님한테 꼭 배우고 싶다고 말씀드렸다. 사장님은 절대 안 가르쳐준다고 하셨다. 크레페 만드는 사람은 전국에서 사장님 밖에 없다고 하셨다. 사장님이 허락하실 때까지 여기 나와서 계속 일을 도와드렸다. 배울 수만 있다면 뭐든 다 했다. 사장님께 꼭 좀 가르쳐 달라고 간곡히 부탁을 드렸다. 꼬치를 내리게 된 억울한 사정도 말씀드렸다. 사장님은 제 사정을 들으시고 크 레페 만드는 법을 가르쳐주셨다.

영등포 시장에 가서 크레페 장사하기 위한 마차를 새로 제작 했다. 그리고 남대문 도매시장에 들러 크레페 만들 필요한 물건(재료)들을 구입했다. 집에서 반죽을 만들어 프라이팬에 동그랗게 만드는 연습을 했다. 동그랗게 만드는 게 쉽지 않았다. 며칠 동 안 계속 이 연습만 했다.

며칠 뒤, 동그랗게 모양도 나오게 되었고 만드는 것에 자신 감이 생겼다. 반죽에 들어가는 중요한 재료가 하나 있는데 이 게 없으면 크레페 모양이 안 만들어진다. 이건 엄마한테도 안 가 르쳐줬다. 크레페 속에 들어갈 속재료(샐러드)를 만들었다. 콘 샐 러드, 감자샐러드, 야채샐러드, 치즈샐러드, 햄말이 케익 총 다 섯 가지다.

준비하는데 시간이 많이 걸렸다. 처음이라 조금 떨리긴 했지 만 기대가 많이 되었다. 마지막으로 현수막(플랜카드)에 뭐라고 쓸 까? 고민이 되었다. 무슨 크레페가 좋을까? ○○크레페, ○○○크 레페... 하다가 내 이름(고○철)을 따서 '고박사 크레페'로 하기로 했다. 드디어 장사 할 물건(고박사 크레페)을 차에 싣고 이대로 출 발했다. 레츠 고!

이대에 도착해 장사 할 준비를 했다. '고박사 크레페' 현수막도 달았다. 본격적으로 장사를 시작했다. 집에서 연습한대로 불판 위에 크레페를 만들었다. 사람들이 한 명, 두 명 오기 시작했다. 드시면서 이런 거 처음 본다며 신기하다고 했다. 상가매장에서도 나와서 '사장님, 메뉴가 바뀌셨네요'라며 포장을 해가셨다. 옆에서 장사하시는 분들이 오셔서 구경도 하시고 잘 만든다며 칭찬을 해주셨다.

그렇게 몇 달이 지나도 내꺼(크레페)를 따라하는 사람은 아무도 없었다. 그렇게 나만의 '고박사 크레페'로 온전히 자리 잡게되었다.

어느 날, 내가 장사하는 곳에 예쁜 '나비'가 날라 왔다. 나비는 잠시 쉬어가려는 듯 마차 위에 앉아 있었다. 나비를 보니 무척 반가웠다. 왠지 좋은 일이 일어날 것 같은 기분이 들었다. 어느 샌가 '나비'는 날아가고 없었다.

다음 날, 크레페를 만들고 있는데 누가 나한테 물었다.

"사장님이 이대 앞에서 유명하다는 크레페 사장님이 맞나요?"

"유명한지는 잘 모르겠구요, 제가 크레페 파는 사람은 맞습니다."

그 분은 'MBC 찾아라 맛있는 TV' PD라고 말했다. 사람들이 크레페가 맛있다고 해서 왔다 며 촬영을 해도 되겠냐고 물었다.

나는 '더 맛있는 것도 많은데 왜 저한테 왔느냐'고 했다. PD님은 꼭 부탁한다며 사정을 했다. 감사한 마음으로 촬영을 하기로 했다. PD님이 우리 집까지 오시기가 먼 것 같아서 근처에 마차를 보관해주시는 할머니께 여쭤보기로 했다. 할머니께서 흔쾌히 허락해주셔서 다음 날, 오전에 할머니 댁에서 촬영을 하기로 했다.

다음날 아침, 집에서 크레페 만들 물건들을 차(라보 탑차)에 싣고 할머니 댁에 도착했다. PD님과 카메라 감독님은 크레페 반죽 만드는 것부터 크레페에 들어갈 다섯 가지 샐러드 만드는 것, 장사하기까지의 모든 과정을 촬영했다. 할머니 댁에서 촬영을 다 마치고 장사 할 물건들을 차에 싣고 내 자리에 갖다 놓았다. 차를 다시 주차장에 주차시키고 마차를 끌고 내 자리로 올라왔다. 크레페 장사 할 준비를 다 마치고 본격적으로 장사를 시작했다. 손님들이 오기 시작했다. PD님은 내가 크레페 만드는 것부터 해서 손님들이 드시는 것, 먹어 보고 맛이 어떤지 등등 많은 사람들과 인터뷰를 나눴다. 그렇게 오전부터 저녁까지 모든 촬영을 무사히 마쳤다. 촬영하도록 허락해주신 할머니께 다시 한 번 감사하다는 말씀 드립니다. PD님, 감독님 잘 찍어주셔서 감사합니다.

그리고 나비에게도 고맙다는 말을 전하고 싶다. 나비가 찾아오고 다음날 방송국에서 찾아오고, 나에게 새 봄이 찾아 왔다. 방송은 12월 25일 크리스마스 때 나갈 거라고 했다.

12월 25일 크리스마스! 이 날은 대목이라 장사를 일찍 나갔다. 그래서 'MBC 찾아라 맛있는 TV' 방송을 못 보게 되었다. 이 대에 도착해 장사 할 준비를 하고 있었다. 몇 분이 나와서 일찍 부터 장사를 하고 계셨다. 장사 준비를 다 마치고 본격적으로 장사를 시작했다. 얼마가 지나자 사람들이 몰려들기 시작했다. 그리고 나에게 말했다.

"여기가 방송 나온데 맞죠?"

사람들은 신기한 듯 쳐다보았다. 사람들이 내 주위를 빙~ 둘러쌓다. 많은 분들이 방송을 보고 찾아와 주셨다고 했다. 사람들이 끊이지 않고 몰려 들었다. 밀려드는 주문에 크레페를 만드느라 정신이 없었다. 방송을 보고 지방에서 올라 온 분들도 계셨다. 하루 종일 크레페 반죽 만드느라 반 죽을 뻔 했다. 이 날은 반죽이 일찍 떨어져 평소보다 2시간 일찍 장사가 끝났다. '방송의 힘'이 정말 대단하다는 것을 절실히 느꼈다.

MBC방송에 나간 이후 KBS, SBS에서도 촬영하러 오겠다고 전화가 왔다. 장사가 잘 되는 것도 좋지만 사람들이 내가 만든 크레페를 맛있게 드시고 행복해하는 모습을 볼 때가 더욱 기쁘고 감사했다.

조폭에게 꼬치(장사)를 빼앗겼지만 내 희망은 빼앗아가지 못했다. 꼬치는 잃었지만 희망(꿈)은 잃지 않았다. 희망을 가슴에 품고 끝까지 참고 인내했더니 '고박사크레페'를 만나게 되었고 방송까지 나오게 되었다.

인내는 누구에게나 다 있다. 여러분 심장에 손을 대고 크게 외쳐 보라!

'인내'가 여기(심장) 있네.(인내!)

우리가 환난 중에도 즐거워하나니
이는 환난은 인내를 인내는 연단을
연단은 소망을 이루는 줄 앎이로다 -로마서5:3~4

인내를 지닌 사람은 그가 바라는 것은 무엇이든
손에 넣을 수 있다 -벤자민 프랭클린

|||| 조폭을 내편으로 만드는 방법

내가 장사하는 이○역 2번 출구에 그 분(?)이 오셨다. 그 분은 예전에 이 지역에서 악명 높은 조폭이었다. 장사하시는 분들 말로는 이 조폭이 예전에는 몸이 굉장히 좋았다고 했다. 그러나 술 때문에 몸이 망가져서 지금은 많이 야위었다고 했다. 조폭은 술을 먹고 올라와서 자신의 어려운 처지를 노점상들에게 시비를 걸고 못살게 괴롭힌다고 했다.

그 조폭이 술에 취해 고함을 지르며 내가 장사하는 쪽으로 올라오고 있었다. 조폭은 올라오면서 먼저 쥐포를 파시는 아저씨에게 욕설을 하며 시끄럽게 소란을 피웠다. 쥐포 아저씨도 술고래이신데 조폭 앞에서면 술새우가 되신다. 이어 양말 장사 하시는 이모님에게 시비를 걸며 술주정을 부렸다. 이모님은 아무 대꾸도 안 하신다. 대꾸할 가치도 없기 때문이다.

조폭은 내 옆의 떡볶이 파시는 아저씨한테까지 올라왔다. 손님이 있는데도 시끄럽게 소란을 피우며 행패를 부렸다. 그 바람에 손님들이 무서워서 다 가 버렸다. 떡볶이 아저씨는 화가 나셨지만 참을 수밖에 없었다. 노점상은 절대 누구와 시비가 붙거나 싸우면 안 된다. 민원이 들어가면 구청에서 단속이 나와 장사를 못하게 되기 때문이다.

조폭은 위로 올라올수록 횡포가 더 심해졌다. 술에 취한 조폭이 비틀거리며 내가 장사하는 데로 걸어오기 시작했다. 너무 많이 취해 조폭이 걱정이 되었다. 바로, 코 앞까지 왔다. 술 취한 조폭이 나에게 욕을 퍼부으려고 하는 순간, 조폭에게 먼저 이렇게 말했다.

"형님, 약주 많이 하셨네요. 술 많이 드시면 건강에 안 좋습니다. 조금만 드세요."

그러자 조폭은 욕을 하려다가 멈추고 나를 물끄러미 쳐다보았다. 올라오면서 소란을 피우고 행패 부렸던 것과는 달리 나에게 이렇게 말을 했다.

"나 얼마 안 마셨어? 괜찮아 동생. 장사는 잘 돼?"
"네 형님. 열심히 하겠습니다."

조폭은 나한테 이런 말을 해주었다.

"만약에 누가 너한테 뭐라고 그러면 나한테 얘기해! 동생, 많이 팔아~."

휴~ 살았다. 태풍(조폭)이 지나갔다. 정말 깜짝 놀랐다. 조폭이 나한테 잘해주다니.. 나에게 형님이 한 분 생겼다. 아는 형님! 그것도 조폭 형님! 형님(조폭)이 나를 동생처럼 대해 주었다. 따뜻하게 '위로'해 주었다 마치 위로(하늘)부터 내려온 '위로자' 같았다. 형님은 나를 위로하고 위로 올라가셨다. 형님(조폭)은 위로 올라가자마자 장사하시는 분들한테 시비를 걸며 온갖 행패를 부렸다.

누구도 이 술 취한 조폭에게 뭐라고 하는 사람이 없었다. 반항하지 않았다. 그냥 당하고만 있었다. 가만히 있으면 욕먹을 게 뻔하다, 먼저 조폭에게 말을 건넸다. '안부'를 물었다. 그랬더니 조폭도 나에게 '안부'를 물어왔다. 조폭이 친근하게 편안

268

하게 느껴졌다.

성경에 '남에게 대접을 받고자하는 대로 너희도 남을 대접하라.'(누가복음6:31)는 말씀이 있다. 심는대로 거둔다. 콩 심은데 콩 나고, 팥 심은데 팥 나고, 안 심은데 안 나고, 잘 심은데 잘 나고, 막 심은데 막 나고, 사랑 심은데 애(愛) 나오고, 안부 심은데 안부가 나왔다. 좋은 친구를 얻는 방법은 내가 먼저 좋은 친구가 되어주는 것이다.

탈무드에 보면 '어둠을 탓하기 전에 한 자루의 촛불을 켜라'는 말이 있다. 적을 내 편으로 만드는 방법은 먼저 적대감을 갖지 않는 것이다. 적이라고 생각하지 말고 가족이라고 생각하는 것이다. 나는 정말 걱정이 돼서 한 말이었다. 그랬더니 그 조폭이 진심으로 나를 걱정해 주었다.

인생은 부메랑과 같다. 당신이 준 만큼 되돌아온다 -데일 카네기

사람이 무엇으로 심든지 그대로 거두리라 -갈라디아서6:7

ⅠⅠⅠⅠⅠ '좌우명'이 평생을 '좌우'한다

책 쓰기 무료 특강을 들었다. 작가님은 요즘 출판업계(시장)가 불황이라고 했다. 그렇지만 이럴 때일수록 책을 써야 한다고 하셨다. 책 나오는 게 옛날보다 많이 줄었기 때문에 이 때 써야 내가 뜰 수 있는 좋은 기회가 된다고 했다.

백발의 어르신(님)께서도 특강을 들으러 오셨는데 그 동안 살아 왔던 얘기들을 책으로 쓰고 싶다고 하셨다. 어르신께 나이(연세)를 여쭤봤더니 끝까지 안 가르쳐 주셨다. 나이 없다.(?) 나이도 잊고 사시는 것 같았다. 족히 80살은 넘어 보이셨다. 80에 책을 쓴다는 게 보통 대단한 게 아니다. 나이는 중요하지 않다. 중요한 건 열정이다. '젊기 때문에 도전하는 것이 아니라 도전하기 때문에 젊은 것이다.' 미치지(狂) 않으면 미치지(及) 않는다. 미치지 않으면 지친다. 뭐든지 미쳐야 한다.

미친 사람은 저승사자도 안 데리고 간다. 지가 미치니까(?)

로마시대 철학자 카토가 말했다. '오늘이 내 남은 날 중에서 가장 젊은 날이다' 남들이 그 나이(80)에 책 쓰는 걸 주책이라 생각할지 모르지만 어르신은 말한다. 나는 '노후대비책'으로 쓴다. 지금이 가장 젊은 날이고 가장 젊은 나이이다. 나이는 숫자가 아니라 시작이다. 70은 청춘이고 80은 시작이고 90은 또 시작이다. 어르신은 무엇이든 할 수 있는 '나이'(80)고 무엇이든 할 수 있는 '나'(자신)이다.

한 청년이 앞에 나와 자기소개를 했다. 나이는 24살 꽃다운 나이이다. 작가님이 이 청년의 이미지에 대해 우리에게 물어 보셨다.

"이 분(청년) 이미지가 어떨 것 같으세요?"

엄친아, 모범생, 대학생 등 여러 가지 대답들이 나왔다. 나는 청년의 팔뚝에 있는 문신(타투)을 보고 조심스레 말했다.

"조폭 같은데요?!"

문신한 청년이 팔소매를 걷어 나에게 공손하게 물어보았다.

"형님, 제 팔뚝에 쓴 문신이 어떤 의미인지 아세요?"

24살 청년이 팔에 쓴 좌우명

형님 같은 동생(청년)은 문신이 자신의 '좌우명'이라고 말했다.

"가치있는 일은 늦음이란 없다. 내 운명은 내가 개척해 간다."

개척교회 목사님(?)인가. 본인은 철학에 관심이 많아 자신의 철학과 이야기를 책으로 쓰고 싶다고 했다. 또, 팔에 문신(타투)도 더 쓰고 싶다고 했다.

강원도 철원 한탄강 래프팅 축제의 MC를 맡았을 때의 일이다. 오전에 한탄강 다리 위에서 공식 행사를 마치고 래프팅 참가자들이 대열을 이루어 출발을 했다.(래프팅: 고무보트를 타고 계곡의 급류를 헤쳐 나가는 레포츠. 네이버지식백과) 이 날 래프팅을 신청한 인원은 1000명이 조금 넘는다고 했다. 직장 동료, 가족, 모임, 단체, 교회, 학교 등 래프팅을 통해 화합하고 하나 되는 시간이다. 어떤 어려움이 있더라도 한 마음, 한 뜻으로 힘을 모아 함께 '노'를 저어 간다면 우리 앞에 놓인 어려움은 노(NO)가 될 것이다. 우리 앞에 놓인 장애물은 노(NO)가 될 것이다. 우리 앞에 놓인 걱정은 노(NO)가 될 것이다.

'인생은 노 젓기'와도 같다. '혼자 가면 빨리 갈 수 있지만 함께 가면 멀리 갈 수 있다'는 아프리카 속담처럼 나 혼자하면 어려워도 같이 가면 보다 쉽고 재미있게 안전하게 목적지까지 갈 수 있다. 혼자 가는 것은 노, NO!(절대금지), 같이 가는 것은 ON!(오직 전진뿐) 가치 있는 삶이란, 나 혼자 가는 것이 아닌 같이(가치) 가는 것이다.

무척 더운 날씨였다. 오전에 래프팅이 끝나고 오후에는 한탄강 공원에 마련된 야외 무대에서 래프팅 축제를 위한 문화공연이 준비되어 있었다. 총 8개 팀의 마술, 밸리 댄스, 타령, 연극, 악기연주, 태권도 등 최고의 공연 팀들이 무대 뒤에서 대기하고 있었다. 무대 앞쪽에는 400석 정도의 의자가 세팅이 되어 있었다.

한탄강 상류에서 래프팅 진행을 마치고 공원에서 좀 쉬고 있었다. 공연 시간이 다 되어갔지만 좌우를 둘러보아도 아직 한 명도 나타나지 않았다. 날도 뜨겁고 의자도 뜨겁고 사람도 없고.. 이상해서 물어봤더니 옆에서는 '한탄강 노래자랑'을 하고 있다고 했다. 아~ 그래서 사람들이 다 그쪽으로 구경을 간 것 같았다.

공연 시간이 다 되었는데 의자에 앉아 있는 사람이 한 명도 없었다. 공연 팀들이 무척 실망할 것 같았다. 이분들이 실망하지 않게 나라도 희망이 되어야 겠다고 생각했다. 그래서 아무도 없는 의자 한 가운데에 가서 혼자 앉아 있었다. 햇볕이 너무 뜨거웠다. 의자도 너무 뜨거웠다. 첫 공연 팀이 올라 왔다. 객석에 한 명(필자)이라도 있으니 다행이지 아무도 없었으면 정말 뻘쭘할 뻔 했다. 괜히 내가 미안했다. 이 분들이 실망하지 않았으면 좋겠다. 공연 팀들이 최선을 다해 멋진 공연을 보여 주었다. 한 팀 한 팀 공연 끝날 때마다 나는 일어나서 기립박수를 쳤다. 의자에 혼자 앉아 있으면서 나 자신을 이렇게 생각해 보았다. 나는 '의자왕'이다. 마치 왕(나)을 위해 이 분들이 공연을 준비한 것이다. 이 멋진 공연들을 나 혼자 보고 있다니 여기가 천국이었다.

우리가 횡단보도를 건널 때 좌우를 살펴야 하듯이 행사(공연)장에서도 주위에 사람이 있나? 없나? 좌우를 살펴야 한다. 만약 '좌우'에 사람이 한 '명'도 없다면 주저하지 말고 앉아 있자! 그 자리는 내가 '의자왕'이 될 수 있는 영광스러운 자리이다. 이 때부터 행사장에 가면 내 '좌우명'은 "좌우를 살피자."다. 좌우에 사람이 한 명도 없다고 창피해하지 말고 빨리 가서 앉아 있자! 언제해도 할 일이면 지금하좌. 누가해야 할 일이면 내가 하좌.

내가 해야 할 일이면 최선을 다하좌. 아좌 아좌 파이팅!

공연 중반쯤이 되자 그제서야 한 사람, 두 사람 .. 사람이 모여 들기 시작했다.

2016년 브라질 리우올림픽에서 양궁 2관왕을 한 금메달리스트 장혜진 선수는 경기 할 때마다 수첩에 적어 놓은 '좌우명'을 보며 좌우로 흔들리지 않고 과녁에 집중했다고 한다.

**'내게 능력 주시는 자 안에서
내가 모든 것을 할 수 있느니라.'** -빌립보서4:13
(장혜진 선수가 경기 때마다 보았던 성경말씀)

기자가 장혜진 선수에게 물었다.

"양궁장에 섰을 때 어떤 마음가짐으로 임합니까?"
"'믿고 쏘자'는 마음으로 임합니다."

한 발 한 발 믿고 쐈더니 금메달이 되어 돌아왔다.
'금메달'은 지'금' 하고 있는 일에 '매달'리는 것이다.
갑자기 안성기씨의 성대모사가 떠올랐다. "날 쏘고 가라."

나도 장혜진 선수처럼 책을 쓸 때 '좌우명'을 만들었다.

"믿고 쓰자."
한 자 한 자 믿고 쓰다보면 사람들이 나(필자)를 믿고 쓸 것이다!

**내가 행동하기 전까지
나에게는 아무런 일도 일어나지 않는다** -아인슈타인

**훌륭한 생각을 하는 사람은 많다.
하지만 행동으로 옮기는 사람은 드물다** -커널 샌더스

생각이 바뀌면 행동이 바뀌고 행동이 바뀌면
습관이 바뀌고 습관이 바뀌면 운명이 바뀐다 -나폴레옹

ⅢⅢ 최고가 되라! 살인청부업자와 길거리 데이트

구리 ㅎ대학교 병원에서 나오는데 어떤 남자가 나한테 길을
물어 봤다.

"돌다리 시장 어디로 가면 돼요?"

자연인 같기도 하고 산속에서 살다가 내려온 사람처럼 모습
이 많이 초췌해 보였다.

그에게 자세히 '길(道)'을 알려 드렸다. 길만 가르쳐 드리고 집
에 가려고 했는데 아저씨는 나에게 살아 온 인생 스토리를 2시
간동안 얘기했다. 이야기가 끝이 없었다. 아저씨는 왕년에 잘 나
가던 얘기, 망한 얘기, 신비한 얘기, 재미있는 얘기, 생소한 얘
기, 듣도 보도 못한 얘기, 아는 얘기, 뻔한 얘기, 히틀러 일대기,
우리나라 대통령 일화, 대한민국 역사, 사회, 문화, 정치, 경제,
시사, 종교, 철학, 옥살이 등... 와~ 정말 모르는 게 없었다. 끝
이 없었다. 히틀러 얘기를 하시는데 히틀러를 직접 모셨던 분 처
럼 자세히 얘기해주셨다. 히틀러가 키운 강아지가 있었는데 유
태인을 600만 명이나 학살한 그도 강아지가 죽었을 때 그렇게
슬피 울었다고 했다.

아저씨는 자신을 '저격수(스나이퍼Sniper)'라고 했다. (저격수 : 고도로 훈련된 요원. 적의 요원을 은밀하게 사살하는 특등 사수. 네이버사전) 또, 살인청부업자로 오래 전 일을 했었다고 했다.

그렇게 무서운 형님(살인청부업자)의 인생 스토리를 길에서 2시간 동안 서서 들어야만 했다. 중간에 가고 싶었지만 살인청부업자라 말을 끊을 수가 없었다. 끈기를 갖고 형님 스토리가 바닥 날때까지 기다렸다. 내 체력이 바닥났다. 이 사건을 통해 나에게 또 하나의 기네스 기록이 세워졌다. 생판 모르는 사람과 그것도 살인청부업자와 길에서 2시간 동안 대화를 했다는 것이다. 이기록은 전무후무한 기록이 될 것이다. 살인청부업자와 얘기를 나눌 수 있어서 더욱 영광(?)이었다. 형님이 '길(道)'을 물어봐서 길(道)을 가르쳐 준 것뿐인데 형님은 나에게 살아 갈 '길(길 도道)'을 가르쳐 주셨다. 과도한 친절이다. 형님은 길을 가르쳐줘서 고맙다며 나에게 이렇게 말했다.

"동생, 이 원수(?) 어떻게 갚지? 어려운 일 있으면 꼭 나한테 얘기해, 내가 처리해줄게."

형님이 나에게 술을 쏜다고 했다. 안 가면 총을 쏠 것 같았다. 그래서 억지로 무서운 형님을 따라 돌다리 시장까지 갔다. 형님이 술 한 잔 받으라고 했다. 나는 술을 안 마신다고 했다. 형님은 술잔을 받으라며 계속 권했다. 그래서 술 대신 물을 따랐다.

형님과 건배를 했다. 고개를 돌려 마시려고 하는데 형님이 대뜸 큰 소리로 말했다.

"고개 돌리지 말고 마셔!"

형님의 눈빛이 180도로 무섭게 바뀌었다. 살기가 느껴졌다. 나는 잽싸게 고개를 돌려 형님 얼굴을 똑바로 쳐다보며 잔을 비웠다. 이해가 안 갔다. 보통 어른들하고 마실 땐 고개를 돌려서 마시는 게 예의인데 .. 형님이 직업상 저격수(살인청부업자)다 보니까 상대가 고개를 돌려 딴 짓을 할 까봐 자기를 해칠 거라고 생각이 들었나보다. 그래서 앞에 보고 마시라고 했던 것 같다.

그렇게 포장마차에서 또 1시간가량 형님의 말 받침이 되어 드렸다. 나중에 사람들한테 저격수를 만났다고 했더니 이름이 '저격수' 아니냐며 반신반의 했다.

형님(살인청부업자)이 헤어지기 전, 마지막으로 나에게 좋은 말씀을 해주셨다.

전쟁터에서는 총 잘 쏘는 사람이 최고!
화장실에서는 똥 잘 싸는 사람이 최고!
빨래터에선 빨래 잘 하는 사람이 최고! –살인청부업자

"뭘 하든지 최고가 되라"

여러분들도 어느 분야에서든지 모두 최고가 되시길 바랍

니다!

**나는 자신감을 가지기 위해
'내가 최고다'라고 생각했다** -박지성 축구선수

**장의사마저도 우리의 죽음을 슬퍼해 줄만큼
훌륭한 삶이 되도록 살아라** -마크트웨인

ⅠⅠⅠⅠⅠ 포기하지 마라 절대 포기하지 마라

전노련(전국노점상연합) 체육대회가 한강 고수부지에서 진행됐다. 체육대회를 통해 단결과 화합을 마련하는 자리였다. 내가 속한 서부노련이 팔씨름 결승전에 올라갔다. 선수들 팔이 내 허리 사이즈만 했다.

결승전에서 서부노련과 북부노련이 붙게 되었다. 두 선수가 등장했다. 상대팀 북부지역 선수는 몸이 장난이 아니었다. 얼굴은 장난인데.. 농담이다. 상대 선수 몸은 세계 보디빌더 챔피언인 아놀드슈워제네거처럼 굉장히 좋았다. 우리 팀 선수도 몸이 만만치 않았다. 예선, 본선, 준결승전 경기하는 걸 봤는데 두 선수 팔 힘이 굉장히 센 것 같았다. 막상 막하의 경기가 될 것 같았다. 많은 사람들이 팔씨름 결승전을 보기 위해 몰려 들었다.

드디어 두 선수가 입장했다. 팀을 떠나서 멋진 경기에 열화와 같은 박수와 함성이 터져 나왔다. 두 선수는 인사를 하고 자리에 앉아 상대방 손을 잡았다. 팔씨름 결승전은 한 치도 물러설 수 없는 경기다. 왜냐하면 단판 승부이기 때문이다. 모두들 숨 죽이며 선수들 경기에 집중했다. 심판의 호각 소리와 함께 경기가 시작되었다.

전에 TV에서 팔씨름대회를 본 적이 있는데 전문가가 말하길 팔씨름 승리 비결이 '기선제압'이라고 했다. 누가 먼저 상대방 손목을 꺾느냐에 따라 승패가 좌우된다고 했다. 그런데 지금은 꺾인 사람도 없고 서로 팽팽하게 힘겨루기를 하고 있었다. 그때 어떤 사람이 뛰어 나와 우리 팀 선수 팬티를 벗기고 도망을 갔다. 여기저기서 웃음과 탄성이 터져 나왔다. 이런 위태한(?) 상황에서도 우리 팀 선수는 끝까지 상대방 선수 팔을 잡고 있었다. 그리고 팬티 벗기고 도망간 놈을 향해 크게 소리쳤다.

"야, 저 새끼 잡아."

팬티가 벗겨진 채 팔씨름을 하고 있었다. 정말 이러지도 저러지도 못할 상황이었다. 웬만하면 창피해서라도 팬티를 올릴 텐데 끝까지 포기하지 않고 경기를 이어갔다. 팔 힘보다도 정신력이 더 대단한 것 같았다. 모두가 끝까지 선전하는 우리 팀 선수에게 우레와 같은 박수를 보내주었다. 승패를 떠나서 우리 팀 선수가 진정한 챔피언이라는 생각이 들었다. 우리 팀 선수는 팬티 벗기고 도망간 놈 때문에 더 열 받아서 더 열(熱)을 내기 시작했다. 결국 그 놈(?) 때문에 열 받아서 우리 팀 선수가 팔씨름 대회에서 우승을 차지했다. 이렇게 흥미진진하고 아슬아슬한(?) 경기를 어디에서도 본 적이 없다. 어디에서도 볼 수가 없을 것이다.

팬티 벗긴 놈은 잡지 못 했지만 오늘의 승리를 잡았다. 우리 팀 선수는 오직 팀의 승리를 위해 벗겨진 팬티도 추스르지 않고, 창피를 개의치 아니하며 포기하지 않고 끝까지 경기에 임했다. 우리 팀 선수의 승리는 가장 빛나고 고귀한 진정한 인간 승리였다.

프로야구 양준혁 선수가 있다. 양 선수는 한국프로야구 역사상 위대한 업적을 남겼다. 타격부문에서 9개의 기록을 가지고 있는 명실상부한 한국최고의 타자이다. 양 선수는 걸음이 빠르지가 않다. 땅볼을 치면 거의 아웃인 경우가 많다. 그래도 포기하지 않고 끝까지 1루를 향해 전력질주를 했다. 그로 인해 상대 팀 실수가 나왔고 결국 팀이 역전을 하게 되었다. 그때부터 양준혁 선수는 매 순간 순간 마지막 인 것처럼 최선을 다해 달렸다고 한다. 비록 발은 느리지만 나보다 팀을 위해, 경기장에 찾아와 주신 야구 팬(관객)들을 위해 양 선수는 끝까지 최선을 다해 달렸다. 죽어라고 달렸더니 상대팀이 기가 죽어 패배하고 말았다. 그렇게 양 선수는 발이 빠른 사람보다 발이 넓은 사람이 되었다.

톨스토이가 쓴 '물귀신과 진주'라는 책에 보면 이런 이야기가 나온다.

어느 날, 뱃사공이 작은 배를 타고 가다가 실수로 반지(진주)를 바다에 빠뜨렸다. 그는 반지를 찾기 위해 배에 있던 바가지로 물을 퍼내기 시작했다. 하루 이틀 사흘 나흘... 계속 물을 퍼냈다. 일주일째 되는 날, 물귀신이 나타났다. 물귀신은 뱃사공이 물을 퍼내게 된 사연을 듣고는 귀신 신나랄 까먹는 소리라며 다시 물속으로 들어갔다. 뱃사공은 그 말에 신경 쓰지 않고 계속해서 물을 퍼내기 시작했다. 하루 이틀 사흘 나흘,,, 그렇게 일주일째 되는 날, 물귀신이 또 나타났다. 그런데 이번에는 그냥 나타난 것이 아니라 뱃사공이 빠뜨렸던 반지(진주)를 찾아서 뱃사공에게 돌려주었다. 물귀신은 뱃사공이 처음에 물을 퍼냈을 때는 그러다 말겠지.. 라고 생각했다. 그러나 계속 물을 퍼내자 생각이 바뀌었다. '처음엔 열 바다. 나중에는 감동을 바다' 물귀신은 뱃사공의 반지를 찾아주게 된 것이다. 반지(진주)를 찾겠다는 뱃사공의 끈질긴 노력이 물귀신의 마음을 움직였고 뱃사공의 운명을, 잃어버린 반지(진주)의 운명을 바꾸어 놓았다. 포기하지 않고 끝까지 노력할 때 운명의 신도 그를 포기하지 않는다.

이게 바로 뱃사공의 물귀신 작전이다. 물 귀신이 깜짝 놀랄 정도로 물을 퍼내는 작전. 작전대성공!

세계 2차 대전에서 영국을 승리로 이끌었던 윈스턴 처칠 수상이 말했다.

"Never give up!(절대 포기하지 마라)"

어떤 일이 있어도 절대 포기하지 마라. 가장 좋은 것은 아직 오지 않았다.

우리가 선을 행하되 낙심하지 말지니
포기하지 아니하면 때가 이르매 거두리라. −갈라디아서6:9

ⅠⅠⅠⅠ 프로는 앞으로 잘 하는 사람이 프로다

피스컵(Peace Cup)축구대회가 남양주 종합 운동장에서 열렸다. 그곳에서 진행요원으로 아르바이트를 했다. 피스컵(Peace Cup)대회는 각 대륙의 8개 프로 축구팀을 초청해 축구뿐만 아니라, 육상 100M 달리기, 1000M 계주, 멀리뛰기 등이 진행 되었다. 축구에서는 유럽 세르비아(4부 리그)에서도 왔고 일본, 미국, 중국, 러시아, 남미, 아프리카, 우리나라 프로축구팀이 참가했다.

그중에서도 유독 눈에 띄는 팀이 있었는데 아프리카 축구팀이었다. 아프리카 선수들은 전원 맨발로 뛰었다. 맨발로 뛰면 발이 무척 아플 텐데, 더군다나 상대방 선수 축구화에 밟히기라도 하면 으아~ 생각만 해도 끔찍했다. 그렇지만 맨발로 다녀 버릇해서 신발 신은 거나 별 차이가 없을 것 같았다. 축구경기 규정은 맨발로 뛰던 고무신을 신던 축구화를 신던 자유다. 진행요원

PART ⑤

으로 일한 나는 축구경기 선심을 봤고 볼 보이를 했다. 전반전 경기가 끝나면 선수들 물도 떠다주고 심부름을 했다.

첫 경기는 유럽 세르비아 대 아프리카 팀이 경기를 했다. 아프리카 선수들은 맨발로 열심히 뛰어 다녔지만 맨땅에 헤딩이었다. 실력 차가 너무 났다. 전반전 경기가 끝났다. 9 : 1이었다. 아프리카 부족은 실력이 많이 부족했다. 완전 밀리는 경기였다. 아프니까 청춘이다! 아프리카 청춘이다. 맨발의 청춘이니까! 후반전에 잘 할 수 있을 거라 믿는다. 유럽 4부 리그 팀인데도 실력들이 정말 대단했다. 개인기도 뛰어났지만 팀 플레이가 돋보였다. 4부 리그가 이 정도인데, 1부 리그가 왔으면 아마 20대0이 되지 않았을까? 하는 생각이 들었다.

전반전이 끝나고 쉬는 시간 선수들에게 물을 갖다 주며 심부름을 했다. 그런데 세르비아 감독이 선수들한테 막 뭐라고 큰 소리를 내고 있었다. 통역은 할 수 없지만 느낌상 감독이 (손가락 하나를 치켜세우며) '왜 1점을 먹었냐'며 선수들에게 강하게 정신교육을 시키는 것 같았다. 9대1로 이기고 있는데도 선수들한테 9박을 하다니.. 만약에 졌으면 전반전 쉬는 시간은 대가리 박기였을 것이다. 이것을 보고 역시 프로구나! 라는 생각을 했다. 9점 낸 것에 자만하지 말고 1점 뺏긴 것에 대해 깊이 성찰하자. 세르비아 감독은 득(得)보다 실(失)에 더 중점을 두는 것 같았다. 이것이 실(失)력이다. 세르비아 감독은 더 이상 실수하지 말고 정신 차려서 뛰라고 선수들에게 9박을 하는 것 같았다. 방심은 금물이다.

정신의 오점(汚點)은 남기지 말자. 실수(실패)는 다음번에 더 잘 할 수 있는 기회다.(헨리포드)

축구 경기 하고 있는 옆 트랙에서는 1000M 계주 경기가 진행되고 있었다. 진행요원 두 명은 결승점에서 결승선 테이프를 잡아 주고 있었다. 마지막 주자가 들어올 때 결승 테이프를 잡고 있다가 살짝 놓아 주면 된다. 그런데 이 친구들이 서로 눈이 맞았는지 결승선 테이프를 땅바닥에 내려놓은 채 잡담을 하고 있었다. 마지막 주자가 결승점에 들어오고 있는데도 두 친구는 계속 수다를 떨고 있었다. 마지막 주자가 들어오다가 결승선 테이프가 없자 결승점에 들어오다가 말았다. 결국 그 진행요원 2명 때문에 마지막 주자가 다시 뛰어야 하는 해프닝이 벌어졌다.

오늘 대회 총 책임자가 진행요원들을 다 불러 모았다. 먼저 두 친구에게 호되게 야단을 치셨다. 이 친구들 때문에 우리도 한 소리를 들었다.

"알바 하루 이틀 해? 아마추어 같이 왜 그래?!"

같은 진행요원으로서 너무 죄송하고 미안했다. 오늘 피스 컵(Peace Cup)대회는 말 그대로 각 대륙의 평화와 친선을 도모하는 잔치다. 그러나 진행요원 실수로 컵(Peace Cup)이 깨졌다. 평화(Peace)가 깨졌다. 그리고 담당자한테 깨졌다. 깨진 것은 잊어버리고 깨달은 것만 기억하자. 깨짐을 통해 우리의 잘못된 사고방

식(태도)도 산산조각 깨졌다. 두 번 다시 평화(Peace)를 깨는 일이 없도록 앞으로 조심하고 뒤로 주의하자!

'가장 위대한 무기는 평화입니다' -만델라 대통령

과거에는 교훈을 얻을 수 있어도 과거 속에 살 수는 없다.(린든 B존슨) 지나간 과거보다 앞으로 해야 할 일이 더 중요하다.

프로는? 앞으로(프로) 잘하는 사람이 프로다.

⚊⚊ 피할 수 없는 고통은 유머로 피해라

군대 신병교육대에서 겨울에 물이 4일 동안 안 나왔다. 밥을 먹고 설거지를 할 수가 없었다. 부대에서는 빨래비누와 스펀지 2개를 나누어 주었다. 그걸 가지고 식판을 닦았다. 빨래비누를 스펀지에 묻혀서 식판을 닦아낸 다음, 또 다른 스펀지로 깨끗이 닦아냈다. 이 식판에다 밥을 먹는데 빨래비누 냄새가 장난이 아니었다. 급기야 식판에 남아있던 빨래비누를 먹기도 했다. 으아~ 엄청난 고통이었다.

피할 수 없는 고통은 즐겨라. 빨래비누를 유머 소재로 생각했다. 빨래비누가 배속에 들어가 속이 상한 게 아니라 속(장)이 깨끗해졌다. 군대에서 가장 힘들다는 유격훈련을 받고 있었다. 유격 교관이 쉬는 시간에 우리에게 말했다. '노래 잘하는 사람은 앞으로 나오라'고 했다. 앞으로 나갈 힘도 없다. 힘들어 죽겠는

데 누가 노래 한단 말인가? 아무도 나가는 사람이 없었다.

내가 누군가? 꼴통 아닌가? 앞으로 나가 꼴통짓을 했다. 학교에서 개발한 '뜸북이 메들리'를 들려주었다. 다들 뜸북이에 열광을 했다. 기대했던 앵콜이 나왔다. 반응이 다이나마이트였다. 폭발적이었다. 어느 새 뜸북이 공연이 끝나고 교관이 나에게 말했다. '180번 꼴통(올빼미) 열외!' 피할 수 없는 고통을 꼴통으로 피했다. 순간의 꼴통 짓(유머)이 젖과 꿀이 흐르는 가나안 땅(축복의 땅)으로 인도했다.

ㄷ회사에서 서비스맨으로 일 할때 같이 일했던 주OO 팀장님이 있었다. 팀장님에게 노래 잘 하시냐고 물었다. 팀장님은 노래를 진짜 못한다고 했다. 제일 싫어하는 게 노래라고 했다. 군대에서 고참이 노래를 시켜 안 할 수가 없었다. 그래서 '♫곰 세 마리'(동요)를 음치로 불렀다고 했다.

♫곰 세 마리가 한 집에 있어 아빠 곰, 엄마 곰, 애기 곰~

고참은 '곰 세 마리'를 듣다가 '고만해라' 다시는 노래를 안 시켰다고 했다. 팀장님은 노래를 진짜 못하지만 '노래를 못합니다. 죄송합니다.'라고 변명하지 않았다. 음치에다 박치, 몸치였지만 '재치' 있게 더 못 불렀다. 그랬더니 정말 노래를 못 부르게 되었다. 팀장님의 재치(유머)가 위기를 구했다. 못 부르는 것도 재능이다. 자신있게 못 불렀더니 포상휴가보다 더 큰 특혜(은혜)를 받았다. '고만해라.' 군 제대는 아니지만 가장 싫어하는 노래 부르는 것을 제대했다. '곰 세 마리'가 팀장님을 위기(노래 부르는 것)에서 구해주었다. 유머는 자신감이다 노래든 뭐든 못해도 자신있게 해라. 그 자신감이 자신을 살리는 성공 예감이다.

야간에 노래방 알바 면접을 보러 차(라보)를 타고 구리 돌다리 시장에 갔다. 밤이라 골목이 깜깜했다. 조심히 천천히 차를 몰고 가고 있었는데 갑자기 어떤 사람이 소리를 질렀다.

"아~ 내 다리, 내 다리 내놔!"

분명 아무도 없었는데 어떻게 된 거지? 백미러를 봤는데 깜깜한데서 어떤 남자가 다리를 절뚝거리며 내 뒤를 따라 왔다. 마치 전설의 고향처럼 정말 섬뜩했다. 겁이 나서 더 속도를 냈다. 그 사람도 더 빠른 속도로 절뚝거리며 쫓아왔다. 가다가 앞에 사거리가 나타났다. 야시장이라 사람이 많이 다녔다. 어쩔 수 없이 차를 한 쪽으로 세웠다. 남자가 절뚝거리며 내 앞에 왔다. 그러더니 나에게 내 발을 밟고 도망간 뺑소니라며 경찰서에 같이 가자고 했다. 앞에 아무도 없었는데 뺑소니라니.. 정말 어이가 없었다.

어떻게 해야 하나 생각하고 있는데 얼마 전 하늘나라에 간 강아지 '쫑(여)'이 떠올랐다. 지금 심정을 이 사기꾼에게 솔직하게 말했다.

"내 여동생이 죽었어요! 나 건드리지 마세요. 나 지금 죽어도 여한이 없으니까 알아서 하세요."

내 얘기를 들은 사기꾼은 아까와는 사뭇 다르게 말했다.

"젊은 사람이 그러면 안 되지. 다음부터 조심해."

사기꾼은 이 말을 하고는 멀쩡히 두 발로 걸어갔다.

뉴스에서나 보았던 보험사기극이 나에게도 일어났다. 하마터면 억울한 누명을 쓸 뻔 했다. 사랑하는 쫑이 위기의 순간에 나타나 나를 구해주었다. 살려 주었다.

사랑은 영원하다. 피할 수 없는 고통의 순간 사랑하는 누군가를 떠올려보라. 그 사랑이 반드시 두려움을 쫓아내고 고통을 사라지게 할 것이다. 나를 웃게 해 줄 것이다. 사랑보다 더 큰 유머가 없다.

'해'를 볼 수 있는 방법이 있다.
"사랑해"

사랑하라! 내가 가진 모든 것을 사랑하라! 사랑은 어둠을 몰아내고 악을 물리칠 수 있는 최고의 무기다.

인간에게는 정말 효과적인 무기가 있다
바로, 유머다 -마크 트웨인

피할 수 없으면 즐겨라 -로버트 앨리엇

⫴⫴⫴ 하루를 보람있고 의미있게 사는 방법

하하하하하하하하하하하하하하하하하하하하하하하하하하하하
하하하하하하하하하하하하/ 하하하하하하하하하하하하하하하하하하하
하하하하하하하하하하하하하하하하하하하하하하/ 하하하하하하하하
하하하하하하하하하하하하하하하하하하하하하하하하하하하하하하하
하/ 하하하하하하하하하하하하하하하하하하하하하하하하하하하하하
하하하하하하하하하하하하/ 하하하하하하하하하하하하하하하하하하하
하하하하하하하하하하하하하하하하하하하하하하/ 하하하하하하하하
하하하하하하하하하하하하하하하하하하하하하하하하하하하하하하하
하/ 하하하하하하하하하하하하하하하하하하하하하하하하하하하하하
하하하하하하하하하하하하/ 하하하하하하하하하하하하하하하하하하하
하하하하하하하하하하하하하하하하하하하하하하/ 하하하하하하하하
하하하하하하하하하하하하하하하하하하하하하하하하하하하하하하하
하/ 하하하하하하하하하하하하하하하하하하하하하하하하하하하하하
하하하하하하하하하하하하/ 하하하하하하하하하하하하하하하하하하하
하하하하하하하하하하하하하하하하하하하하하하/ 하하하하하하하하
하하하하하하하하하하하하하하하하하하하하하하하하하하하하하하하
하/ 하하하하하하하하하하하하하하하하하하하하하하하하하하하하하
하하하하하하하하하하하하/ 하하하하하하하하하하하하하하하하하하하
하하하하하하하하하하하하하하하하하하하하하하/ 하하하하하하하하
하하하하하하하하하하하하하하하하하하하하하하하하하하하하하하하
하/ 하하하하하하하하하하하하하하하하하하하하하하하하하하하하하
하하하하하하하하하하하하/ 하하하하하하하하하하하하하하하하하하하
하하하하하하하하하하하하하하하하하하하하하하/ 하하하하하하하하
하하하하하하하하하하하하하하하하하하하하하하하하하하하하하하하
하/ 하하하하하하하하하하하하하하하하하하하하하하하하하하하하하
하하하하하하하하하하하하/ 하하하하하하하하하하하하하하하하하하하

하하하하하하하하하하하하하하하하하하하하하하하/ 하하하하하하하하
하하하하하하하하하하하하하하하하하하하하하하하하하하하하하하하
하/ 하하하하하하하하하하하하하하하하하하하하하하하하하하하하하하
하하하하하하하하하하/ 하하하하하하하하하하하하하하하하하하하하
하하하하하하하하하하하하하하하하하하하하하하/ 하하하하하하하하
하/ 하하하하하하하하하하하하하하하하하하하하하하하하하하하하하

하하하하하하하하하하하하 - 웃음 천자문

'하루'의 시작은 '하'

'하루'의 시작은 '하'루(로) 시작하자! 하 하하 하하하 하하하하
하하하하하 하하하하하하하하 ~

'하루'를 가장 보람있고 의미있게 사는 방법은 ?

'하 하하 하하하 하하하하 하하하하하 하하하하하하 하하하
하하하하 하하하하하하하하하~ '

항상 기뻐하라. -데살로니가전서5:16

**모든 날 중에서 가장 완전히 잃어버린 날은
웃지 않은 날이다** -상포르

**웃긴 거를 보고 웃는 사람은 명이 길 ~ 다.
웃긴 거를 보고 안 웃는 사람은 명이 안 길 ~ 다.
이것이 "웃명"이다.** -웃긴 작가 고현철

인생은 항상 기쁘게 살아야한다. 우리에게 두 번 인생은 없
기 때문이다.

웃음이 우리에게 주는 선물은 건강한 삶이다 −노먼커슨스

오늘 내가 헛되이 보낸 시간은
어제 죽은 이가 그토록 간절히 바라던 내일이다 −소포클래 스 (극작가)

ⅠⅠⅠⅠⅠ 행복 플러스! '바꿔치기 하라'

동네 농협에서 장을 보았다. 맛있게 생긴 바나나가 눈에 들어왔다. 이 바나나는 바나나 중에서 제일 맛있는 바나나다. 바나나를 좋아하는 엄마를 위해 하나 사기로 했다. 물론 나도 무척 좋아한다. 맛있기도 하고 하나만 먹어도 든든해서다.

나는 물건을 고를 때 신중하게 고르는 편이다. 전에 귤 10개 고르는데 5분이 넘게 걸렸다. 고르고 고르고, 또 고르고 골라야 제대로 잘 고를 수 있다. 바나나도 크기와 모양 빛깔 상태 등을 잘 따져 신중하게 골랐다. 다 마음에 들었다.

그런데 가격이 조금 비쌌다. '2910원'(위에 왼쪽 사진)이었다. '2910원'짜리 사 갖고 갔다 간 절약정신이 몸에 밴 엄마한테 왜 비싼거 사왔냐며 욕만 바가시로 먹을 것이다.

어떻게 할까 하다가 영감님(?)이 떠올랐다. 방법은 '가격표를 바꿔치기 히는 깃'이다. 어떻게 이런 놀라운 발상이 나오다니. 나에게 상을 하나 주

고 싶다. '골 때리는 상!' 발명왕 에디슨은 천재는 1%의 영감과 99%의 노력으로 만들어진다고 했다. 나도 영감님이 떠올랐으니 곧 있으면 에디슨처럼 고디슨이 될 것 같다.

순간의 선택이 평생을 좌우한다는 말처럼 순간의 '바꿔치기'가 엄마의 행복을 좌우할 수 있다. 2910원짜리 바나나를 먼저 계산했다. 그런 다음 야채코너 직원 분에게 가격표를 '1910원'짜리로 바꿔달라고 부탁했다. 직원분이 1910원짜리 가격표로 다시 붙여주셨다. 그렇게 1910원짜리 바나나를 아니, 1900원짜리 행복 바나나를 사가지고 집으로 왔다. 집에 와서 엄마한테 바나나를 보여주며 말했다.

"엄마, 농협에서 바나나 세일 하길래 하나 사왔어!"

엄마가 '1910원짜리 바나나'를 살펴보더니 비싸다구! 싸다구를 날릴 지 알았더니 바나나처럼 입꼬리가 올라가셨다. 바나나를 드시더니 달다며 입꼬리가 더 올라가셨다. 싼 가격에 반하고 맛에 반하고 내 재치(바꿔치기)에 반하고 그래서 엄마가 바나나에 반하나(?) 보다.

입꼬리가 올라가면 '미스 꼬리아'
입꼬리가 내려가면 '별 꼬리야'
입꼬리가 올라가면 '용'.
입꼬리가 내려가면 '흉'.

사람이 용 되는 방법은 간단하다. '웃어용' 웃으면?

행복이 올라 가용!

건강이 올라 가용!

밥맛이 올라 가용!

몸값이 올라 가용!

용돈이 올라 가용!

맛있어서 좋고, 싸서 좋고, 엄마한테 안 혼나서 좋고, 무엇보다 엄마가 1910원짜리 바나나를 맛있게 드셔서 더 좋고 .. 고조 기분 최고조다.

앞으로도 쭈 ~ 욱 가격표를 바꿔치기 하며 살아야 겠다.

단, 주의할 것은

엄마를 바꿔치기 하면 안 된다는 것!

엄마의 기질, 성격, 외모, 절약정신은 그대로 잘 보존하자.

엄마를 기쁘게 행복하게 하는 방법은?

'가격표를 바꿔라'

이게 바로 '바꿔치기 유머'다. 상황을 긍정적으로 바꾸면 상대방도 긍정적으로 바뀐다. 행복은 생각(행동)을 바꿔치기 하는 것이다. 이것

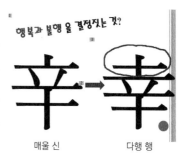

매울 신   다행 행

이 플러스(십자가) 발상이다.

지하철이나 버스에서 내가 앉아 있고 어르신이 서 계시면 얼른 어르신과 자리를 바꿔치기 하자. 어르신은 목적지까지 편안히 앉아 가실 것이다. 내 목적은 모두의 행복이다. 어르신이 행복하면 나도 행복하다. 행복은 남을 바꾸는 것이 아니라 나를 바꾸는 것이다. 내가 웃으면 세상이 웃는다. 내가 바뀌면 세상이 바뀐다. 어떤 상황에서든지 사람들을 즐겁게 만들 수 있는 것(일)들을 찾아보자! 그리고 플러스 생각으로 바꿔보자! 이것이 행복 플러스다!

> **네 부모를 즐겁게 하며**
> **너를 낳은 어머니를 기쁘게 하라.** –잠언23:25

> **세상을 변화시키려는 사람은 많다.**
> **그러나 자기 자신을 변화시키려는 사람은 많지 않다.** –톨스토이

> **오늘 내가 죽어도 세상은 바뀌지 않는다.**
> **하지만 내가 살아있는 한 세상은 바뀐다** –아리스토텔레스

||||| 힘들어 죽겠다가 아니라, 힘들어도 웃겠다!

요즘 사는게 정말 힘들다. 그래서 사람들이 제일 많이 하는 말 중의 하나가 '죽겠다'다. 힘들어 죽겠다. 피곤해 죽겠다. 짜증나 죽겠다. 더워 죽겠다. 추워 죽겠다. 아파 죽겠다. 졸려 죽겠다. 미

쳐 죽겠다. 배불러 죽겠다. 배고파 죽겠다. 쪄 죽겠다. 속상해 죽겠다. 미워 죽겠다. 쪽 팔려 죽겠다. 귀찮아 죽겠다. 웃겨 죽겠다.. 사는 게 정말 죽을 지경이다. 전에 아버지께서 술에 취해 저에게 해주셨던 말씀이 있다. "인생은 무덤을 향한 질주다" 살기위해 사는 건지, 죽기위해 사는 건지 모르겠다. 어떤 사람은 일어나자마자 '아~ 죽겠다'고 했다가 그 날 죽었다고 한다. 성경말씀에 죽고 사는 것이 혀의 힘에 달렸나니 혀를 쓰기 좋아하는 자는 혀의 열매를 먹으리라.(잠언18:21)고 했다. 말 한마디에 죽을 수도 하고 살 수도 있다. 또, 죽이기도 하고 살리기도 한다. '죽겠다'고 했으니 말대로 죽게 된 것이다. 살면서 죽겠다 라는 말을 달고(데리고) 사니 죽을 일만 생기는 것이다. 불행해지는 것이다.

이제 '죽겠다'는 말을 '웃겠다'고 바꾸자. 힘들어도 웃겠다. 더워도 웃겠다. 추워도 웃겠다. 피곤해도 웃겠다. 배고파도 웃겠다. 졸려도 웃겠다. 쪽 팔려도 웃겠다. 일어나자마자 웃겠다. 하하하하~ 사람은 언젠가 한 번은 죽게 되어있다. 죽기도 전에 미리 '죽겠다'란 소리(연습)를 굳이 할 필요는 없다. 한 번 뿐인 인생 웃고 살기에도 시간이 모자르다.

"죽을 지경이 아니라면 그렇게 심각할 필요가 없다" - 조안딕슨

한 개그우먼이 방송에서 이런 간증을 했다. 개그우먼이면 웃기고 자빠져야 되는데 슬럼프에 빠져 우울증에 빠지게 되었다. 또 술에 빠져 방황도 하고 급기야 '죽겠다'는 마음까지 먹었다.

어느 날, 택시를 타고 가다가 술을 너무 많이 마셔 택시에서 내려 밖에다 오바이트를 했다. 그때 택시기사님이 등을 두드려 주며 이런 말을 했다고 한다.

"누구나 다 힘들 때가 있습니다."

개그맨은 이 말 한마디가 힘들고 방황했던 나에게 큰 힘이 되었다고 했다. 그 후 교회도 다시 나가게 되었고 가정도 갖고 방송인으로서 활발한 활동을 하고 있다고 했다.

추운 겨울, 같이 일하는 동료가 나한테 말했다.

"날씨, 진짜 춥다."

곧바로 동료에게 말했다.

"날씨, 진짜 안 춥다."

그러자 동료가 피식 웃으며 "안 춥네."라고 말했다. 안 춥다고 말하면 안 춥다. 춥다고 하면 춥다. 말에도 온도가 있다. 누가 '춥다'고 하면 빨리 '안 춥다'라고 말하라. 누가 '덥다' 고 하면 '하나도 안 덥다'라고 말하라. 환경을 따라가지 말고 환경을 따돌려라. 손난로가 차가운 손을 따뜻하게 녹혀주는 것처럼 말난로는 사람들의 차가운 마음을 따뜻하게 하며 얼룩진 마음을 깨끗하게 씻어줄 것이다. 손난로는 가지고 다녀야하는 불편이 있지만 말 난로는 가지고 다닐 필요가 없다. 손난로는 일정 시간이 지나면 효과가 없어지지만 말 난로는 오래도록 계속 사용할 수 있다. 따뜻한 사람은 따뜻한 말만 한다. 차가운 사람은 차가운 말만 한다. 말난로는 돈이 들지 않는, 힘이 들지 않는 최고의 효도 선물이다. 말 난로는 우리의 삶을 난로 난로(날로날로) 유익하게 행복하게 만들어 줄 것이다. 신의 책상에는 이런 글이 쓰여 있다. 네가 만일 불행하다고 말하고 다닌다면 불행이 정말 어떤 것인지 보여주겠다. 또한, 네가 행복하다고 말하고 다닌다면 행복이 정말 어떤 것인지 보여주겠다.(버니 시겔) 우리 뇌는 단순해서 실제 행동과 상상을 구별하지 못한다. 즐거운 상상을 하면 즐거운 일들이 생긴다. 상상 운동만 해도 우리 근육의 힘이 늘어난다고 한다. 뇌가 즐거워야 내가 즐겁고 뇌가 건강해야 내가 건강하다. 우리 뇌한테 긍정의 말을 해보자. 자뇌(네)! 자네는 할 수 있뇌!(네!) 자네는 잘 될 걸세. 자네는 세상에서 가장 복 받은 사람이뇌!(네!) 자네는 세상에서 가장 행복한 사람이뇌!(네!) 자뇌(네)한테는 항상 좋은 일들만 생길 걸세! 그러니 자뇌(네)는 웃기만 하게 하하하~ 자뇌(네)를 보고 우뇌가 웃네! 자뇌(네)를 보고 모두가 웃네 하하하~

링컨 대통령은 힘들 때마다 컨닝(링)을 했다고 한다. 주머니에 항상 넣어 가지고 다니는 낡은 신문조각을 몰래 꺼내 읽었다고 한다. 거기에는 이런 글이 적혀있다.

"링컨 대통령은 역대 정치인들 중에서 가장 위대한 사람입니다"

링컨 대통령은 자신에게 해준 따뜻한 말난로 때문에 위로를 받고 힘을 내어 국가와 민족을 난로 난로 발전시키는데 큰 공을 세웠다. 이럴때 컨닝이 필요하다. '링컨'을 '컨닝'하자.

어느 동기부여강사님은 힘이 들 때마다 지갑속에 있는 아내 사진을 보며 힘을 얻는다고 한다.

"이거(아내) 보다 힘든게 어디 있나, 참고 버티자"

살다보면 누구나 다 힘들때가 있다. 그러나 고생 끝에 낙이 온다. 낙(樂)이 와서 기쁜게 아니라 낙(樂)을 만들어준 고생이 있어 기쁜 것이다. '슬프도다! 부모는 나를 낳았기 때문에 평생 고생만 했다.'(시경) 부모님이 우리를 낳아주시고 잘 키워주셔서 우리가 이만큼 자라올 수 있었다. 부모님보다 힘든 사람이 세상에 있을까? 부모님은 아무리 힘들더라도 자식을 위해 참고 사셨다. 평생 뒷바라지를 해오셨다. 자식이 잘 되기만을 바라고 살아오셨다. 부모님에게 자식은 인생에 가장 큰 기쁨이었고 힘이 되었기 때문이다. 그런데 우리는 어떤가? 부모님이 힘이 되는게 아니라 오히려 짐이 된지 오래다. 세상에 부모님보다 힘든 사람은 없다. 부모님을 힘들게 하지 말자. 부모님을 기쁘게 해드리자.

힘들지 않은 유일한 날은 바로, 죽었을 때뿐이다. 살아있음에 감사한다면 힘든 것은 문제가 되지 않는다. 힘들더라도 힘들다고 말하지 말자. '죽겠다' 라고 말하지 말자. 힘들다고 말하니까 힘든 것이다. 죽겠다고 말하니까 죽을 일이 생기는 것이다. 누구는 그런 기회조차 없는 사람들이 있다.

이제부터는 힘들어 죽겠다가 아니라 힘들어도 웃겠다. 하하하하~

나는 힘든 순간마다 웃음의 능력을 보았다.
웃는 순간 모든 슬픔은 희망의 씨앗이 되었기 때문이다 -밥 호프

나에게 웃음이 없었다면 나는 이미 죽었을 것이다 -링컨

나에게 웃음이 없었더라면 오늘의 나는 없었을 것이다
기억하라! 한 번 웃을 때마다 성공 확률이
조금씩(한 번씩) **높아진다는 것을!** -오프라윈프리

'주로 무슨 일 하세요?' '스마일'이요. 하하하!

우리가 사는 목적은 행복이다. 행복하기 위해서는 분명한 목적을 세워야 한다. 그 목적은 목젖이 보이도록 항상 웃는 것이다. 하하하! 손뼉이 마주칠 때 소리가 나듯 내가 웃을 때 행복이 찾아 오는 것이다. '웃으면 복이 온다'는 말처럼 웃으면 복이 오는 것이지 복이 와서 웃는게 아니다. 옛날에 어느 바보가 살았다. 그런데 어느 날 죽었다. 죽은 이유가 '숨 쉬는 걸 까먹어서다.' 까먹지 말자! 까먹으면 건강을 까먹는 것이다. 생명을 까먹는 것이다. 옛말에 웃음이 좋은 걸 알면서도 웃지 않는(까먹는) 사람은 바보라고 했다. 밥 먹는 건 안 까먹으면서 웃는 건 왜 까먹는지 모르겠다.

강의 할 때 일이다. 점심식사하기 전, 참여자분들에게 질문을 했다. '밥 먹는 거 보다 더 중요한 게 뭔지 아세요?' 정답 아시는 분은 몸을 들어주세요. 뒤에서 한 분이 일어나 큰소리로 말했다. '싸는거요.' 아닙니다. 먹고 싸는것도 중요하지만 원하는 답은 아닙니다. '밥 먹는거 보다 더 중요한 것'은 '마음을 즐겁게 먹는거.' 성경말씀에도 '마음의 즐거움이 양약이라'(잠언17:22)고 했다. 아무리 푸짐하게 차려진 밥상도 마음이 즐겁지 않으면 사약받는 기분이다. 쳐다 보기가 싫다. 진정한 행복은 보이는 것이 아니라 마음에 달려있다. 세계 최고 기업인 애플. 엄청난 부를 가졌던 스티브잡스도 죽기 전 이런 유언을 남겼다. 부(富)는 죽음 앞에 부질없는 것이다. 애플(사과) 창시자인 스티브잡스는 결국 회사 이름대로 사과를 남기며 떠났다. 스티브잡스가 남긴 사과(謝過)는 이거다. '돈을 많이 벌라'가 아닌 '추억을 많이 벌라.' 가족들과의 소중한 추억, 사람들(이웃)과의 소중한 추억을 많이 만들라. 죽음의 순간 100억..은 못 가져가도 소중한 추억은 가져갈 수 있다.

성공하고 싶으면 성공한 사람을 따라하면 된다. 건강하고 싶으면 웃는(웃긴) 사람이 되면 된다. 행복하고 싶으면 1억(億)보다 추억(사랑)을 많이 벌면 된다. 여러분과 세상을 조금 더 사랑하는 여러분이 되기를 바라며 여러분이 이 세상에 살아 있으므로 해서 단 한 사람이라도 변화되고 행복해지기를 기대하고 소망한다.